KB041167

level.17

언젠가 싸움의 날에 작별을 고하리

주몬지 아오

일러스트 시라이 에이리

Grimgar of Fantasy and Ash

Presented by Ao jyumonji / Illustration by Eiri shirai

Level. Seventeen

묘소의 적은 한도 끝도 없다.
쓰러뜨려도, 쓰러뜨려도
계속 솟아난다.

죽어서도
잠들지 않는,
태고의 왕의 힘에 의해….

언젠가 싸움의 날에 작별을 고하리

재와 환상의 그림갈 level. 17

주몬지 아오

"…완전히 옛터로군."

건물 일부였던 것으로 짐작되는 나무토막을 걷어차며 검은 망토를 걸친 곱슬머리, 가면의 암흑기사가 말한다.

"이제 이거, 적야 전초 기지가 아니라고. 적야 전초 기지 흔적일 뿐이야. 옛터라고. 완전무결한 옛터일 뿐이라고. 진짜, 진짜로…."

슬슬 해가 저문다.

암흑기사가 중얼거린 것처럼 도저히 기지라고 부를 만한 것이 아니었다. 이미 폐허라고 형용할 만한 것조차도 남아 있지 않았고, 건물의 잔해가 흩어져 있을 뿐인 적야 전초 기지 옛터에는 아직 하루히로 팀과 시노하라를 포함한 오리온 파티 열 명밖에 도착하지 않았다.

"크홋…."

그 오리온 파티 중, 머리를 짧게 자르고 동그란 안경을 낀 남자는 좀 음침하게 웃었다. 보아하니 신관인 것 같은데.

"확실히 그러네. 우리도 이 적야 전초 기지를 거점으로 해서 사방을 돌아다녔으니까, 지금 이렇게 무참한 광경을 직접 눈으로 보니 어떤 종류의 감회가 솟아오르지 않는 것도 아니네요. 우쿠홋, 푸하핫, 크흐홋…."

살짝 기분이 나쁜… 정도가 아닌가? 비교적, 상당히 소름 끼치는데?

아니, 무서운데요. 그런 말은 할 수 없지만. 하루히로는 딴지를 걸 수 없었다. 아무튼, 무서우니까.

"그 웃는 거 말이야."

유메처럼은 도저히.

"뭐라고 해야 할까, 듣고 있으면 있잖아, 유메, 기분이 나빠지는데."

"그렇습니까? 크홋, 누흐크홋, 부호홋….."

"미안하네요."

시노하라는 늘 그렇듯이 미소 짓고 있다. 하지만 다소 미안한 것 같다.

"키무라의 이것은 내가 아무리 주의를 줘도 고쳐지지 않는답니다."

"그럼 뭐, 어쩔 수 없네."

"어쩔 수 없는 거겠지."

란타가 곧바로 유메한테 딴지를 건다.

"어쩔 수가 무슨 말이냐고."

"어쩔 수 없다고 유메 씨는 말하지 않았나요?"

쿠자크가 끼어든다.

"어떻게 할 수가 없다는 뜻이잖아?"

"자잘한 건 넘어가자고, 꺽다리. 얼간이가. 망할 놈."

"뭐, 키는 실제로 크긴 하지만요. 그쪽보다는 훨씬 많이."

"자랑이냐? 어떻게 생겨 먹은 성격이야? 뻔뻔한 녀석이네. 거의 극악의 차원이잖앗."

"…그쪽한테서 듣고 싶지는 않은데."

"무슨 뜻이야?"

"어? 그냥, 말 그대로의 의미인데요."

"참 내⋯."

유메가 볼을 불룩 부풀리며 화를 냈다.

"란타랑 쿠자쿵은 있지, 너무 자주 싸워. 사삭걸걸."

"이건 은근히 네가 원인인데?! 적어도 계기가 되긴 했다고! 그리고 사삭걸걸은 뭐냐? 사삭 걸고넘어진다는 거냐? 누가 봐도 정확한 말은 사사건건이잖아!"

"그건 진짜 비슷하잖아. 닮은꼴인데 그렇게 눈을 브라리아 할 것까지야."

"눈을 브라리아 하는 건 무슨 말이냐? 눈이 어떻게 된다는 거야? 그보다, 브라리아가 누구냐고?!"

"웅뇨? 브라리아가 아니라 프라리아였던가?"

"프라리아도 아니얏. 부라리다! 부라리다라고. 눈을 부라리다⋯ 어라? 근데 부라리는 게 무슨 뜻이지⋯?"

"무슨 뜻인데?"

"나한테 묻지 맛⋯."

"란타가 말 꺼냈잖아."

"그건 그냥 표현일 뿐이라고! 이 바보, 바보, 바보얏!"

"남한테 바보라고 하는 사람이 더 바보래."

"바보라고 불린 사람이 바보지, 뭔 말이야? 부아보."

"떠들썩해서 좋네요."

시노하라는 비아냥거림을 담아 말한 것일까? 싱글싱글 웃고 있어서 진의를 잘 파악할 수가 없다.

"그보다, 진짜 사이가 좋네요, 란타 군과 유메 씨."

쿠자크가 반쯤은 어이가 없다는 듯한 말투로 말하자 갑자기 란타가 당황하기 시작했다.

"뭐, 무무무슨…."

"사이는 그야."

유메는 팔짱을 끼고 얼굴을 찡그린다.

"나쁘지는 않지만. 친하다고 하면 틀린 건 아니지?"

"무, 무무무슨… 뭐뭐, 뭐뭐뭐가…?!"

란타는 '뭐'밖에 말하지 못하는 생물로 변해 있었다. 도저히 들어
줄 수가 없다.

"지나치게 버벅대는데…."

"시시시시끄러워, 파루파라랏."

"그렇게까지 바꿔버리면 누구인지 알 수 없다니까…."

"대답했으니 단박에 너라는 걸 알아들었다는 뜻이잖아. 포루포라
란. 이 피루피루 녀석. 너 같은 건 말이야, 차라리 파파파라거나 피
피피라거나 페페페나 포포포로 충분하다고…!"

떠들썩이랄까, 란타는 오로지 시끄럽다. 게다가 적극적으로 주위
사람들을 휘말리게 하는 스타일이라 존재 자체가 민폐다. 질이 나
쁘다. 단, 활력만큼은 엄청나다. 하루히로도 약간은 기운을 내보는
게 좋을까? 그렇지도 않나? 그렇다. 아니다. 하루히로는 별로 본인
이 기운 넘치는 사람이 되고 싶은 건 아니다.

세토라와 메리는 한참 동안 말을 하지 않고 있다. 지금도 두 사람
은 조용히 어딘가 먼 곳을 보고 있다.

말을 걸면 두 사람 다 제대로 반응해준다. 단, 대답은 최소한이
다. 예를 들면, 무슨 일 있어? 라고 물어볼 경우에 대답은 '괜찮아'
나 '아무것도 아니야'. 뭐, 그 둘 중 하나인데, 도저히 액면 그대로

받아들일 수가 없다.

　그야 시호루 문제가 있으니까.

　세토라는 키이치를 잃었다.

　어떻게 해줘야 할까? 솔직히 효과적인 방법이 떠오르지 않는다. 무엇을 해도 소용없지 않을까? 시간이 해결해주기를 기다린다. 그 수밖에 없는지도 모른다.

　그렇게라도 털어낼 수가 있다면 좋겠지만, 저도 모르게 생각하게 되고 만다. 어떻게 할 수도 없으니까 아무것도 하지 않는다는 것은 글쎄? 역시 뭔가 하는 게 좋지 않을까? 왜냐하면, 이래 봬도 리더니까. 뭔가? 뭔가라니? 뭐든 좋아. 아니, 뭐든 좋지는 않아. 뭔가 하는 게 중요한 건가? 그게 아니잖아. '하고 있습니다'라는 분위기를 풍기는 것만으로는 의미가 없다. 리더로서, 어떻게도 할 수 없음에도 나름대로 노력하고 있습니다, 비슷한. 그런 변명거리를 만들고 싶은 것은 결코 아니다.

　문득 유메와 눈이 마주쳤다. 왜 그래? 라는 느낌으로 유메는 생긋 웃어주었다.

　사실은 유메도 낙담하고 있을 테고, 실제로 가끔씩 쓸쓸한 얼굴을 하고 한숨을 쉬기도 한다. 그런데도 하루히로를 배려해주는 다정함이 가슴에 와닿아 살짝 눈시울이 뜨거워졌다. 울 거야? 나. 울지 않을 건데. 하루히로는 주위를 둘러보았다.

　적야 전초 기지는 분지에 있다. 그래서 주변이 약간 높다. 동서남북 어느 쪽을 봐도 언덕이다. 사방이 다 언덕이라서 언덕감은 거의 없지만. 언덕감… 이라는 말이 있는지 없는지는 접어두고, 서쪽 언덕에 사람 실루엣이 있다.

"아…."

"아아."

시노하라도 서쪽으로 눈길을 향하고 있다.

"왔나 보네요."

"…그보다…."

저 실루엣, 뛰어오는데요.

"하루히로…!"

목소리를 들어보니 여성인가?

그보다.

"…엇?"

기분 탓일까?

지금, 이름을 불린 것 같은.

"하루히로오…!"

기분 탓이 아니다. 불렀다.

두 번이나.

"하루히로오…!"

이걸로 세 번째다.

여성은 엄청난 속도로 경사면을 뛰어 내려온다.

"엇? 어엇…?!"

"빠르닷…?!"

상당히 기민한 란타가 놀라 자빠진다. 그 정도의 속도다.

여성은 챙이 넓은 큰 모자를 쓰고 있다. 그래서 키가 꽤 큰 것처럼 보이는 건가? 아니, 모자를 고려해도 키가 크다.

적야 전초 기지는, 옛터로 변모했다고는 해도 현재도 수로로 둘러싸여 있다. 풍조 황야의 분지에 샘이 솟았다. 그 주위에 사람들이 자리 잡게 되었고, 방어를 위해 해자를 파서 샘에서 물을 끌어왔다. 확실치는 않으나 대충 그렇게 해서 만들어진 것이라고 한다.

건물은 모조리 파괴되고 말았지만 샘도, 해자도 건재하다. 해자에는 원래 다리가 하나 놓여 있었다. 그 다리도 거의 무너져가고 있다. 단, 다리 기둥이나 가로대의 잔해를 발판으로 삼으면 물에 젖지 않고 힘겹게 해자를 건너지 못할 것도 없다. 실제로 하루히로 일행은 그렇게 건넜다.

하지만 저 여성은 그런 감질 나는 짓은 하고 있을 수가 없다는 듯이, 놀랍게도 수로에 뛰어들었다.

"하룻! 하! 하루, 히로⋯!"

여성은 헤엄친다. 두 팔로 힘차게 물을 헤치고 가르며 평영을 한다. 저 해자는 그런대로 깊다. 여성은 헤엄쳐서 해자를 건너려고 한다.

도중에 모자가 벗겨져 버렸다. 아랑곳하지 않고 여성은 헤엄친다. 어어 하는 동안에 끝까지 헤엄쳐 마침내 적야 전초 기지 옛터에 도달했다.

"하루히로⋯!"

"⋯엇⋯ 앗⋯ 누⋯ 누구⋯?"

과거에 관련이 있었던 사람들에 관해서는 대부분 메리가 가르쳐 줬다. 머리에 입력되어 있어야 할 정보인데, 어떻게 된 영문인지 전혀 끄집어낼 수가 없다.

"대단하네⋯."

란타가 황당해하는 건가? 오히려 감탄하는 건가? 이쯤 되면 감동하는 것 같기도 하다.

"후오오⋯."

유메도 깜짝 놀란 듯하다. 눈을 동그랗게 뜨고 하루히로를 본다.

"그치?"

"아니, 뭐가 그치야⋯."

"하루히로오오오⋯⋯⋯⋯⋯!"

여성이 맹렬하게 달려온다. 흠뻑 젖은 상태로, 물방울을 흩뿌리면서, 점점 다가온다.

그런데, 크다.

쿠자크만큼은 아니라고 생각한다. 하지만 머리가 작고, 몸이 길쭉⋯ 세로로 길다. 그렇다. 엄청 길다는 인상이다.

도망칠 여유가 없었던 것은 아니다. 있었다. 하지만 상대방의 박력이 처절하고 위태로울 정도였다. 압도당하고 있는 동안에 하루히로는 여성에게 태클을 당하는 꼴이 되었다.

"⋯우옷⋯?!"

아니, 태클⋯ 이 아닌가?

보아하니 아니다.

"하루히로! 하루히로가! 하루히로⋯!"

"꽥⋯."

아프다⋯ 기보다, 괴로워.

여성은 하루히로에게 태클을 감행해서 날려버린 것이 아니었다.

힘껏 껴안은 것이다.

하루히로의 발이 땅바닥에 닿지 않는다.

떠 있다.

하루히로는 여성에게 들렸다.

여성은 하루히로보다 크다. 홀쭉해 보이지만 상당히 키가 크기 때문에 꽤 힘이 세다.

"웃… 아앗… 우오오오옷…?!"

적어도 하루히로를 껴안아 가볍게 들어 올리고 그대로 조여서 죽일 정도의 힘은 있는 것 같다. '다행히'라고 말할 수 있을까? 아직 죽지는 않았지만 이대로 조이면 어떻게 될지? 어떻게 되어도 이상할 것 없다.

"하루히로. 보고 싶었어, 하루히로."

여성은 하루히로에게 볼을 비볐다.

이쪽은 정신이 아득해지고 있는데.

"…사, 사, 사… 살려, 줘…."

"살리라고? 누구를?"

"…그, 그게 아니…."

"피 나? 어디?"

"…그게, 아니, 랏…."

"아니, 랏…?!"

"괴, 괴, 괴로웟….."

"괴로워…?"

이제야 이해해준 듯하다.

"오… 웃."

여성은 수수께끼의 음성을 내며 팔에서 힘을 빼주었다. 덕분에 하루히로는 간신히 숨을 쉴 수 있게 되었다.

"…놔, 놔주지는, 않네…?"

"엄청 오랜만이니까. 부비부비해도 돼?"

"아, 아니, 그건….'

그보다, 이미 하고 있잖아요.

여성은 이미 뺨 부비부비를 재개했다. 뭐야? 이거.

흠뻑 젖었고. 도대체 뭐냐고?

무서운데요.

"미모링은 말이야."

암흑기사가 고개를 저으면서 한숨 섞어 말했다.

"한… 참 전부터 어째서인지 파루피로한테 푹 빠졌다고. 머리가
헤까닥 했다고밖에는 생각할 수 없어. 믿을 수 없을 정도로 진짜 초
절정 괴짜니까."

"이게 어디서….'

하루히로에게 볼을 비비는 여성과는 대조적인, 몸집이 작지만 통
통한 여성이 날아왔다. 이번에는 누구인가? 어디에서 나타난 건가?
그 여성은 란타의 뒤통수를 퍽 때렸다.

"헛소리를…!"

"…꾸헷…?!"

가면이 벗겨지고 놀라 눈알이 튀어나온 란타의 엉덩이에 그 키
작은 여성은 멋진 발차기를 날렸다.

"이얍…!"

"꾁…?!"

란타는 걷어차인 엉덩이를 누르며 펄쩍 뛰었다. 엄청난 도약력.
엄청 점프하네. 점프했던 란타는 두 발로 착지했는데, 착지 시의 충
격이 또 엉덩이에 묵직하게 전달된 모양이다.

"…우구구구웃…?!"

"뻔뻔하게 미모링이라 부르지 않습니닷!"

키 작은 여성이 입에서 침을 날리며 짖었다.

"그로스 이디엇, 왕변태 주제에! 이 멍텅구리 호박!"

"…너, 너, 너, 너 인마!"

란타는 두 손으로 엉덩이를 움켜잡고 안짱걸음을 걸었다. 눈물을 글썽이며, 목소리에도 울음이 섞였고, 엉덩이를 걷어차인 타격감은 상당히 심각한 듯하다.

"히, 히, 히, 힘껏 걷어찼지! 나 님의 멋진 탱탱 엉덩이가 이 이상 더 갈라지면 어떻게 해줄 거야?!"

"네 냄새 나는 궁디 따위, 차라리 박삭? 박살? 아무튼… 두 동강이 나는 게 좋습니다…!"

"내 엉덩이는 그렇게 냄새 안 나!"

"그렇게라니, 그럼 조금은 냄새가 난다는 겁니닷!"

"엉덩이는 엉덩이이기 때문에 다소는 어쩔 수 없잖앗! 엉덩이의 기능 면으로도! 그렇게 따지면 네 엉덩이도…!"

"어이."

안경을 낀 남자가 거대한 바위도 쉽사리 박살 낼 것 같은 워 해머를 휘두르다가 란타의 얼굴 바로 앞에서 딱 정지시켰다.

아니, 그보다, 당신은 어디서 나타나서 언제부터 거기 있었던 걸까?

하루히로가 눈치채지 못했을 뿐인가? 지금 현재도 하루히로에게 계속 볼을 비벼대는 키 큰 여성에게 완전히 정신이 팔렸으니 안경 남이 다가오는 것을 알아차리려야 알아차릴 수가 없었다.

"…우우우우우우우우히히히히히이이잇…?!"

란타는 부들부들 떨었다. 아니, 그냥 떤 것이 아니다. 떨면서 그 자리에 주저앉았다. 참고로 엉덩이 쪽은 여전히 두 손으로 움켜잡고 있다.

"너 따위가 안나 씨의 엉덩이를 언급할 자격이 있다고 생각하지 마라."

안경남은 워 해머를 쓱 당겨 어깨에 둘러멨다.

"죽는다?"

"…주, 주주, 죽, 죽기 일보 직전이었잖아…."

"죽진 않았잖아."

"죽으면 불평으로 끝나진 않앗!"

"뭐야? 너, 죽어서도 불평할 수 있다는 건가? 재미있네. 시험해볼까?"

안경남은 워 해머를 휘둘렀다.

"하, 하지 맛?!"

란타는 땀을 뻘뻘 흘리며 당황했다.

"시험할 필요도 없으니까! 아무리 나라도, 죽어버리면 그냥 시체잖앗!"

"재미없군."

안경남이 워 해머를 내렸다.

"어이! 어어어이!"

게다가 경박해 보이는 남자가 먼발치에서 소리를 질렀다. 풍채를 보아하니 전사인가? 그 남자와 성기사풍의 남자, 그리고 왼쪽 눈에 안대를 한 포니테일의 수상한 남자는 부서진 다리를 정상적으로 건

너 적야 전초 기지로 들어온 듯하다.

"왔다, 내가! 왔다고! 나 등장이라고! 어어어이!"

"부비부비부비…."

키 큰 여성은 아직도 하루히로에게 볼을 비벼대고 있다.

"꿈에서까지 느낀 하루히로의 감촉. 부비부비부비. 하루히로 냄새. 부비부비부비…."

도대체 뭐냐고? 이게.

앞날에 고생길이 훤하다는 정도가 아니다.

불안을 넘어서 공포. 오히려 절망밖에 없는데요.

"미안해요."

눈앞에서 무릎을 꿇고 고개를 숙이는 모습을 보니 왠지 자기가 나쁜 짓을 하는 것 같은 느낌이 들어서 하루히로는 솔직히 힘들었다.

"…저기, 사과 같은 건 안 해도 되는데. 실제로 피해를 입은 것도 아니고… 아니, 뭐, 좀 젖기는 했지만, 그 정도뿐이고…."

"미안해요."

키가 큰 여성 미모리는 그렇게 되풀이하기만 하고 고개를 들어주지 않는다.

"진짜 너는 참. 너라는 녀석은…."

란타가 하루히로의 옆구리를 팔꿈치로 찌른다.

"나쁜 남자네. 이런 미인을 무릎 꿇고 빌게 하다니. 지독한 악당이야. 똥 덩어리야, 똥 덩어리."

미모리가 얼굴을 들고 란타를 노려본다.

"하루히로는 똥 덩어리가 아니야. 똥 덩어리는 너. 너만 항상 똥 덩어리다."

"너무 심하잖아?!"

"사실이니까."

쿠자크가 중얼거렸다.

"너 인마!"

란타가 펄펄 뛰며 쿠자크에게 덤벼들려 했다. 곧바로 쿠자크는 란타의 머리를 오른손으로 눌렀다. 쿠자크는 키가 크고 팔도 상당히 길다. 란타의 주먹은 쿠자크에게는 닿지 않는다.

"야, 인마! 젠장! 이 망할 놈이!"

"와오, 싼 티 나는 콩트네!"

격하게 경박한 남자, 전사이며 하루히로 파티와는 동기라고 하는 킷카와도 어째서인지 쿠자크에게 덤벼들려고 했다.

"나도 끼워줘! 나도, 나도 할래!"

"도대체 뭔데?!"

그렇게 말하면서도 쿠자크는 왼손으로 킷카와의 머리를 꽉 잡아 눌렀다. 킷카와가 내지른 주먹도 쿠자크에게는 닿지 않는다.

"에잇, 에이, 에에이! 에이, 에… 이! 예이! 우와, 뭐야? 이거! 엄청 신나잖아!"

"하하핫."

성기사 토키무네가 상큼한 웃는 얼굴로 그 티격태격을 지켜보고 있다.

"큿…."

안대와 포니테일로 위험한 놈이라는 분위기를 자아내는 이누이도 토키무네 뒤에서 웃고 있는데, 명백하게 불길하고 음산하다.

"쿠하하하하핫…."

"이제 됐습니다요…. 미모링!"

통통하고 키 작은 안나 씨는, 입고 있는 흰옷을 봐도 알 수 있듯이 신관인 모양이다.

"자, 일어납니다! 스탠드 업!"

안나 씨는 미모리를 뒤에서 끌어안아 일으켜 세우려고 했다.

"애초에 따지고 보면?! 무릎을 꿇을 필요는 나싱이니까요…!"

"이건 내가 질 책임."

하지만 미모리는 고집스럽게 일어서려 하지 않았다.

"하루히로가 용서해줄 때까지 나는 계속 무릎을 굽고 있을 각오."

무릎을 굽는 게 아니라 꿇는 건데. 아무래도 상관없지만.

"…저, 용서고 자시고, 나는 별로…."

"오히려! 네가 사과하라고요! 하루히로!"

안나 씨는 울먹이며 필사적으로 미모리를 일으켜 세우려 하면서도 쉴 새 없이 하루히로를 비난했다. 정말로 뭐든 다 상관없어졌다.

"…죄송했습니다."

"하루히로가 사과할 건 없어."

미모리가 단언한다. 그 말이 맞는다고 생각하지만, 안 그러면 이야기가 진전되지 않잖아요.

"알았다."

안경을 낀 신관 타다가 워 해머를 들어 올렸다.

"가볍게 박살을 내주지. 그걸로 마무리를 짓자."

"…내 목숨이 마무리 지어질 거라고 생각하는데요?"

"정리는 되잖아."

"어떻게 돼 먹은 거야? 이 사람들?"

"그런 말 하지 마."

토키무네가 어깨에 팔을 둘렀다.

"또 너희를 만나게 되어 다들 기뻐서 어쩔 줄 몰라서 그래. 그렇지?"

그러면서 윙크를 날려봤자.

"…기쁨의 표현이 지나치게 독특하지 않나요?"

"독창성이라는 거지. 가끔 그런 말을 듣긴 해."

"대화가 되고 있는 건지, 아닌지 좀 헷갈리네…."

"너무 잘되고 있어서 무서울 정도라고 개인적으로는 느끼는데. 기억을 잃었다고는 도저히 생각되지 않아."

"그건 당신들이 무턱대고 마구 들이대니까…."

"그만해."

토키무네는 하루히로의 머리카락을 마구 헝클어뜨리며 쓰다듬었다.

"그렇게까지 칭찬하면 좀 쑥스럽다."

"장난은 그쯤 해둬."

은발 남자가 약간 떨어진 장소에서 말했다.

렌지. 그는 하루히로 파티의 동기라고 한다. 전혀 그렇게 보이지 않는다. 지나치게 위엄 있다. 인상이 험악하다. 체격도 훌륭하다. 장비도, 뭐가 뭔지 잘은 모르지만, 딱 봐도 엄청나다.

참고로 렌지가 이끄는 파티의, 빡빡머리의 전사 론, 안경을 낀 마른 몸집의 마법사 아다치, 상당히 체격이 작은 신관인 꼬마도 모두 하루히로의 동기다.

렌지네 파티는 토키무네가 이끄는 괴짜 집단 토키즈보다 약간 늦게 적야 전초 기지 옛터에 도착했다.

변경군에서는 하루히로네 여섯 명과 시노하라, 키무라 이하 오리온의 열 명. 의용병단에서는 토키즈 여섯 명, 팀 렌지 네 명. 이것으로 예정대로 탄식의 산 공략 별동대 26명이 적야 전초 기지 옛터에 다 모인 것이다.

"…옳소!"

란타와 함께 쿠자크에게 닿지 않는 주먹을 날리는 놀이에 신이 나 있던 킷카와가, 동작을 딱 멈추더니 은근슬쩍 토키무네 뒤로 숨었다.

"응, 나도 말이야… 슬슬 싫증이 났다고나 할까…. 그만둘 타이밍이라는 느낌이 안 든 것도 아니니까…. …무섭거든, 렌지는. 쓸데없이. 너무 무섭다고…."

"흥!"

란타도 쿠자크에게 닿지 않는 주먹 날리기 놀이는 그만뒀지만, 렌지 쪽을 향하며 가슴을 폈다.

"잘난 척하네. 뭐가 '장난은 그쯤 해둬'야. 그렇게까지 말할 거면 장난 하나라도 온 힘을 다해서 해보라고."

"…그게 무슨 논리야?"

"시끄러웟. 너는 입 다물어, 파루피로."

"다리, 덜덜 떨잖아…."

"떠, 떠떠떠, 떨지 않앗."

란타는 어깨를 으쓱하고, 가슴을 젖히고, 당당한 포즈를 연출하려고 한 모양이다. 하지만 하반신은 후덜덜이다. 두 다리가 덜덜 흔들리고, 양쪽 무릎이 마구 맞부딪쳤다.

"잠시 후 출발이다."

렌지는 란타에게는 눈길도 주지 않았다.

"잠시 쉬어."

"…네, 네에."

란타가 작은 목소리로 대답했다.

"좋은 대답이네요…."

쿠자크의 란타를 보는 눈은 차가웠다. 하지만 란타를 야유하는 목소리의 음량은 꽤 자제하는 느낌이랄까, 상당히 작았다.

"…장난 아니라고, 압력이. 그런 소리 할 거면 네놈도 한번 대들 어봐."

"싫네요. 무서운걸…."

"거봐, 역시 무섭잖아!"

"아무리 봐도 일반인이 아니잖아요, 저 사람."

"말해두는데? 렌지 놈은 처음부터 저랬거든? 아무 실적도 없는 정도가 아니라, 자기 이름밖에 기억 못 하면서도 희한하게 자신만 만했으니까. 이해를 못 하겠어…."

"그렇기는 하지만. 렌지도 여러 가지 일이 있었으니까."

유메가 끼어든다.

"…삿사가 있잖아."

"어…."

란타는 한 번 신음하더니 입을 다물었다. 실은, 팀 렌지는 네 명 이 아니라 다섯 명이었다. 한 명이 더 있었던 것이다. 그 한 명도 하 루히로의 동기이며 삿사라는 여성 도적이었다. 즉, 그 여성은 하루 히로와 동기이면서 동업자이기도 했다는 뜻이다.

팀 렌지는 동기들만이 아니라 의용병 중에서도 탁월한 존재였고, 하루히로네는 다무로 구시가의 고블린 사냥으로나 알려진 밑바닥 층이었다. 사는 세계가 다르다고 하면 과장일까? 하지만 실제로 별 로 접점은 없었던 모양이다. 삿사에 대해서도 하루히로는 잘 알지 못했던 게 아닐까?

그래도, 그런 한 여성이 있었고, 그녀는 이제 없다. 죽어 버린 것이다. 그런 사실을 듣게 되면 묘하게 숙연해진다.

결코 남 일이 아니다. 슬프게도 기억하지 못하지만, 하루히로 파티도 예전에 마나토, 모구조라는 동료를 잃었다. 그리고 인간은 아니지만, 키이치가 진 모기스 총사에게 참혹히 죽임을 당했다. 시호루는 아직도 행방을 모른다.

변경군과 의용병단의 합동 부대 26인은, 그렇게 하자고 말한 것도 아닌데 자연히 각각의 동료들끼리 뭉쳐 적야 전초 기지 옛터 여기저기에 빙 둘러앉았다.

날은 저물었다. 아직도 적의 척후병이 풍조 황야를 얼쩡거리는 모양이라서 불은 피우지 않았다.

"나는 잘 거니까. 때가 되면 깨워."

란타는 눕자마자 코를 골기 시작했다.

"…너무 이르지 않아요?"

쿠자크는 어이없어하면서도 하품을 늘어지게 했다.

"나도 눈 좀 붙일까…?"

"그래."

하루히로가 고개를 끄덕이자, 쿠자크는 "미안합니다"라고 한 마디 하고는 드러누웠다.

유메는 메리와 세토라 사이에 앉아 두 사람의 팔을 끌어안아 자기 쪽으로 당겼다. 메리도, 세토라도 유메가 하는 대로 내버려둔다. 세 사람이 거의 한 덩어리로 뭉쳐 앉은 모양새가 되었다. 유메 나름대로 두 사람을 격려해주려는 것이리라. 쓸데없이 말을 거는 것보다는 지금은 오히려 저렇게 말없이 붙어 있는 쪽이 메리와 세토라에게도 위로가 될지 모른다. 그걸 안다고 해서 하루히로도 그렇게 할 수는 없지만. 당연하지. 저것은 유메밖에 할 수 없다. 유메이기 때문에 취할 수 있는 방법이다. 유메가 있어줘서 다행이다.

기척이 느껴졌다. 누군가가 다가오고 있다.

렌지인가? 긴장했다.

"잠깐 괜찮아?"

자기도 모르게 하루히로는 네, 대답할 뻔했다. 내가 란타도 아니고.

"응. …괜찮긴 한데."

일어서서 조금 걸었다. 렌지의 뒷모습을 따라간다. 기억나지 않지만, 줄곧 렌지는 하루히로 파티 앞에서 달렸을 것이다. 사실 쫓아간다고 할 정도로 가까운 사이는 아니었던 것 같다. 하늘과 땅 차이. 비교도 안 된다. 하루히로에게 렌지는 아득히 먼 존재였다.

기억이 없어도 이렇게 보고 있으면 그랬을 것이라고 실감할 수 있다. 렌지는 수로의 다리 바로 앞에서 발길을 멈췄다. 하루히로 렌지 옆에 멈춰 섰는데, 어깨를 나란히 하고 서 있기가 좀 어색해서 한 걸음 물러섰다.

"기억이 나지 않는다는 건 어떤 느낌이지?"

갑자기 물어보기에 하루히로는 당황했다.

"음…. 그야… 이상한 기분… 이랄까."

"마나토나 모구조에 관해서도 기억나지 않겠지?"

"…기억나지 않, 아."

"그런가."

렌지는 훗 하고 약간 코웃음을 쳤다. 웃은 건가? 그런 것도 아닌 모양이다. 이 반응은 도대체 뭘까? 잘 모르겠다.

하지만 왠지, 삿사 건이 어지간히 타격이 컸던 것일까? 라는 느낌은 들었다.

렌지는 처음부터 자신만만했다고 란타가 말했다. 자신감 과잉은 결코 아니라는 것을 렌지는 자기 힘으로 계속 증명해왔으리라. 하루히로의 상상일 뿐이지만, 렌지 같은 남자에게 고락을 함께한 동료의 죽음은 그때까지 경험해본 적 없는 좌절이 아니었을까?

그렇다고 해서 '유감이야'나 '삼가 애도를 표합니다' 같은 말을 할 수 있을 만한 분위기도 아니다.

"렌지는."

"음?"

그 한 마디만으로도 무섭다. 하루히로는 위축되어버릴 것 같았지만, 역시 괜찮아, 말을 하려다가 말면 오히려 그것 때문에 화낼 것 같아. 화내지는 않을지도 모르지만.

"…렌지는, 동료에게는, 좀 더… 뭐랄까, 여러 가지를 이야기하기도 하나? 그런가? …하고…."

렌지가 좀처럼 입을 열지 않아서 하루히로는 불안해졌다. 사과하는 게 좋을까? 사과하는 것도 이상한가? 이상하지도 않은가? 어느쪽이지?

"이야기해봤자 뭐가 어떻게 돼?"

그제야 렌지는 그 말만을 했다.

"…뭐가 어떻게… 라니."

하루히로는 손으로 얼굴을 문질렀다. 론이나 아다치, 꼬마는 그가 이런 태도를 보여도 아무렇지 않은 걸까?

"서로를 이해할 수 있다거나… 다 함께 의견을 낸다거나, 이점은 그런대로 있지 않을까… 생각… 하는데…?"

"타인들끼리 서로 이해할 수 있다는 것은 환상이지. 내가 누군가를 이해한다고 생각하는 것은 착각이다. 아무도 나를 몰라."

"…뭐, 그런 사고방식도, 있긴… 한가? 환상, 이라. …착각. …음. 그건, 뭐…."

"의견을 구하는 적은 있다. 나도 만능은 아니니까. 뭔가를 결정할 때의 근거는 적은 것보다는 많은 쪽이 좋아."

"…그래. 만능은 아니라고?"

"무슨 말을 하고 싶어?"

"아, 아니? 별로 아무것도…."

"만능일 리가 없지. 만능이었다면…."

렌지는 가볍게 머리를 흔들더니 한숨을 내쉬었다.

"하루히로."

"…응?"

"너는 어떻게 생각해?"

"…어?"

"저 남자 말이야."

렌지는 시선으로 어딘가를 가리켰다. 란타 일행도, 팀 렌지도 아니다. 아마도 토키즈도 아니겠지.

시노하라네 오리온 열 명이 진을 치고 있는 장소 부근으로 렌지는 눈길을 보냈다.

그렇구나.

의견을 구하는 적은 있다고 렌지는 말했다.

렌지는 하루히로에게 묻는 것이다. 오리온을 어떻게 생각하느냐고. 아니, 렌지는 저 남자라고 한정했다.

오리온에는 몇 명 중핵적인, 간부급이라고 말해도 될 만한 멤버가 있다. 둥근 안경의 키무라, 그리고, 옛날에 메리의 동료였던 하야시 등이다. 하야시는 이번에 오리온 열 명 이상을 이끌고 변경군 본대에 가담했다.

키무라는 상당히 개성이 강한 묘한 남자이긴 하지만, 어디까지나 오리온의 넘버 2일 뿐이다.

렌지가 말한 저 남자… 라는 것은 누구인가?

당연히 시노하라겠지.

하지만 시노하라는 의용병단의 일원으로서 움직이고 있었다. 렌지도 그렇다. 하루히로보다도 렌지가 시노하라와 접촉할 기회가 많지 않았을까? 게다가 하루히로와 달리 렌지에게는 과거의 기억도 있다. 렌지는 하루히로보다도 시노하라를 잘 알고 있을 터였다.

하루히로의 입장에서는 오히려 물어보고 싶다. 렌지야말로 어떻게 생각하는지.

하지만 렌지는 타인에게 의견을 구하는 적은 있어도 자기 속내를 드러내는 것에는 의의를 두지 않는다. 렌지 본인이 그렇게 단언했다. 하루히로는 공감할 수 없는 사고방식이지만, 사람은 제각각이다. 그것을 이상하다고 비난하거나 고쳐야 한다고 충고하는 것이 옳은 일일까? 친구도, 동료도 아니고. 애초에 렌지가 잘못하고 있는 것인가? 그렇지는 않겠지.

단, 하루히로와는 다르다. 상당히 다르다고 느낀다. 동떨어져 있다고 할 정도로 모든 것이 다 다르기 때문에 친구가 되는 일도, 같이 팀을 짜는 일도 없었던 걸까?

그렇기는 해도 동기다.

그것은 정말로 신기하지만, 하루히로는 아무것도 기억나지 않는 데도 렌지를 아무런 연관도 없는, 어떻게 되든 상관없는 사람이라고는 간주할 수 없었다. 어찌 된 영문인지, 렌지는 신뢰할 수 있지 않을까? 라는 느낌이 든다.

무섭긴… 하지만.

란타만큼 느끼는 건 아니지만, 아무튼 압력이 지나칠 정도로 대단해서.

렌지는 자기 생각이나 감정을 솔직하게 표현하는 남자가 아니다. 그러나 겉 다르고 속 다르다는 것과는 좀 다른 느낌이다. 분명 겉보기만큼 냉담하지도 않다. 태연히 타인을 배신하는 짓은 하지 않는 것 아닐까? 독재자 같은 면은 있을지도 모르지만, 자기를 위해 동료를 희생시키거나 하지는 않는다. 사실 팀 렌지는 줄곧 다섯 명이서 함께해왔다. 그 점에 관해서는, 렌지니까 상당히 무모한 짓을 왕창 저질렀을 텐데도, 삿사를 잃기 전까지는 아무도 목숨을 잃지 않았다. 그리고 삿사를 죽게 한 일로 렌지는 큰 타격을 입었다. 하루히로에게는 그렇게 보인다.

렌지는 믿을 수 있다.

반 정도는 근거 없는 감이지만, 하루히로는 자기 판단을 믿기로 했다.

아무래도 믿을 수 없는 것은 오히려 저 남자다.

"…이건, 다른 데서는 비밀로 해주길 바라는데. 알쏭달쏭하달까, 미묘해서."

"알았어."

"우리는, 열리지 않는 탑 지하에서 깨어났고, 그때에는 이미 기억을 잃은 상태였어."

"히요무가 너희들 속에 섞여서 장난질을 치려고 했던 것 같다던데."

"…히요무는, 누군가의 지시로 움직이는 것 같아. 주인님이라고 히요무가 불렀어."

"그 주인님인지 뭔지는 진 모기스가 아닌가?"

"아니야. 그건 있을 수 없어. …그래서 그 이야기를 저 사람이랑 했었는데, 이렇게 말했었어."

하루히로는 숨을 한 번 쉬고 나서 또박또박 발음했다.

"열리지 않는 탑의 주인이라고, 저 남자가."

"…열리지 않는 탑의… 주인?"

렌지가 앵무새처럼 똑같이 되풀이 말할 정도니까, 아마 놀란 것이겠지.

"그것은… 어떤 존재지?"

"몰라. 하지만 저 사람이 열리지 않는 탑의 주인이라는 말을 꺼낸 것은 틀림없어. 열리지 않는 탑의 주인이 남정군을 불러들였다고는 생각할 수 없다고."

"그것 말고는?"

"…이건 더 모호한데. 저 사람은, 히요무에 관해서도… 뭐랄까, 예를 들어 기억을 잃기 전의 나와 렌지보다 더 잘 알고 있는 것 같은…."

"그렇다고 해도 이상할 것 없지. 저 남자는 우리보다 훨씬 의용병력이 길어."

"그렇긴 하지만. …하지만 진 모기스와 열리지 않는 탑의 주인은 아마도 히요무를 매개로 해서 연결되어 있을 거야. 어느 시점에서 둘이 손을 잡은 것은 확실하다고 생각해."

"그 건에 저 남자도 개입했다는 건가?"

"그렇다고 치면 오리온이 변경군에 가담한 것도 어렵지 않게 설명이 되잖아."

"의용병단과의 파이프 역할을 한다는 것은 어디까지나 명목상인가?"

"…그럴 가능성도 있지 않을까 싶어. 확증은 없지만."

"현시점에서는 말이지."

렌지는 오른손 엄지로 가볍게 입술을 만졌다.

"그리 쉬사리 꼬리를 드러낼 남자는 아니야. 하지만 인간이라면 실수는 한다."

"…나는 꽤 많이 신세를 졌던 모양이야. 메리는 더욱."

"인망이 있는 남자다. 인맥도 넓어. 평판도 좋다."

"어쩌면 기억을 잃지 않았다면 수상하게 여기지 않았을지도 몰라."

"나는 정이 안 가는 놈이라고 생각했었다. 딱히 근거는 없었지만, 물과 기름이다."

"렌지와는 전혀 다른 타입이니까."

"그렇군."

"본인도 알고는 있구나."

"남의 호감을 사고 싶다고 생각한 적은 한 번도 없다."

자기 이야기도 할 줄 아네. 놀려보면 어떻게 될까? 웃어넘겨줄 거라고는 생각할 수 없다.

"…저 사람은 남한테서 호감을 사도록 행동하고 있다고?"

"나한테는 그렇게 보여."

"즉… 사실 그런 인간이 아닌데 연기하고 있다는 뜻?"

"눈이다."

"눈이… 안 웃어?"

그렇지는 않은 것 같다. 시노하라는 잘 웃는다. 그 부드러운 표정에서 위화감을 느낀 적은 없다.

"아니야."

렌지는 살짝 고개를 가로저었다.

"놈의 눈은 움직이지 않아. 처 웃을 때에도 빤히 한 점을 응시해. 눈앞의 상대를 관찰하고 있다는 뜻이야."

"…렌지야말로 잘 관찰하고 있네."

"너도 놈을 관찰해라."

렌지는 그렇게 말하자마자 발길을 돌려 걷기 시작했다. 체중이 느껴지지 않는 몸놀림. 그러면서도 약동감이 있다.

걸음걸이 하나만 봐도 격이 다르다는, 너무나 다르다는 생각을 하지 않을 수가 없다. 열등감을 품는 것도 우스울 정도다. 저절로 우러러보게 되고 만다.

갑자기 렌지가 발을 멈췄다.

"잊어버렸어도 그리 둔해지지는 않았군."

돌아보고, 말한다.

"오히려 몰라볼 만큼 성장했다. 기대한다."

하루히로는 얼굴 여기저기가 긴장되는 것을 느꼈다. 어떻게 대답해야 좋은 걸까? 고맙습니다. 열심히 하겠습니다. 지나치게 저자세인가?

　하루히로는 결국 고개만 끄덕이기로 했다. 뭔가 재치 있는 말을 하면 좋았겠지만, 나한테는 어차피 무리겠지.

도대체, 누가.

누구… 라기보다, 어떤 존재가 깜빡하고 두고 간 것일까?

쓸데없이 드넓고 끝없이 평평한 풍조 황야에 언제부터 그 산은 덩그러니 솟아 있는 것일까?

사람들은 부른다.

탄식의 산이라고.

그 이름의 유래에는 여러 가지 설이 있다. 정설은 이거다.

산 정상에 솟은 고성의 반쯤 허물어진 모습은 낮 동안에는 멀리서도 확인할 수 있다. 그것은 성 같지만 그냥 성이 아니다. 과거에는 오래된 신을 모시기 위한 신전이었다. 그 신전 옛터에 대담무쌍하게도 태고의 왕이 성을 세웠다. 이윽고 왕이 죽자 성은 죽은 왕의 무덤이 되었다. 두려움을 모르던 왕의 위업을 칭송하고 애도의 뜻을 표하기 위해 사람들은 무덤을 향해서 탄식의 노래를 불렀다고 한다.

풍조 황야의 밤은 무수한 별들이 떠오르는 것처럼 빛나고 있어도 숨이 막힐 정도로 농후하다. 묵직한 어둠에 짓눌려버리지 않으려고 고개를 들면, 황황한 등불로 채색된 탄식의 산 정상이 눈에 들어온다.

의용병단이 파견한 밀정의 보고에 따르면, 고성 수리 작업은 지금도 진행 중인 모양이다. 특히 산 정상 근처의 급경사면을 다 올라간 곳에 솟아 있는 성벽은 상당히 복구가 진행되었다.

성문으로 통하는 좁은 길을 제외하고는 사녹채(주1) 같은 바리케

주1) 사녹채 적군이 침입하는 것을 막기 위해서 나무토막을 비스듬히 박거나 십자 모양으로 겹쳐놓은 방어물.

이드가 사방에 설치되어 있다고 한다. 길을 따라가면 성벽에서 날아오는 활, 석궁, 투석에 저격당한다. 길을 피해서 가기 위해서는 바리케이드를 철거해야만 한다. 바리케이드에 신경 쓰다 보면 역시 사격을 당하게 된다. 의용병단의 마법사들을 중심으로 해서 단숨에 밀어붙이는 등 정공법으로 함락하려 들면 적지 않은 희생을 각오해야만 할 것이다.

그래서 뒷문을 뚫기로 했다.

뒷문이라고 해도 산 정상부를 에워싼 성벽에 앞문과 뒷문이 있는 것은 아니다.

그 뒷문에 관한 정보를 변경군과 의용병단에 제공한 것은 시노하라였다.

원래 시노하라가 이끄는 오리온은, 언데드들의 소굴로 변해버린 탄식의 산을 독자적으로 탐색했다고 한다. 고성에도 몇 번이나 침입한 적이 있다고.

하지만 오리온이 노리는 것은 고성이 아니었다.

신전 옛터에 성을 세운 왕. 죽은 왕은 자기 거성에 그대로 묻혔다.

전해지는 전설이 사실이라면 고성 안에 왕의 관 같은 것이 있을 터였다. 그런데 시노하라 일행이 아무리 찾아봐도 신분 높은 사람의 시체가 어딘가에 안치되어 있었던 것 같은 흔적은 발견되지 않았다.

혹시 왕의 무덤은 따로 있는 게 아닐까? 시노하라 파티는 수색을 더욱 진행했다. 그리고 마침내 발견했다.

지하였다.

고성 지하에 비밀 묘소가 숨어 있었던 것이다.

정확하게 말하자면 묘소가 아닐까 추측되는 공간이라고 말해야 할지도 모르지만, 복잡하니까 묘소라고 부르기로 하자.

오리온은 몇 년에 걸쳐 조사해서 묘소 출입구를 두 개 찾아냈다. 고성 안, 그리고 탄식의 산 산기슭에도 통로 출입구가 있고 양쪽 다 바위 문으로 봉인되어 있었다.

오리온은 두 개의 출입구를 통해서 묘소로 진입을 시도해봤다. 그곳은 역시 무덤이 틀림없었다. 시노하라와 키무라가 주장하는 바로는 십중팔구 왕은 고성 지하에 매장되었다고 한다. 그렇게 믿을 만한 증거를 그들은 입수했다고 했다.

시노하라 파티는 왕이 잠자는 방을 현실(주2)이라고 칭했다. 놀랍게도 오리온은 그 현실에도 발을 들여놓았었다고.

단, 현실에 들어갈 때마다 사망자가 나왔다. 그 때문에 시노하라는 퇴각이라는 결단을 내려야만 했다.

이번 탄식의 산 공략전에서 중요한 점은 산기슭에서도, 고성 안에서도 묘소로 들어갈 수가 있다는 점이다.

산기슭 출입구를 산기슭구, 고성 안의 출입구를 성내구라고 부르기로 하자. 양쪽 다 현실로 통한다. 참고로 거리 면에서는 성안의 입구로 들어가는 쪽이 현실에 훨씬 가깝다고 한다.

즉, 산기슭 입구에서 묘소를 통해 현실을 돌파하고 성내구로 나올 수가 있다면 고성에 파고들 수 있다.

탄식의 산 공략전은 변경군과 의용병단에 의한 합동 작전이다.

변경군에서는 진 모기스 총사가 지휘를 맡긴 토머스 마고 장군이 이끄는 정예병 약 백 명. 그리고 하루히로, 쿠자크, 란타, 유메, 메

주2) 현실 효실. 시체가 안치된 무덤 속 방.

리, 세토라 여섯 명과 시노하라 이하 오리온 23명이 참가한다.

의용병단은 팀 렌지, 토키즈, 와일드 엔젤스, 아이언 너클, 버서커스 총 70명을 파견했다.

그중에서 시노하라와 키무라 등 오리온 열 명과 하루히로네, 팀 렌지, 토키즈, 이렇게 26명이 별동대로 묘소를 경유해서 고성 안 침입을 꾀한다.

나머지는 본대다. 탄식의 산을 정면에서 공략하려는 움직임을 보여 적을 견제하면서 별동대의 신호를 기다린다.

작전의 성패는 별동대에 달려 있다고 해도 과언이 아니다.

그보다, 애초에 별동대가 고성 안으로 침입해 신호를 보낼 때까지 본대는 총공격을 감행할 수 없다. 별동대가 성과를 내지 못하면 시작되지 않는 작전인 것이다.

"타앗…!"

쿠자크가 호쾌하게 대검을 내리쳐 사람 형태의 폰을 두 동강 냈다.

"냐하핫…! 폰쯤이야!"

가면의 암흑기사가 불길하게, 오만방자하게 웃으면서 마치 괴조처럼 다른 폰에게 덤벼들었다. 칼을 거침없이 휘둘러 "퐁!" 외치며 그 머리 부분을 잘라버렸다. "…이다!"

"우라지게 재미없엇…."

쿠자크는 중얼거리면서 옆으로 스윙을 날리는 것처럼 대검을 휘두른다. 대검을 가볍게 휘두를 때마다 우수수 폰이 쓰러진다.

"후왓!"

유메는 놀랍게도 발차기다. 다가온 폰을 앞차기를 날려 후퇴시키더니, 사이를 두지 않고 곧바로 돌려차기를 꽂아 날려버린다.

그랬나 싶더니 이번에는 폴짝 뛰어 다른 폰에게 "챠챠챠잇!" 눈에 보이지 않을 정도의 고속 3연발 킥을 퍼붓는다. 더욱이 또 다른 폰을 "…하냣!" 손날로 일격, 이것 또한 날려버린다.

"네가 쿵푸 마스터냐…?!"

가면의 암흑기사가 폰을 폰, 퐁, 포퐁, 퐁 날려버리면서 유메에게 딴지를 건다. 왜 그토록 즐거워 보이는 건지. 그야, 란타니까 그런가? 어차피 란타니까.

메리와 세토라는 등을 맞대고 서로를 보호하면서, 다가오는 폰들을 배틀 스태프와 창으로 튕겨내고 있다.

왜일까? 란타와 유메가 지나칠 정도로 격렬하게 움직여서 그런지, 많이 움직이지 않는 메리와 세토라를 보고 있으면 마음이 차분해진다. 힐링된다고까지 말해버리면 과연 지나친 말일까? 전투 중이고. 그렇다. 힐링하고 있을 때가 아니다.

하루히로는 메리에게 접근하려던 폰을 뒤에서 결박해 왼손으로 머리를 누르고 오른손으로 대거를 사용해서 목을 퍽, 단숨에 따버린다. 폰은 잡병, 보병이라는 뜻이라고 한다. 무덤에 있는 폰들은 온몸에 희멀건 띠 같은 것을 감은 모양새를 하고 있다. 그래서 오리온은 그들을 미라남, 머미라고도 부르는 모양이다. 실제로는 천이나 붕대라기보다는 흙 같은, 점토와 토기의 중간 같은 감촉으로, 머리를 싹둑 자르거나 부수거나 하면 지금 막 하루히로가 해치운 폰처럼 우수수 무너져버린다. 폰의 소재는 흙과 뼈인 모양이다.

"고마워, 하루!"

메리가 말을 걸어줘서 하루히로는 살짝 안도했다. 말수가 지나치게 적으니까. 세토라도 기운을 차려주면 좋겠지만 그렇다고 해서 무리하지는 말았으면. 세토라든, 메리든 해야 할 일은 해낸다. 그 점은 신용하고 있다. 만약 부족한 부분이 있다면 그때에는 하루히 로가 커버하면 된다. 이래 봬도 리더니까.

묘소의 통칭 '현관 홀'. 산기슭구로 들어가면 바로 나오는 넓은 방이다. 물론 이 또한 오리온이 붙인 이름이다. 그러나, 글쎄. 현관 홀이라기보다는 구조가 왠지 극장 같다.

이 현관 홀로 들어서는 곧바로 오리온 멤버들이 제법 강하게 빛을 내는 막대기 상태의 도구를 열 개도 넘게 주변에 흩뿌려서 최소한의 빛은 확보되었다. 그래도 빛이 닿지 않는 천장은 잘 모르겠지만 벽도, 바닥도 돌로 만들었거나 석판을 깔아놓은 것이었다. 중앙이 낮고 가장자리가 높아서 그 한가운데가 무대처럼 보이지 않는 것도 아니다. 일단 하루히로 일행은 그 무대 같은 장소를 목표로 하고 있다.

폰은 약하다. 하지만 끊임없이 계속해서 밀어닥친다. 덕분에 좀처럼 나아갈 수가 없다. 당할 것 같은 느낌은 솔직히 전혀 없지만, 하루히로 일행만 있었다면 밀려났을지도 모른다.

"차근차근 갑시다!"

시노하라가 묵직한 은색 광택을 띤 방패로 폰을 밀쳐낸다. 검신이 짧은 편이고 폭이 넓은, 칼끝이 비스듬하게 커팅된 약간 독특한 형태의 검은 꽤 잘 드는 것 같다. 시노하라의 검은 마치 종이라도 자르는 것처럼 폰을 베어버린다.

오리온은 이름난 클랜이다. 숙련자는 시노하라뿐만이 아니다. 마츠야기던가 하는, 미늘창을 양손에 하나씩 든 거한 전사의 장렬한 싸움도 눈여겨볼 만하다. 마법사도 두 명 있고 사냥꾼과 도적도 있다. 한눈에 알 수 있을 정도로 균형이 잘 잡혀 있다.

"응차!"

저 둥근 안경의 신관은, 거기에 존재하는 것만으로도 뭔가 중요한 밸런스를 무너뜨리는 것 같은 느낌도 없지 않지만.

"우웅하앗…!"

키무라는 일일이 별나다. 신관이라면 전투를 하지 않아도 될 텐데… 이건 메리에게 싸우게 하는 처지인 하루히로가 할 말은 아니다. 그렇기는 해도, 저런 식으로 적극적으로 앞으로 나서지 않아도 될 것 같은데. 오리온은 그 말고도 전투 요원이 많으니까.

그리고 싸우는 방식도 뭔가 이상하다.

뭔가랄까, 키무라는 버클러 같은 작고 둥근 손방패로 몸을 지키면서 폰에게 휙 육박해서는 미늘창을 쳐올린다. 옆이나 사선으로 휘두르는, 위에서 똑바로 내리치는, 그런 방식의 정통파일 것이라고 하루히로에게 생각하게 만드는 방식을, 어떻게 된 영문인지 키무라는 취하지 않는다. 반드시 아래부터 간다. 꼭 쳐올리는 것이다. 노리는 부분은, 어째서인지는 모르지만 항상 정해진 모양이다.

"쿳후오아앗…!"

고간이다.

키무라는 폰의 고간을 향해서 미늘창을 올려친다.

"츠하앗…!"

고간에 창을 맞은 폰은 우수수 무너진다기보다 퍼엉 하고 파열하는 것처럼 흩어진다. 키무라는 그게 기분이 좋아서 견딜 수가 없는 걸까?

"응후웃…! 후하핫…!"

엄청난 목소리가 나오는데요.

이쯤 되면 키무라는 폰을 파괴하는 행위로 성적 쾌감을 얻는 것처럼 보이기까지 한다. 어떻게 생겨 먹은 신관이야? 그게 아니라, 혹시 제대로 된 의용병 시대의 기억을 잃은 하루히로의 왠지 어중간하고 물렁한 가치관이 오히려 이상한 건가? 그럴 가능성도 없지는 않을 것이다.

"간다, 필살기…."

키무라와 같은 신관복 차림의 남자가 도움닫기를 해서 앞으로 공중제비를 돈다.

"서머솔트 봄(윤전파참, 輪轉破斬)…!"

그 반동을 이용해서 두 손으로 든 워 해머를 내리쳐 돌바닥과 함께 폰을 분쇄. 대박살이다.

"…으으으으랴아아앗…!"

거기서부터 몸을 틀어 워 해머를 쳐올려, 더욱이 내리칠 때까지의 동작도 빠르다. 무시무시할 정도의 스피드다.

타다. 타다 씨. 장난 아닙니다. 타다 씨가 폰을 격파할 때마다 폭발음 같은 소리가 나는데, 도대체 뭐야? 저 소리. 저건 이쯤 되면 신관인데… 라거나 그런 문제도 아닌 것 같은. 도대체 어떻게 된 일일까?

"나 님…! 어택…!"

타다에 비하면 킷카와는 그야말로 경량급이다. 휙 뛰어가서 폰의 목을 썅둥 베어 날린다. 킷카와는 걸핏하면 나 님, 나 님 하면서 시끄럽고 나서기를 좋아하지만 그런 것치고는 꽤 낭비가 없는, 스마트한 움직임이다.

"표범처럼 춤추다가!"

이것이 토키무네에 이르러서는 이미 스마트한 건지, 낭비가 없는 건지 잘 모르겠다. 가벼운 건 틀림없지만 폰을 일격할 때마다 빙글, 빙글빙글, 장검을 돌리는 것은 무엇인가? 무의미하다고 느껴지는데, 어쩌면 저걸로 리듬을 타는 건지도 모른다. 리듬을 탈 필요가 있는 걸까? 라는 문제는 남지만.

"…범고래처럼 찌른다…!"

저렇게 갑자기 폰 그룹 속으로 뛰어들어서, 방패를 바닥에 대고 물구나무를 서서, 그 방패를 지점으로 빙글빙글 회전하면서 주위의 폰을 발차기로 날려버린다거나 하는 사람이니까, 아무래도 리듬을 타야 한다거나? 모르겠지만. 정말로. 하루히로는 알 수 없다. 하지만 뭐, 표범처럼 날아가 범고래처럼 쏜다기보다는, 나비처럼 날아 벌처럼 쏘는 게 아닐까 생각한다.

아무튼, 토키즈, 대부분 위험하지만, 제일 위험스러운 최고 위험은 토키무네도, 타다도 아니다.

저 사람이다.

마법사라는데, 검.

검이로군요.

게다가 이도류다.

아니, 지니고는 있었지만. 두 자루의 검을 허리에 차고 있었다. 그러니 놀랄 일은 아니지만. 실제로 두 눈으로 보니 압도적이랄까, 그저 오로지 엄청나달까.

뭔가처럼 춤추는 것은 토키무네보다 오히려 그녀겠지.

챙이 넓은 큰 모자를 쓴 미모리의 검 놀림은, 뭐랄까, 웅대하다. 느린 것은 아니겠지만 다급하게 움직이는 듯한 구석이 없다. 검을 휘익 크게 휘둘러 휘릭 폰을 벤다. 오른쪽의 검을 끝까지 다 휘두르면 되돌리거나 하지 않는다. 오른쪽 검을 끝까지 휘두르고, 왼쪽 검을 끝까지 휘두른다. 저런 식으로 검을 휘두르면 몸이 붕 떠버릴 것 같은데 그녀는 중심축이 확실하다. 온몸이 기울어도, 힘껏 돌아도 흔들림이 없다. 미모리는 멈추지 않는다. 머뭇거리는 일도 없다. 물이 흐르듯 계속해서 검을 휘두른다. 그 동작이 티끌만큼도 작위적이지 않은 것이다. 오로지 검을 휘두르다 보니 이런 형태가 되었습니다 하는 듯한. 어떤 종류의 완성형이 아닐까? 하는 느낌까지 든다. 과장인지도 모르지만, 그렇게 여겨질 정도로 미모리의 검술은 스케일이 크다. 그야말로 천의무봉(天衣無縫)이다.

그리고, 저 정도 검술을 선보이면서도 미모리는 마법사인 것이다. 그야말로 마법사이기 때문에 가능하다고밖에 말할 수가 없다.

미모리는 두 자루의 검으로 폰을 쓸어버리면서 그 검 끝으로 엘리멘탈 문자를 그리며 주문을 읊는다.

"데름 헬 엔 바르크 젤 아르부…!"

타다가 워 해머로 폰을 분쇄할 때마다 폭발음이 울리는 것 같다고 하루히로는 착각했으나, 역시 그것은 진짜가 아니었다. 고막을 찢고 배 속을 진동시키는, 이거야말로 폭발음이다.

미모리가 검 끝으로 가리킨 5~6미터 앞에서 말 그대로 폭발이 일어났다.

아르부 매직(화열 마법) 중 하나, 블래스트(폭발)에 의한 폭염, 폭풍에 튕겨 날아간 폰은 셋인가 넷, 고작해야 다섯 정도겠지. 하지만 그 숫자 이상의 임팩트였다.

"이… 것… 이…!"

안나 씨는 킷카와와 토키무네한테서 단단히 호위받고 있다. 아무도 안나 씨에게는 손을 댈 수 없겠지. 그런 안나 씨는 뭘 하고 있냐하면, 딱히 아무것도 하지 않는다. 아니, 전혀 아무것도 하지 않는건 아니지만. 당당하게 가슴을 펴고 있다.

"안나 씨네 토키즈의 실력입니다…! 어떠냐! 대책 없지? 망할 잔챙이들…!"

잘난 척한다.

엄청나게, 당당하게 잘난 척하고 있다.

신관은 동료에게 무슨 일이 있을 때 움직이는 게 맞는다는, 뭐 그런 측면도 있다. 그렇다면 안나 씨의 저 태도도 옳은 건지도 모른다. 토키즈에게는 토키즈의 방식이 있다. 결원도 생기지 않은 모양이고, 잘하고 있는 것이겠지. 안나 씨의 태도도 오히려 상쾌하다고생각 못 할 것도 없다. 신관이니까 여차할 때에 대비한다. 그저 대비하기만 한다고 해서 미안하다는 듯이 있을 필요는 없다. 당당하게 굴어도 된다.

어쨌든 의외였던 것은 팀 렌지다.

허리에 랜턴을 찬 빡빡머리 전사 론과 매우 키가 작은 신관 꼬마가 검은 테 안경의 마법사 아다치를 확실하게 지키며 견실하고 확실하게 폰을 쓰러뜨리고 있다. 렌지는 거침없이 공격해 혼자서 적을 전멸시킬 것 같은 분위기를 풍기지만, 그렇지는 않았다. 동료들과 너무 가까이 붙지도, 너무 떨어지지도 않고, 달려드는 폰을 담담하게 대검으로 베는 모습은 너무나 깔끔해서 마치 휴식을 취하는 것처럼 보일 지경이다.

아니, 확실하게 싸우고 있고, 남들 이상으로 성과를 내고 있지만, 저 정도는 렌지에게는 쉬는 것과 다름없지 않을까? 그런 식으로 생각될 만큼 여유 있어 보이는 거물급 느낌. 저것이 바로 렌지의 대단함인지도 모르지만. 좀 맥이 풀리지 않는 것도 아니다.

"……엇?!"

갑자기 하루히로는 뭔가를 느꼈다. 뭔가가 뭘까? 그 순간은 정말로 뭔가라고밖에 말할 수 없었지만, 금방 알아차렸다.

날아온다.

무대를 마주 보고 왼쪽, 아니, 왼쪽 앞에서인가.

"쿠자크…!"

하루히로보다도 빨리 세토라가 주의를 촉구했다.

"…우왓?!"

반사적으로 쿠자크는 날아온 물체에 대검을 맞대어 빗나가게 했다. 꽤 컸다. 저 쿠자크가, 약간이기는 하지만 자세가 무너질 뻔했을 정도니까, 중량도 제법 있는 것 같다. 도대체 뭔가? 저것은.

"계속 온다…!"

하루히로는 외쳤다. 구체인가? 탄환. 주먹 크기 정도인가? 크다.

"회피…!"

시노하라도 방패로 탄환을 막아내면서 목청을 드높였다.

"웅냣."

유메가 몸을 뒤로 젖혀 피한 탄환은 폰을 직격해서 박살을 냈다.

"…마구자기로 날아오네!"

"마구자기가 아니라, 마구잡이… 겠지! 우왓…!"

란타는 수수께끼의 거동으로 슛, 슛, 잽싸게 좌우로 이동해서 두 발, 세 발 탄환을 피한다. 란타를 빗겨간 탄환도 폰을 박살 냈다.

"혼트입니다!"

시노하라가 탄환이 날아오는 방향을 검 끝으로 가리켰다.

"먼저 박살을 내주세요…!"

사전에 혼트에 관해서는 들었다. 폰과는 달리 혼트는 상반신만 인간 같은 모양을 하고, 두 팔로 바닥을 짚은 자세로 그 자리에서 움직이지 않는다고 한다. 그리고 머리 부분에서 탄환을 발사한다. 말하자면 고정 포대다.

쿠자크, 유메, 란타, 메리, 세토라가 함께 있으면 파티는 완벽하게 제 기능을 한다. 하루히로는 혼트가 있을 거라 짐작되는 방향으로 달려가려 했다.

"바보!"

란타가 추월해서 하루히로는 뒤에 남겨졌다.

"여기는 나 님한테 맡기라고…!"

어이가 없을 정도로 빠르다. 이제 와서 말리는 것은 무리다. 하루히로는 발길을 멈췄다. 혼트 처리는 란타에게 맡기자. 란타 말고도 몇 명인가 갈 테고. 하지만 저 속도라면 분명 란타가 제일 먼저다.

아니었다.

"오잉…?!"

란타가 기괴한 목소리를 낸다.

그쪽을 보니 란타 앞을 질주하는 그림자가.

"…렌지…!"

하루히로는 멍해졌다.

어느 틈에.

렌지가 팀 렌지에서 벗어나 단독으로 혼트 사냥에 임한다.

"흠흠…!"

키무라가 동그란 안경을 빛냈다.

란타에 앞서 질주하던 렌지가 급속히 멈춰 선다.

"뭐야…?!"

모기인가? 아니야, 모기는 아니겠지만, 모기로 이루어진 기둥 같
은. 모기의 대군 같은 것이 렌지를 덮친다.

"크흑…! 현관 홀에서 팬텀까지 마중을 나올 줄이야!"

키무라는 흥분을 감추지 못한다. 애초에 감출 생각이 없는 건가?
그런지도 모르겠다. 그야, 저 키무라니까.

"…읏…!"

렌지는 대검을 휘둘러 모기떼 비슷한 팬텀을 물리치려고 했다.
일단 검압으로 흩어버릴 수는 있었지만 밑 빠진 독에 물 붓기나 마
찬가지다. 팬텀은 아주 작은 날벌레 같은 것의 집합체로 한 마리,
한 마리를 검으로 베는 것은 힘들다. 검압으로 날려버리기는 해도
금방 다시 돌아와 버린다.

"소용없어…!"

그러니까, 키무라. 흥분하는 것은 백보 양보해서 그렇다 쳐도, 기
뻐하는 건 좀 아니잖아.

"팬텀으으은! 물리 공격이 거의거의 통하지 않느으은! 상대라고
요, 마법이 아니며어어어언… 엇?!"

"…어엇…?!"

렌지를 따라잡으려 해도 팬텀이 있기 때문에 어떻게 할지 고민하

는 듯한, 발걸음이 둔해진 란타를 누군가가 밀쳤다. 상당히 체격이 작은, 저것은….

"빛…!"

꼬마다. 팀 렌지의 신관. 꼬마가, 왜?

"루미아리스…!"

뭔가 짧은 단어를 말하면서 앞으로 굴러, 꼬마는 렌지 앞으로 나섰다. 손바닥을 팬텀에게 향한다.

"영창, 너무 짧지 않은가요?"

키무라가 외쳤다. 영창. 그것은 영창이었던 건가? 빛. 루미아리스. 확실히 정식으로 하면, 빛이여, 루미아리스의 가호 아래에, 아니었던가?

"저지먼트(신벌적면, 神罰覿面)…!"

실화냐.

하루히로는 과장도, 무엇도 아니고, 정말로 눈이 멀어버리는 게 아닐까 생각했다. 위험한 느낌이 들었기 때문에 눈을 감았다. 그래도 감은 눈꺼풀을 통해 새하얀 빛이 망막을 태우는 것 같은 엄청난 빛이었다. 그리고 소리도 났다. '츠웅'이라는 것 같은, 귓구멍을 뚫는 것 같은 낯선 소리였다. 꼬마는 하루히로한테서 제법 떨어진 곳에서 광마법을 날렸지만, 강풍이 밀어닥치는 것 같은 느낌도 있었다.

"…광마법의의의! 궁극 필살기이이이…!"

키무라가 외쳤다. 진짜 시끄럽다니까.

하루히로는 눈을 떴다. 아직 잘 안 보인다. 하지만 꼬마의 궁극 필살 마법인지 뭔지 때문에 팬텀은 사라져버린 모양이다.

"타앗···!"

렌지가 혼트에게 덤벼들어 벤다.

좀 전까지는 농담이 아니라 진짜 휴식을 취했던 것이겠지. 그렇게밖에는 생각할 수 없다.

다르다.

속도라기보다, 움직임의 퀄리티가.

차원이 달라.

렌지는 앞으로 내디디고 대검을 휘두르고 있는 건가? 뭔가 전혀 다른 일을 하고 있는 게 아닐까? 렌지가 손에 든 대검은 외날이고, 두껍고, 칼등이 들쭉날쭉하다. 상당히 길고 무거울 것이다. 인간이 저런 식으로 다룰 수는 없을 것이다. 렌지는 마치 대검 날밑에 사슬이라도 달아서 돌리는 것 같다. 덤으로, 그런 사슬 대검이 두 자루도 아니고 세 자루 정도 있어서, 렌지가 그것들을 동시에 휘두르고 있다면 저런 상태가 될지도 모르겠다. 되지 않으려나? 뭐, 안 되겠지. 렌지가 어떤 식으로 대검을 사용하는 건지 하루히로는 해명할 수 있을 것 같지 않다.

"···사냥가암! 나한테도 남겨줘어···!"

란타가 뭔가 말하고 있다. 하지만 렌지가 들어줄 리가 없다. 렌지를 막을 수 있는 자가 있을 거라고는 생각할 수 없다.

"역시네요."

중얼거리는 시노하라의 얼굴을 하루히로는 우연히 목격했다. 우연이라고는 해도, 틈만 있으면 시노하라의 상태를 살피게 되어 있었다. 덕분에 포착할 수가 있었다.

시노하라는 무표정이었다.

저것은 역시 대단하다고 누군가를 칭찬하는 사람의 표정이 아니다. 어떤 때 사람은 저렇게까지 표정이라는 것을 잃어버릴까? 하루히로는 잘 생각해낼 수가 없었다.

　하지만 한순간이었다. 시노하라는 금방 웃음을 지었다. 여느 때의 웃는 얼굴이다. 붙임성 좋은 인격자. 뭐든지 허용할 수 있답니다… 이렇게 말하는 것 같은.

　"흠…."

　타다가 워 해머를 어깨에 걸치고 주변을 둘러보았다.

　토키무네가 장검을 빙글 돌려 폰을 베어 쓰러뜨린다.

　"…슬슬 대충 정리된 느낌인가?"

　렌지는 혼트를 다 사냥한 모양이다. 란타가 발을 구르고 있다.

　"우낏!"

　"원숭이냐…."

　쿠자크가 중얼거리듯 말한다. 보기에, 적어도 발광봉의 빛이 닿는 범위 안에 폰은 없는 것 같다.

　"토홋…!"

　키무라는 또 둥근 안경을 기분 나쁘게 빛냈다. 하지만 저 웃는 방식. 전혀 익숙해질 수 없다. 몇 번을 들어도 짜증이 난다. 매번 미묘하게 다른 것 같은 느낌도. 그 탓에 매번 신선한 감각으로 짜증이 나는 건가? 필요 없잖아. 그런 베리에이션은.

　"일단 정리된 모양이군요. 고호홋…."

　"갈 길을 서두릅시다."

　시노하라는 검을 칼집에 넣고 현관 홀 구석으로 얼굴을 향했다.

　"느긋하게 굴다가는 다음이 옵니다."

기분 탓일까? 현관 홀 여기저기에서 폰이며 혼트의 잔해가 꿈틀대는 것 같은. 보기에, 흩어진 흙덩이가 실제로 움직이는 것은 아닌 모양이니까 분명 기분 탓이겠지.

현재로서는.

오리온과 토키즈가 이동하기 시작했다. 렌지는 이미 꼬마, 론, 아다치를 데리고 현관 홀 안쪽으로, 안쪽으로 향하고 있다.

하루히로도 쿠자크와 유메, 메리, 세토라에게 눈짓을 하고 팀 렌지의 뒤를 따라갔다.

가면을 고쳐 쓴 란타가 합류한다.

"…기분 나쁜 곳이네."

정말 동감이지만, 가면의 암흑기사에게 동의하는 것도 못마땅해서 하루히로는 잠자코 걸음을 옮겼다. 시노하라가 이끄는 오리온은 묘소를 탐색할 때마다 상당수의 적을 쓰러뜨렸다. 그럼에도 묘소에 발을 들일 때마다 적은 또 나타난다.

시노하라 팀은 적의 잔해가 겹겹이 잔뜩 쌓여 있는 곳이나 적이 되어가고 있는, 예전에 시체였던 것을 목격한 적도 있는 모양이다.

묘소의 적은 끝이 없다. 적의 소재는 묘소 안에 얼마든지 있다. 소재만 있으면 그것에 의해 적이 생성된다. 쓰러뜨려도, 쓰러뜨려도 샘솟듯 솟아난다는 뜻이다.

물론 자연 현상으로 이런 일이 일어날 리가 없다.

어떠한 힘이 작용해서 적을 생성하고 있다. 그 힘을 지닌 자가 묘소 어딘가에 존재하는 것이다.

분명, 죽고 나서도 잠들 일 없는, 태고의 왕이.

4. 사랑의 여러 가지 형태

현관 홀 막다른 곳에는, 금속인지 바위인지 구별할 수 없는 재질의 문 같은 것이 있었다. 높이는 3미터 이상으로 폭도 비슷한 정도. 거의 정사각형이다. 좌우 상단의 모서리가 둥글게 곡선으로 되어 있어 정사각형이라고는 말할 수 없지만, 돌 벽에 박혀 있고 딱 봐도 열릴 것 같은데 어떻게 열어야 하는 건지. 손잡이 같은 것은 없다. 단, 정중앙 부근에 다섯 개의 원을 어긋나게 겹친 형태의 움푹 들어간 곳이 있다.

참고로 그 문은 한 개가 아니다.

완전히 똑같은 문이 두 개 있다.

문과 문 사이의 간격은 십여 미터.

마주 본 상태에서 왼쪽에 있는 문 앞에는 시노하라가, 오른쪽 문 앞에는 키무라가 서 있다.

"지금부터 묘소의 기본적인 기믹을 실연해 보이겠습니다."

시노하라가 문의 오목한 곳에 오른손을 댔다.

"우리는 이것을 동시 열림 장치라고 부릅니다. …키무라."

"오홋."

키무라도 문의 오목한 곳에 오른손을 댔다.

"감(鑑)하시라…."

"카마시라가 누구야?"

유메가 란타에게 귓속말로 묻는다.

"나한테 묻지 맛!"

란타는 고개를 갸웃거렸다.

"…그보다, 진짜 누구야? 카마시라? 가마시라…?"

"감하다. 잘 보라는 의미다."

세토라가 차갑게 말하자 란타는 가면 속에서 에헴, 으흠, 헛기침했다.

"그, 그야, 당연히 알고 있었지만. 당연하잖아. 누구라고 생각하는 거야? 나 님을."

"흠, 그런가요?"

쿠자크가 비웃는다.

"…뭐라고? 짜샤?"

덤벼들려는 란타를 그냥 내버려둘 수도 있었지만 아무래도 보기 민망하다. 제지하려고 한 그 순간, 문에 변화가 있었다.

"오옷…."

하루히로는 눈을 크게 떴다. 열릴 거라고 생각은 했었으나, 의표를 찌르는 방식으로 열린다.

두 개의 문에는 홈이 있는데 장식이랄까, 문양 같은 것이라고 하루히로는 생각했었다. 그게 아닌 모양이다. 문은 몇 개의 부분으로 구성되어 있고 홈은 각 부분의 이음새였던 모양이다. 각각의 부분이 묵직한 소리를 내면서 안쪽으로, 안쪽으로 밀려나며 위치를 바꾼다.

두 개의 문은 안쪽으로 접히는 것처럼 해서 열려, 그리로 지나갈 수 있는 구멍이 되었다.

"우왕…."

유메의 눈이 동그래졌다.

"엄청 기무한 방식으로 열리네, 그렇지? 메리."

"…응."

메리는 유메를 보고 아주 약간 표정을 누그러뜨렸다.

"그래. 기무한이 아니라, 기묘한이겠지만."

"웅냐. 그래? 기모한이구나."

"유메 너, 지금도 틀렸거든? 말해두는데."

"시끄럽네. 란타는 존재 자체가 틀려먹었잖아."

"나 님의 존재는 절대적 정의닷. …아니, 정의라는 것도 좀 거시기하네. 별로 폼 나지 않네. 악으로 할까? 절대적 악. 음… 이쪽이 좋은 것 같은 느낌이네."

그거나 그거나.

하루히로뿐만이 아니라 듣고 있던 이들은 모두 그렇게 생각했을 것이 틀림없지만, 아무도 그 점은 언급하지 않았다. 일일이 상대해주면 설쳐대고. 무시하는 게 제일 좋다.

"…자, 그럼."

키무라가 돌아보며 예의 둥근 안경을 빛냈다. 이제는 빛나도 '아아, 빛났네' 정도로밖에 생각하지 않게 되었다.

"자, 그러면…!"

그런 줄 알았는데, 키무라는 둥근 안경을 번쩍, 버언쩍, 연속으로 빛나게 했다. 그러니까 그거, 도대체 어떻게 하는 거냐고? 자기도 모르게 그런 의문을 갖게 되어버리는 하루히로는 진 건가? 이기고 지는 문제던가? 아닌 것 같은. 하지만 패배감을 씻을 수가 없다.

"만약을 위해 이쯤에서 다시 한번 설명해드리기로 할까요. 으흠! 불초 소생, 오리온의 지혜 보따리인 키무라가…!"

스스로 자기를 지혜 보따리라 칭하는 인간은 그리 많지 않겠지.

그야, 자신감이 있다는 건 나쁜 일은 아니고, 키무라는 실제로 지적 능력은 뛰어난 편이다. 작전을 개시하기 전에 오리온의 지혜 보따리가 묘소에 관한 정보를 대충 해설해주었는데, 잘 정리되어 매우 이해하기 쉬웠다. 이번 설명도 간결하고, 그러면서도 핵심을 잘 짚었다. 머리가 좋은 사람일 것이라고 느끼게 만든다. 그보다 훨씬 이상하다는 느낌이 더 크지만.

묘소의 포인트는, 조금 전 시노하라와 키무라가 시범을 보였던 동시 열림 장치다.

현관 홀에서 가는 진로는 두 가지가 있다. 문 A와 문 B. 이 둘을 시노하라와 키무라가 열었다.

묘소 안의 문은, 그 다섯 개의 원을 엇갈리게 겹쳐놓은 것 같은 오목한 부분을 누르기만 해도 열 수가 있다.

단, 동시에 열어야만 한다.

문 A와 문 B 중 한쪽만 열 수는 없다. 세트로 된 두 문의 오목한 부분을 반드시 양쪽 다 눌러야만 한다. 그렇게 함으로써 양쪽의 문이 열린다.

이 메커니즘이랄까, 기믹을 알아내는 데도 제법 고생했을 것이다. 오리온은 그것을 해냈다. 솔직히 대단하다고 생각한다. 하루히로 같은 사람의 입장에서 보면 왜 그렇게까지 할까? 라는 생각도 들긴 하지만.

아무튼 오리온 덕분에 묘소 안의 진행 방식은 판명되었다.

길이 갈라지면 어느 한쪽이 아니라 양쪽 길로 나아가야만 한다. 그 끝에는 문이 있다.

한 쌍인 두 개의 문의 오목한 부분을 양쪽 다 누른다. 그러면 문은 두 개 다 열린다.

산기슭구에서 묘소로 들어가면 먼저 현관 홀로 나온다.

현관 홀에는 문이 두 개. 문 A와 문 B다. 동시 열림 장치를 누르면 두 개의 길이 나타난다.

문 A 너머의 길을 A 루트, 문 B 쪽 길을 B 루트라고 하자.

A 루트는 오리온이 식당이라 부르는 방으로 연결된다. 식당에도 문이 두 개. 그 앞은 각각 주방과 예배당이다. 문이 하나씩 있다. 이것을 동시에 열면 중정이라 불리는 공간으로 갈 수 있다. 이 중정이 A 루트의 종착점이다.

B 루트는 큰 홀에서 알현실, 의상방으로 갈라진다. 두 개의 방문을 동시에 열어서 메인 침실로. B 루트의 종착점이 이 메인 침실이다.

그리고, 중정 문과 메인 침실 문을 동시에 열면 드디어 거기에서 현실이 기다리고 있다.

사실 현실의 전모는 밝혀지지 않았다. 벽화의 내용 등으로 미루어 보아 그 가장 안쪽에 죽어서도 잠들지 않는 왕, 리치 킹이 틀림없이 있을 것이라고 시노하라 파티는 생각하고 있다. 그러나 오리온은 거기까지 도달하지 못했었다.

더욱이 탄식의 산 정상에 있는 고성의 성내구를 통해 묘소로 들어가면 보물고라는 복잡한 구조의 방으로 나온다. 보물고는 상당한 미로로, 적을 쓰러뜨리면서 나아가야 할 때에는 매우 가혹하다고. 오리온은 보물고를 돌파하지 못했지만 겨냥도를 만드는 데에는 성공했다. 보물고는 현실로 통할 것이라고 한다.

어쨌든, 시노하라 팀이 예측하는 대로라면 묘소의 적은 리치 킹에 의해 만들어진다. 죽어서도 잠들지 않는 왕을 영원한 안식에 늘게 해버리면 묘소는 그냥 묘소로 변한다. 보물고도 쉽사리 지나갈 수 있을 것이다.

그런 연유로 별동대는 여기서부터 두 팀으로 나뉜다.

A 루트는 하루히로 일행과 토키즈, 그리고 안내역으로 오리온의 키무라가 붙는다. 전부 열세 명.

B 루트는 팀 렌지와 시노하라 이하 나머지 오리온 멤버들. 이쪽도 열세 명이다.

"그럼, 나중에."

시노하라가 하루히로 팀에게 웃어 보였다.

렌지도 이쪽을 보고 있다. 이쪽… 이랄까, 하루히로를. 그저 쳐다보는 것이 아니다. 렌지의 눈길에는 의미가 있다. 하루히로는 안다. 하루히로 말고는 아무도 모른다.

하루히로는 고개를 끄덕이지는 않았다. 그저 렌지를 마주 보았다. 그것만으로도 렌지는 알아차려준 모양이다.

마치 서로 마음이 통하는 것 같아서 이상한 느낌이다. 동기라고 하지만 하루히로는 기억하지 못한다. 누가 봐도 실력 차이는 역력하다. 도저히 대등하다고는 생각할 수 없는 남자에게서 기대한다는 말을 듣고 말았다.

잘 와 닿지 않는다고나 할까. 근질거리는 것 같은 이상한 느낌…… 이라고밖에 말할 수 없다. 렌지, 뭔가 착각하는 거 아니야? 나라고? 다른 누군가와 착각하는 건? 반 정도는, 아니, 반 넘게, 진심으로 그렇게 생각하기도 했다.

"우리도 갈까요. 크훗…."

키무라를 선두로 하루히로 팀은 문 A 앞으로 걸어간다. 키무라와 쿠자크와 세토라, 토키무네, 킷카와가 랜턴을 들고 있어서 그런대로 밝다. 현관 홀과 식당을 연결하는 복도는 문과 같은 정도, 즉, 폭과 높이도 3미터 정도로, 돌로 만들어졌다. 돌 벽에는 뭔가 조각이 새겨져 있다. 글자나 기호가 아니라 그림인 것 같다.

"우리 오리온이 조사한 바로는, 풍조 황야에 서식하는 짐승과 거인 등이 그려져 있는 것입니다, 쿠후엣···."

"먹을 것이로군."

타다가 중얼거렸다.

무슨 말?

아무도 지적하지 않는다. 어떻게 지적을 해야 좋을지 모르겠다고요, 타다 씨.

"···그런데, 저기···."

하루히로는 아까부터 자기에게 찰싹 달라붙어 있는 키 큰 여성에게 조심스럽게 말을 걸었다.

"···미, 미모리 씨."

"미모링."

"···네?"

"나는, 미모링이라고."

"아아··· 저··· 그게···."

"전에는 미모링이었어."

"그건··· 기억을 잃기 전?"

"응."

미모리는 힘주어 고개를 끄덕였다.

"그러니까, 미모링이라고."

"그렇군요…."

그랬나. 그건 몰랐습니다. 왠지 알고 싶지도 않았던 것 같은 느낌도 든다. 그래도 어쩔 수 없나. 기억이 없다고는 해도 내가 저지른 일이다. 저질렀다고 말하는 건 호들갑일까? 아무튼 하루히로는 미모리를 미모링이라고 불렀었다. 어째서냐고? 과거의 나….

"아… 그럼, 저… 미모… 링."

미모리, 아니, 미모링이 갑자기 멈춰 섰다.

두 손으로 얼굴을 감싼다. 고개를 숙인다.

"엇…."

하루히로는 요구에 응했을 뿐이다. 그런 것일 텐데… 맞지?

"왜… 그래?"

"또, 하루히로가, 미모링이라고 불러줬어."

미모링은 어깨를 떨기 시작했다.

"가슴이 벅차."

"…음…."

킷카와가 코를 훌쩍인다.

"그야… 뭐. 솔직히 말이야, 하루히로네, 난리 났었달까, 그런 거 시기한 건 있었으니까. 분명히 말하자면 말이야, 확실히 아웃, 죽었다고. 뭐, 그런 느낌? 확증은 없었지만, 흘러들어오는 소문 비슷한 느낌으로는 거의 거의 확정 같은 분위기였으니까. 미모리 씨는 말이야, 힘들었다고. 응, 응, 응. 그건 진짜. 그래도 믿는다고, 미모리 씨는 말했지만! 하루히로는 반드시 살아 있다, 다시 만날 수 있다고! 그건 말이야, 눈물 없이는 볼 수 없는 그런 느낌이었거든. 울었다고… 나도. 아주 쬐금이지만! 순애라고, 이건, 그런 느낌?! 그렇긴 해도, 미모리 씨, 지나치게 한결같다고 나는 생각하기도 했는데. 진짜 이거다 싶으면 한 발자국도 물러나지 않고 뜻을 관철하는 사람이라고, 미모리 씨는."

"이봐, 파루피로."

안나 씨가 다가와서 하루히로의 멱살을 움켜잡았다.

"말해두는데? 안나 씨는 몇 번이나 몇 번이나 설득했습니요. 운이 좋아서? 살아 있든 말든? 죽었든 말든? 네놈 같은 대머리를 일편단심으로 생각해봤자, 죽어서 결실을 맺으면 무슨 소용? 여자의 찬란한 봄은 짧으니까요…? 타임 이즈 머니, 웨이스트 오브 타임. 냉큼 갈아타라고, 고 넥스트 하라고요…? 벗트, 미모링, 곤 투해서 고개를 끄덕여주지 않았다고…. 노 매터 하우, 그것만큼은 들을 수 없다는 듯이? 대머리 네 녀석을 사랑해버렸으니까…? ●유!"

안나 씨, 당신, 가운뎃손가락 세우면서 눈물짓고 있잖아요. 무슨 일이냐고요, 도대체.

…아무튼, 장난 같은 분위기는 절대 아니다.

하루히로 역시 장난으로 받아들일 기분은 들지 않기도 했다.

뭐랄까, 대단해. 안나 씨는 동료로, 친구로 미모링을 굉장히 소중하게 여기는 것이다. 그 마음이 절실할 정도로 전해진다. 그 마음의 깊이에 하루히로는 압도당하기까지 했다.

"아아…."

쿠자크가 뭔가 말하려고 했다. 하지만 결국 아무 말도 나오지 않은 모양이다.

하루히로도 무슨 말을 어떻게 해야 좋을지 몰랐다. 어떻게 하면 되는 걸까? 이것은. 정답이 있는 거라면 누가 좀 가르쳐줬으면 좋겠다.

"뭐."

가면의 암흑기사가 헷 하고 짧게 웃었다.

"괜찮지 않아? 그렇긴 한데, 너 같은 굼벵이 얼간이 놈이 말이야? 이토록 뜨겁게 사랑받다니, 평생 한 번 있을까 말까 한 일이니까. 고맙게 받아들이라고."

"얼간이가 아니야."

미모링이 란타를 노려본다.

"하루히로는 얼간이가 아니야. 굼벵이도 아니야. 결코."

"…죄, 죄송합니닷."

란타는 목을 움츠리고 작은 목소리로 사과했다. 한심한 녀석이라고는 생각하지 않는다. 렌지만큼은 아니라고나 할까, 종류가 다르지만, 미모링에게는 독특한 박력이 있다.

"일단."

타다가 안나 씨의 팔에 살며시 손을 댔다. 굉장히 부드러운 손길이었다.

"그쯤 해둬, 안나 씨."

"…흥!"

못마땅하다는 내색을 한껏 풍기면서 안나 씨는 하루히로의 멱살을 잡았던 손을 놓았다.

참고로 타다는 워 해머를 어깨에 걸치고 있어서 언제든지 내리칠 수 있을 것 같은 자세다. 게다가 명백하게 살기로밖에는 인지할 수 없는 것을 온몸에서 발산하고 있다.

"하루히로."

"네…?"

"너희 신변에 무슨 일이 있었던 건지 잘은 모른다. 기억을 잃었다거나, 그런 것도 상관없어."

"뭐… 그렇… 겠죠. 그건 우리 사정이니까."

"하지만 말이다."

"…하지만?"

"우리 미모리는 충분히 괴로워했다. 괴롭힌 것은 누구냐? 너다."

"어… 나, 야?"

"너 말고 누가 있어? 더 이상 쓸데없이 미모리를 괴롭힌다면 나는 너를 가차 없이 죽인다."

"…단언했네요."

"죽인다."

"두 번이나…."

"안 됏."

너무나 갑작스러워서 하루히로는 한순간 눈을 의심했다.

미모링이 타다를 때린 건가?

때렸다.

"…커헉…!"

타다는 벌렁 자빠졌다.

움직이지 않는다.

아니, 천천히 상체를 일으켰다. 안경이 흘러내렸다. 입술에서, 피가.

"퉷…."

타다는 뭔가를 뱉어냈다. 딱, 그 뭔가가 돌바닥에 닿는 소리가 들린다.

보아하니 치아인 모양이다. 빠진 건가? 어금니인가?

타다는 왼손 검지로 안경 위치를 바로잡았다. 웃고 있어, 저 사람.

"…좋은 펀치였다, 미모리."

"타다가 하루히로를 죽인다고 했으니까."

"네가 뭐라고 하든, 나는 하루히로를 죽인다."

"안 됏."

미모링이 타다에게, 이번엔 뭐냐? 킥인가? 위험하다니까, 그건. 턱을 올려 차는 건. 하루히로는 반사적으로 미모링을 뒤에서 붙잡고 말렸다.

"…그, 그만햇?! 그만해줄래?!"

"미모리!"

타다가 맹렬하게 일어섰다.

"더 이상 하루히로가 너를 갖고 논다면! 나는 하루히로를 죽인다!"

"안 된다니까!"

"아니, 나, 갖고 논다거나 그러지 않았잖아?! 여기저기 갔다가, 어쩌다 기억을 잃어버린 것뿐인데요…?!"

타다는 고개를 갸웃거렸다.

"그랬나…?"

"그렇다고!"

"그런가."

타다는 어깻짓을 했다.

"아무튼, 내가 하고 싶은 말은, 이제 미모리를 상처 입히지 말라는 거다."

"…상처 입히고 싶다거나 그런 생각은 털끝만큼도 없다니까."

"그렇다면!"

안나 씨가 침을 흩날려가며 다그친다.

"냉큼! 미모링의 사랑을 받아들이면 되잖습니까!"

미모링의 얼굴이 다가온다.

"받아들여줘. 부디."

"…그… 렇게, 말해도…."

"인기 많네."

쿠자크는 팔짱을 끼고서 감탄하는 건지 뭔지는 모르겠지만, 내 입장이 되어보라고 말하고 싶다.

"엄청 인기 많잖아요, 하루히로. 인기가 많을 만한 사람이긴 하지만."

"우웩! 어디가?"

란타가 내뱉는다.

"…카악! 퉷! 퉷!"

굳이 가면을 벗고 가래침을 뱉지 마, 가래를.

"청춘이네!"

토키무네의 웃는 얼굴은 그 자리에 어울리지 않는다고나 할까, 현실과 동떨어진 것처럼 느껴질 정도로 상큼하다. 이가 너무 하얗다. 어떻게 하면 저렇게 하얘지는 걸까?

"음… 그보다 있지?"

킷카와가 끼어든다.

"하루히로, 여친 같은 것 없나? 예를 들어서 말인데, 파티 내 연애라거나? 파리 내 러브? 같은 느낌? 역시 아무래도, 진전된다거나 하는 일도 있다거나 하지 않나 싶은 분위기?"

"…그러는 그쪽은 어떤데?"

"아아… 우리? 토키즈는 뭐랄까, 패밀리 같은? 이랄까, 패밀리거든! 파파 토키무네, 마마 안나 씨, 장남 타닷치, 장녀 미모리 씨, 막내 나, 반려견 이누이랄까."

"큭…."

이누이가 사악하다고밖에 표현할 수 없는 얼굴이 되었기 때문에, 개 취급을 받아 기분이 상한 건 줄 알았더니 그런 것도 아니었다.

"왈…."

짖었다.

작은 소리이긴 했지만.

"그래서, 어떤데? 어떤데?"

킷카와는 무시했다. 아니, 킷카와만이 아니라, 아무도 이누이의 "왈"에 관해 언급하려고 하지 않는다. 이쯤 되면 개 이하인 것 같다는 느낌도.

"파리 내 러브 사정 쪽은? 어때? 결국, 역시 다소는? 그런 면이 있는 듯 없는 듯 있는 듯… 이겠지? 없을 리가 없지? 어떤 거야? 그런 면은? 예를 들면, 예를 들면 메리라거나?"

"엇…?"

하루히로는 자기도 모르게 메리 쪽을 쳐다보고 말았다.

메리도 우연인지 하루히로 쪽을 보고 있었다.

결과적으로 두 사람은 서로 마주 보는 모양새가 되었다.

그리고 동시에 고개를 숙였다.

"어라, 어라, 어라라…?"

킷카와가 하루히로의 어깨에 팔을 두른다.

"어라, 어라, 어라, 어라…? 잠깐, 잠깐, 잠깐. 뭐냐고? 도대체 뭔데? 혹시나 어쩌면 혹시, 혹시…? 하루히로, 메리랑 야무지게 이미 사귄다거나 그런 느낌?"

"아, 아니야. 어, 없다고. 그런 건…."

"하지마안!"

란타는 못마땅한 것처럼 쪼그리고 앉아 있다. 가면을 밀어 올리고 하루히로를 올려다본다. 뭔데? 그 의심하는 것 같은 눈길은. 란타 주제에.

"나는 말이지, 여러 가지 일이 있어서? 파티를 떠나 있었던 건데. 그때까지는 일단 아무 일도 없다고 한다면, 뭐, 아무 일도 없긴 했지만? 내가 없는 동안에는? 어땠을까나? 그 점, 너는 잊어버렸을지도 모르는 거고?"

"…나는, 잊어버려…?"

"메리는 기억하고 있는 거 아닌가? 만약, 당사자인데도 네가 잊어버렸다고 해도 말이야. 그럴 가능성은 충분히 있다, 이거 아니야?"

"오오…."

쿠자크가 오른손 주먹으로 왼손 손바닥을 탁 쳤다. '오오'가 아니거든? '오오'가.

"웅냐…?"

유메가 메리의 어깨를 콕콕 쎌렀나.

"메리? 하루 군이랑 사귀었어?"

"엇, 사, 사…? 사귀… 사, 엇, 아니, 무슨….'

메리? 메리 씨? 완전히 당황해서 어쩔 줄을 모르는 것처럼 보이는데요? 왜 그러는 거야? 어떻게 된 거야? 무슨 일이 있었던 거야?

혹시나 어쩌면, 무슨 일이 있었다… 는 걸까?

물론, 하루히로는 짐작 가는 바가 없다. 있을 리가 없다. 설령 무슨 일이 있었다고 해도 하루히로는 기억하지 못할 테니까.

만에 하나, 무슨 일이 있었다고 치자. 하루히로는 그것을 잊어버렸다. 그러나 메리는 기억하고 있다.

그야 하루히로는 불가항력으로 잊어버린 거라고나 할까, 잊어버리게 만들어진 것이다. 실은 이런 일이 있었어 하고 가르쳐주면 된다.

…그렇게는… 안 되겠지.

아마도, 웬만해서는 그렇게는 되지 않는 게 아닐까? 하는 느낌이 든다. 왠지.

무슨 일이… 있었어…?

하루히로 쪽에서 메리한테 그렇게 묻는 것도 그건 그것대로 좀 아닌 것 같은. 역시 딱히 아무 일도 없었다는 것이 사실이라면, 있었던 것 아닌가? 라는 전제로 묻는 일 자체가 부끄럽다. 무슨 일이 있었다고 하면, 그것을 기억하지 못하는 상태에서, 사실은 어떻습니까? 하고 확인하는 건, 좀 뭐랄까, 아니, 좀이 아니구나. 상당히 무신경하다고나 할까. 너무 심한 것… 같은.

"당신들…!"

갑자기 키무라가 소리를 질렀다.

"그쯤 해두지 않겠습니까? 여기는! 묘소…!"

미늘창을 발밑을 향해 내리친다. 위로 쳐올려서 적의 고간을 노리는 것 말고 다른 사용법도 있는 건가? 그야 있겠지.

하지만 키무라는 별로 짜증이나 노여움 때문에 창을 휘두른 것은 아닌 모양이다.

"…뭐야? 그게…?!"

란타가 눈을 까뒤집는다. 키무라가 미늘창으로 발밑을 내리찍었을 때, 돌바닥이 부서지는 것 같은 소리는 나지 않았다. 어째서인지.

키무라가 미늘창을 내리친 그 지점은 돌바닥이 아니었기 때문이다.

저것은 도대체 뭔가? 그림자 같은 새카만, 하지만, 아니다, 그림자가 아니야. 그것은 상당히 얇은 것 같지만 약간은 두께가 있다. 폭은 10센티미터 정도이고, 길이는 얼마나 될까? 수십 센티미터. 50~60센티미터쯤 되나? 납작한, 새카만, 뱀. 키무라는 그 적이 바닥을 기어 다가왔기 때문에 곧바로 미늘창으로 강렬한 일격을 가한 모양이다.

"섀도라는 놈인가?"

세토라가 중얼거리듯이 말했다. 묘소에 들어오기 전에 설명을 들었었다. 묘소에는 온갖 종류의 적이 있어 침입자를 배제하려고 한다. 섀도는 그중 한 종류다. 바닥이나 벽, 천장을 기어서 이동하고, 공격 능력은 거의 없지만 침입자를 휘감아 움직임을 봉쇄하려고 든다. 더욱이 섀도는 종종 무리 지어 행동한다.

"묘소…! 쿠훗…!"

키무라가 웃기 시작했다.

"워호훗! 푸부훗! 묘소 안이라고요, 여기는, 그래…! 우에하우에 하우에하…! 좀 더 긴장감을 가져주시길…! 우헤에앗!"

크게 폭소하면서 벽을, 바닥을 미늘창으로 친다. 섀도. 섀도다. 여기저기에 섀도가 있다. 하지만 뭐 그렇게까지 웃을 일은 아니지 않나? 일단은 섀도보다 키무라가 훨씬 무섭다.

"뱀 퇴치로군!"

토키무네가 빙글, 장검을 돌려 바닥의 섀도를 싹둑 베었다.

"흥…."

타다는 바닥을 한 바퀴 구르더니 그 자세 그대로 워 해머로 벽을 요란하게 박살 냈다.

"다 때려잡는다…!"

"끝내준다…."

쿠자크는 발목에 감기려던 섀도를 "우왓" 소리치며 털어냈다.

"방심하지 말라고, 얼간아…!"

그 섀도를 란타가 검으로 두 동강 낸다.

"엄청 많네!"

유메는 큼직한 나이프로 섀도들을 싹둑싹둑 베어 물리쳤다. 세토라가 창으로 연달아 섀도를 찌른다. 메리도 전투용 지팡이로 섀도를 때려눕힌다.

하루히로도 가만히 있을 수는 없다. 대거를 뽑으려고 했는데, 선수를 빼앗겼다. 누구한테? 미모링이다.

미모링은 두 자루의 장검을 뽑아 서너 마리 섀도를 한꺼번에 날려버렸다.

"괜찮아."

"뭐가…?"

"하루히로는, 내가 지킬 테니까."

고마운 말씀입니다만 내 몸 정도는 스스로 지킬 수 있어요….

뭐랄까, 고마운… 건가? 별로 그렇지도 않은가?

하루히로가 자기 의견을 표명할 틈도 없이 미모링은 섀도를 쓱싹 처리해간다.

"하루히로!"

"네…."

"진짜 좋아해!"

그렇습니까?

하지만 그건 그거고, 하루히로는 해야 할 일을 할 뿐이다. 그렇게 생각하고 있는데 몸이 움직여주지 않는다. 전혀 힘이 들어가지 않는다. 머리도 안 돌아간다.

어떻게 하면 좋은 거지?

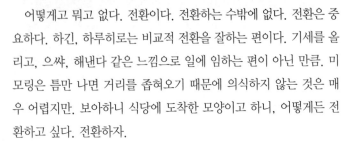

어떻게고 뭐고 없다. 전환이다. 전환하는 수밖에 없다. 전환은 중요하다. 하긴, 하루히로는 비교적 전환을 잘하는 편이다. 기세를 올리고, 으쌰, 해낸다 같은 느낌으로 일에 임하는 편이 아닌 만큼. 미모링은 틈만 나면 거리를 좁혀오기 때문에 의식하지 않는 것은 매우 어렵지만. 보아하니 식당에 도착한 모양이고 하니, 어떻게든 전환하고 싶다. 전환하자.

"식당… 이라고…."

란타가 흥, 코웃음을 친다.

식당.

확실히 식당으로 보이지 않는 것도 아닌 장소다.

폭은 10미터 남짓일까? 길이는 꽤 되는 모양이지만, 불빛이 닿지 않아서 확실치는 않다. 천장도 상당히 높은 것 같다.

특징이라면 이 방을 거의 점령하는 것 같은 인상을 주는, 폭 7~8미터의 거대한 돌 받침대와 그 주위에 배치된 무수한 작은 받침대다. 모양을 봐도 거대한 돌 받침대는 테이블을, 작은 받침대는 의자를 본뜬 게 아닐까?

뭐, 확실히 의자겠지. 거의 돌 의자라고 불러도 지장은 없을 것 같다.

왜냐하면, 모든 돌 의자에 폰이 앉아 있으니까.

모든 돌 의자에 빠짐없이 말이다.

거대한 돌 테이블을 둘러싸고 돌 의자에 앉은 폰들이 회식을 하려는 참이다.

그런 식으로 보이니까, 식당.

과연. 이 네이밍에는 납득이 간다.

"…저 폰들, 움직이지 않는데."

하루히로는 키무라에게 물었다.

"다가가면 덤벼든다거나?"

"푸훗…."

키무라는 둥근 안경테를 누르며 렌즈를 번쩍번쩍 빛냈다. 저것은 혹시 랜턴의 불빛을 잘 반사하도록 각도 등을 조정하는 건가? 만약 그런 거라면 대단한 테크닉이다. 엄청나게 상관없는 일이지만. 아무짝에도 쓸모없는 기술이다.

"글쎄요. 식탁과 의자가 놓여 있는, 딱 봐도 식당풍인 이 광경은 저도 몇 번이나 봤습니다만, 이 정도 숫자의 폰이 나란히 있는 것은 처음 보는 케이스입니다. 과거에는, 묘하게 텅 비어서, 이 정도는 그냥 지나가도 상관없겠지 생각했더니 숨어 있던 적이 습격해와서 난투에 돌입, 위기일발 등등의 일도 있었습니다."

"쳇… 시답잖긴."

란타의 악담에 키무라는 어째서인지 웃기 시작했다.

"쿠에아핫…! 푸후호헤후아홋…! 케헥케헥, 푸헤헷, 웅키야헤하앗?! 쿨럭쿨럭…?!"

사레가 들린다. 지나치게 웃는다. 게다가 이상한 방식으로 웃으니까. 자업자득이다.

"키무찡, 괜찮아…?"

유메가 키무라의 등을 문질러주자 란타가 바로 화를 냈다.

"야! 유메. 그런 놈을 걱정해줄 필요 없잖앗."

"아무리 그래도."

"음훗⋯."

키무라가 히죽 웃었다. 둥근 안경을 번쩍 빛낸 것은 말할 필요도 없다.

"젤러입니까? 젤러로군요?"

"아, 아니얏! 그보다, 젤러가 뭐냐고⋯."

"젤러, 즉 젤러리티. 이른바 젤러시를 말하는 겁니다만, 무슨 문제라도?"

"⋯거기서 젤러리티는 들어갈 필요 없지 않아?"

내버려두면 좋을 텐데 자기도 모르게 딴지를 걸어버려 하루히로는 씁쓸한 패배감 같은 것을 맛보고 말았다.

"그래서, 그래서, 그래서?"

킷카와가 하루히로의 딴지를 넘겨버리고 이야기를 진행시키려 해서 다행인 것 같기도 하고, 좀 서운한 것 같기도.

"어떻게 할 거야? 어떻게 되는 거야? 가? 가버려? 가버린다거나 하는 거야? 어떻게 할까? 내가 정해도 된다면 바로 결정해버릴 건데? 어떻게 할래?"

"킷카와, 네놈이 여자와 데이트할 때 하듯이 멋대로 결정해버리는 것만큼은 절대로 안 돼!"

"뭐야, 란타. 냉정하잖아. 나랑 란타 사이잖아. 친구잖아."

"친구 아니잖아. 동기이긴 했지만. 단지 그뿐인 관계지."

"동기란 건 친구의 일종이잖아. 같이 취급해도 위험 없는 계통이 포함된 거시기잖아."

"아무나 친구라고 하는 놈은 신용할 수 없다고."

"어, 어째서, 어째서, 어째서? 결국 인류는 다 친구잖아? 아니, 거기까지는 나도 생각하지 않지만…!"

"생각하지 않는 건가…!"

하루히로는 한숨을 쉬었다. 그보다, 한숨을 쉬려고 하다가, 가늘고 가느다란 숨을 내쉼으로써 간신히 짜증을 누그러뜨리려 한다.

지이이이이이이이이인짜로.

시끄럽네, 이 녀석들.

저어어어어어어언혀 입을 다물지 않고.

란타만으로도 골치 아픈데 토키즈, 특히 킷카와, 그리고 키무라가 있음으로써 더욱 혼돈 속에 빠져든다.

"하루히로."

미모링이 말을 걸어온다.

쳐다보니 미모링은 V자를 그려 보였다.

"살아."

"…살아 있는데요?"

"그런 의미가 아니잖아! 유… 이디엇, 아둔한 멍청이…!"

안나 씨에게서 야단맞았지만 아무 느낌이 없다. 이미 야단맞는 데에 익숙해지고 만 걸까? 그것도 좀 문제 아닌가? 익숙해지면 안 될 것 같은 느낌도.

"큭…."

어느 틈엔가, 안대로 한쪽 눈을 가린 포니테일의 너무나 수상한 남자가 세토라의 뒤에 서 있었다.

"네놈…."

그렇게 말하려던 이누이의 목에 창끝을 들이댄다. 과연. 세토라는 제대로 이누이의 기척을 알아차리고 있던 모양이다.

"뭐냐?"

"…큭. 네놈…."

아무튼, 이누이의 저 이상한 방식으로 목을 울리는 건 도대체 뭘까? 웃는 걸까? 그저 기분 나쁘다.

"남자친구는 있나?"

"뭐?"

"남자친구는 있느냐고 묻고 있다…."

"…머리가 어떻게 된 건가?"

"나는 정상이다. 지극히, 비할 바 없이 확실…."

"그렇게는 보이지 않는데."

"…그래서, 네놈은… 남자친구는 있는 건가?"

혹시나 이누이는, 그건가? 혹시나, 헌팅하려는 건가…?

왜? 하필이면 여기에서 헌팅? 이 타이밍에? 일단 작전 중이랄까, 묘소 공략 중이랄까, 일단이 아니라, 분명히 공략에 착수한 상태인데요…?

"그보다, 이누잇! 너!"

란타가 대들었다.

"한참 전이라고는 해도 시호루를 꼬시려다 꼴좋게 차였던 놈이 이번에는 세토라냐? 너무 닥치는 대로 들이대잖앗!"

"…그 여자 말인가. 큭…!"

이누이는 안대를 하지 않은 오른쪽 눈을 번쩍 크게 떴다. 여러 가지 의미로 불길하다.

"허나…! 여기에 그 여자는 없다! 고로…! 지금, 내 눈앞에 존재

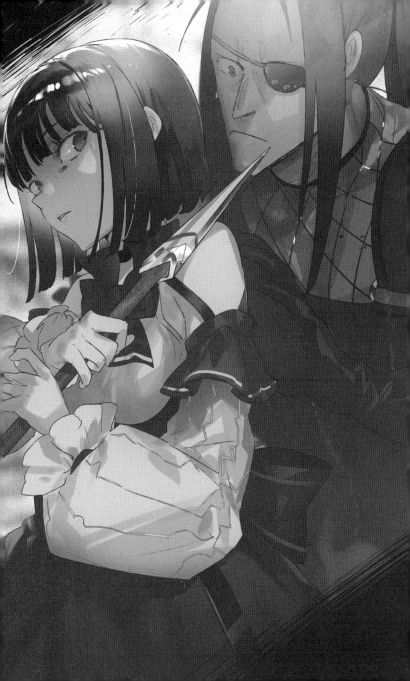

하는 미녀에게! 나는…! 마음이 끌린다…!"

"자기 욕망에 지나치게 솔직하잖아…."

쿠자크는 어이가 없다고나 할까, 충격을 받은 것 같다. 시호루 건은 하루히로 팀에 심각한 문제이니 쿠자크의 심정은 이해한다. 이누이의 마음은 지나칠 정도로 이해 불가능이고 위험하다.

"그렇군."

세토라는 여느 때처럼 표정을 바꾸지 않고, 창으로 거침없이 이누이의 오른쪽 눈을 노렸다.

"…웃…?!"

이누이는 반사적으로 점프해서 뒤로 물러났다. 아슬아슬이랄까, 채 피하지 못했다. 세토라의 창은 이누이의 오른쪽 뺨에서 오른쪽 귀까지를 쓱 베어버렸다.

세토라는 창을 다시 겨누었다. 역시 무표정이지만, 완전히 해볼 생각이다. 한마디로 '해본다'고 표현하더라도 실은 여러 가지의 한다가 있다고 생각하는데, 세토라는 아마 죽일 셈이겠지.

"사양하겠다."

"큭…."

이누이는 마치 상대를 위협하는 매처럼, 혹은 손님을 환대하는 것처럼 두 팔을 활짝 벌렸다.

"바라는 바다…!"

"…말이 통하지 않는 사내인 건가?"

"나는 단지! 이상이 높다! 그것뿐이다…!"

"하하핫."

토키무네가 상쾌하게 웃더니 한쪽 눈을 찡긋 감았다.

"안대를 풀지 마, 이누이. 아직 이르다!"

"큭…!"

이누이는 안대에 손을 댔다. 하지 말라고 하면 오히려 더욱더 하고 싶어지는 심리인 건가? 단순하게 토키무네가 부추긴 거라고도 해석할 수 있다.

어느 쪽이든 상관없지만, 하지 말기를 바란다. 안대가 이누이 안의 무엇을 봉인하고 있는 건가? 하루히로는 물론 모른다. 알고 싶지도 않다. 하지만 황당할 정도로 좋지 않은 일이 시작되는 게 아닐까? 당연히 그럴 것이다.

"이제 됐어."

타다의 말에 드물게 공감할 수 있었다. 그래. 이런 어수선한 난센스 코미디 같은 것은 이제 됐으니까. 이제… 랄까. 애초에 필요 없는 거지만.

그런데, 타다 씨, 뭘 하는 겁니까?

"어…?"

언제 테이블 위에?

"지겨워졌다."

그런 말을 하면서, 워 해머를 걸친 타다가 테이블 위를 유유히 걸어갔다.

"아니, 잠깐… 어? 잠깐만….."

하루히로는 타다를 말리려고 했다. 말려야 한다고 생각했고, 말리고 싶지만, 어떻게 말리면 되나? 말을 해도 듣지 않는 사람이고. 실력 행사? 뒤쫓는다? 뒤쫓아가서, 힘으로 뜯어말린다? 그러기 위해서는 하루히로도 테이블 위로 올라가지 않으면 안 된다. 과연 어떨까? 그것은. 괜찮은 건가?

괜찮지도, 안 괜찮지도 않은가? 이미 늦었는지도 몰라.

돌 의자에 앉아 있던 폰들이 차례로 몸을 움직이기 시작했다. 보아하니 일어서려는 모양이다.

"핫…!"

타다가 한 번 웃더니, 일어서려던 폰을 워 해머로 때려 부쉈다.

퍽….

쾅….

퍽….

쾅….

퍽….

쾅….

쿠궁….

재미있을 정도로 폰이 파괴되기 시작한다. 재밌어. 재미있는 건가? 어느 쪽이지? 재미있어해도 되는 걸까?

"절묘한 리듬과 비트로군!"

토키무네가 영문 모를 소리를 하더니 테이블 위로 뛰어올랐다.

"다들 타다를 뒤따른다! 최고의 음악을 연주하자! 예압…!"

테이블로 올라가려던 폰을 방패로 물리친다. 빙글, 장검을 돌려 다른 폰에게 공격을 날린다.

"…예압… 은 무슨."

하루히로는 투덜거리면서도 테이블로 올라갔다. 이미 란타도, 쿠자크도 토키즈를 따라가고 있기 때문에 이렇게 되면 흐름을 타는 수밖에 없다.

"…유메, 메리와 세토라는 서로 떨어지지 않도록!"

"오케이야!"

"응!"

"알겠다."

세 사람은 걱정 없다. 괜찮을 것이다.

타다가 폰을 퍽… 쾅… 쿠궁, 박살을 내면서 쑥쑥 앞으로, 앞으로 나아가고 있다. 그것을 토키무네, 킷카와, 이누이, 란타와 쿠자크가 경쟁하는 것처럼 쫓아간다. 경쟁하는 것처럼이랄까, 분명히 경쟁하고 있다.

유메, 메리, 세토라 그룹에는 미모링과 안나 씨도 가담했다. 키무라도 그녀들 속에 야무지게 섞여 있다. 미늘창을 휘두르려고도 하지 않고 둥근 안경을 번쩍번쩍 빛내며 키무라는 무엇을 하고 있는 건가? 키무라니까 수상하게 생각되는 것일 뿐, 그저 상황을 살피고 있는 중인지도 모른다. 그렇다면 헷갈리는 행동을 하지 말아 줬으면 한다.

사실 하루히로도 대거를 뽑기는 뽑았으나 싸우고 있지는 않다. 폰은 수적으로는 많지만 대부분 오합지졸이다. 돌 의자에서 일어서서 제각각 공격해오는 것뿐이고, 동료들끼리 팀플레이 같은 것도 없으니까 솔직히 무섭지는 않다. 선두 집단인 타다 팀의 속도가 둔해져 후발대가 따라잡는 형세가 되었기 때문에, 하루히로는 그동안 신중하게 위치를 잡으면서 상황을 지켜보기로 했다.

타다 일행은, 양옆만이 아니라 앞에서도 폰들이 밀어닥쳐서 감당하느라 애먹고 있다고 할 정도는 아니지만, 그래도 역시 초반처럼 전진하지는 못했다. 하지만 시간문제겠지. 타다 팀은 빠르든 늦든

적의 무리를 돌파할 것이다. 적이 폰들뿐이라면.

"…타다 씨, 위예요…!"

하루히로가 반사적으로 경계를 촉구하자, 타다는 워 해머로 폰을 때려 부수자마자 펄쩍 뛰어 후퇴했다. 내린다. 내려온다. 주먹 크기의 탄환이. 보이지는 않지만, 천장에 달라붙어 있기라도 한 건가? 분명 혼트다. 혼트들이 바로 아래에 있는 타다 일행을 향해 탄환을 발사하고 있다. 앞쪽에서 밀어닥치는 폰 군단도 탄환을 맞아 잇달아 박살이 나지만, 놈들은 팀킬 같은 건 개의치 않는다.

"일단 테이블에서 내려가…!"

토키무네가 지시를 내리고는 왼쪽에 있는 돌의자 위로 점프했다.

"예이…!"

킷카와가 토키무네의 뒤를 따른다.

"큭…!"

이누이도.

"…뭐냐고…!"

"우왓…!"

란타와 쿠자크는 테이블의 오른쪽으로 뛰어내렸다.

유메와 메리, 세토라는 오른쪽으로. 미모링과 안나 씨, 키무라는 왼쪽으로. 하루히로는 유메 팀 뒤를 따라갔다.

타다는 아직 테이블 위에 머물러 폰과 탄환을 워 해머로 물리치고 있지만, 언제까지 처리할 수 있을지.

"타다…!"

토키무네가 불러도 타다는 테이블에서 내려오려 하지 않는다. 고집쟁이네, 저 사람. 하지만 테이블에서 내려온 토키무네 쪽 왼쪽 그룹, 하루히로 쪽인 오른쪽 그룹에도 혼트의 탄환은 날아온다. 폰들도 앞쪽에서 계속해서 밀려오고 있어서 상황은 그리 좋아지지 않았다.

"데름 헬 엔 바르크 젤 아르부…!"

미모링이 블래스트를 발동시켰다. 굉음이 울려 퍼진다. 마침 타다 바로 위 근처다. 미모링은 그 부근에 있는 것으로 짐작되는 혼트들을 노린 것이겠지.

"…우오…?!"

타다가 테이블에서 굴러 내려왔다. 흙먼지다. 그리고, 파편. 탄환 대신에 대량의 흙먼지와 파편이 쏟아져 내렸다. 미모링의 블래스트는 혼트와 함께 천장까지 폭파시켜 무너뜨린 모양이다.

"미안…!"

미모링이 사과한다.

"네버 마인드입니다…!"

안나 씨는 곧바로 격려했지만, 타다 입장에서는 잠자코 있을 수 없는 일이겠지.

"…마법은 쓰지 마! 산 채로 묻혀버린다…!"

"웅뉴! 보이지는 않지만…!"

유메가 활을 들었다. 화살을 겨누고, 쏜다. 마구 쏜다. 어떤 상황일까? 천장의 혼트에 맞고 있는 건지 아닌지. 아직 탄환이 날아오고 있고, 솔직히 전혀 모르겠다. 안 쏘는 것보다는 나은가?

"폰이 줄줄이…!"

란타가 다가오는 폰을 검으로 베고는 쿠자크의 엉덩이를 걷어찼다.

"네 녀석은 방패 노릇 좀 제대로 하라고…!"

"하고 있잖아요…."

쿠자크는 대검으로 베어 쓰러뜨리는 것만이 아니라 폰을 걷어차서 쓰러뜨리기도 하고, 왼팔로 밀어 넘어뜨리기도 하고, 어깨로 태클을 해서 쓰러뜨리기도 하고 사자분진이다.

"웃…!"

메리가 배틀 스태프로 탄환을 쳐서 떨어뜨린다.

"…에야앗…!"

세토라는 메리에게 덤벼들려던 폰을 창 지르기 한 번으로 처치했다.

하루히로도 쏟아지는 탄환을 피하면서 대거로 폰의 목을 베거나, 폰을 걷어차서 넘어뜨리면 란타와 메리, 세토라가 결정타를 날리거나 하고 있는데, 이대로는 끝이 없다.

"키무라 씨…!"

"여기느으은!"

테이블을 사이에 두고 건너편에 있는 키무라가 곧바로 짖었다.

"각자, 한층 더 분발으으을…!"

"…그것뿐인가?"

딴지에도 힘이 들어가지 않았다. 한층 더 분발. 말은 거창하지만, 요컨대 그저 힘내자는 말일 뿐이다. 아무짝에도 도움이 안 된다. 키무라에게 조금이라도 기대했던 하루히로가 바보였다.

"토키무네…!"

타다가 외친다.

"이렇게 되면, 그걸 하자!"

"오오, 그거 말인가!"

토키무네의 웃음소리는 이럴 때조차 상쾌하다.

"하핫! 어느 것 말이야?"

상대가 말한 그것에 짚이는 바가 없는 모양인데도, 잘도 저렇게 상큼하게 웃을 수 있구나.

"이거다…!"

타다가 다시금 테이블로 뛰어 올라가 워 해머를 크게 휘둘러 올렸다. 아니, 휘둘렀지만, 쳐올린 것이 아니니 휘둘러 올렸다고는 할 수 없나? 타다는 두 발을 벌리고 허리를 낮추고 몸을 틀어 워 해머의 망치 부분을 오른발 너머에 두었다. 워 해머를 힘껏 내던지려는 건가? 그런 식으로 보이기도 한다.

"옳거니!"

알아차린 건지, 토키무네가 나비가 아닌 표범처럼 날았다. 테이블로 펄쩍 뛰어올라, 더욱 도약한다.

그렇게 해서 토키무네가 착지한 곳은 놀랍게도 타다의 워 해머, 그 망치 부분이었다.

"…엇…?"

그렇게까지 크지는 않은 망치 부분에 용케도 저런 식으로 딱 착지할 수 있구나. 감탄한 것도 한순간이었다.

"우아아아아아아아라아아아아아…!"

타다가 워 해머를 위로 올렸다. 그러자, 어떻게 되는 건가?

망치 부분에는 토키무네가 있다. 그 토키무네는 '당연히'라고 해도 될지 어떨지, 위로 발사되는 꼴이 되었다.

"흐갸아아아아악…?!"

란타가 기괴한 소리를 냈다. 굳이 그런 소리를 낼 것까지는 없다고 생각하지만, 그야 놀랍긴 하지, 그것은. 하루히로도 의표를 찔렸다.

"뭐 하는 거야…?"

"츠아아…!"

토키무네는 그저 발사된 것뿐만이 아니라, 본인도 점프한 모양이다. 상당히 높은 곳까지 도달해서, 휘리릭 검을 휘두른 것이다. 혼트의 잔해 같은 것이 우수수 떨어져 내렸으니, 몇 마리인가 해치운 모양이다. 그 참에 토키무네도 낙하해서, 착지의 충격을 완화하기 위해서인지 빙글빙글 회전하며 일어섰다.

"와라…!"

타다는 이미 스탠바이 상태다. 또 하는 건가? 하는 모양이다.

"좋았어!"

토키무네가 타다의 워 해머를 향해 점프. 타다가 토키무네를 위로 발사한다. 토키무네는 천장의 혼트들을 베고, 그 잔해와 함께 떨어진다.

"와라, 토키무네…!"

"…오냐…!"

토키무네가 준비 만전인 타다를 향해서 점프. 타다의 워 해머로 발사되듯 튀어 올라간다. 천장의 혼트들을 베고 낙하. 토키무네는 회전해서 일어난다.

"…말도 안 돼."

"와라…!"

타다는 이미 대기하고 있다. 토키무네는 한순간 점프하려고 했으나, 멈췄다.

"왜 그래?!"

타다가 소리친다. 토키무네는 웃는 얼굴로 고개를 저었다.

"미안, 타다. 의외로 힘드네, 이거."

"뭐라고?! 그렇다면, 하루히로!"

"…엇?!"

"이리 와!"

"나?!"

"너!"

"…왜?!"

"빨리 해!"

"어어어어…."

어째서 하루히로인 건가? 란타도 몸이 가볍고 저런 일을 하고 싶어 할 것 같으니 적임이라고 생각하는데.

"…응차앗! 비교적 줄어들지 않네, 적…!"

꽤 열심히 폰들과 싸우고 있으니 란타는 안 되나? 하지만 킷카와나 그 외에도. 아아, 하지만 그런 말을 하고 있을 때가 아니다. 말하지 않았지만. 가기는 했다. 불평할 시간이 있으면, 지금은 조금이라도 천장의 혼트 수를 줄여야 하므로, 그 때문에 할 수 있는 일이 있다면 하는 수밖에 없다. 하루히로는 어쩔 수 없이 테이블로 올라가서 점프했다.

워 해머. 그 망치 부분. 잘 착지해야 하는데. 그보다 이거, 뛸 필요 있나? 이 단계에서는 굳이 점프 안 해도 되지 않아? 망치 부분에 살며시 올라선다거나 해도 문제없는 것 같은. 오히려 그편이 좋은 것 같은. 이미 늦었지만. 잠시 후 망치 부분에 착지했다.

"우아아라아아아아아…!"

"…우옷…!"

위로 발사되었다.

스스로도 점프했지만. 타이밍은 맞았다고 생각한다. 그것은 생각 외로 어렵지 않았다.

아아.

이런 느낌?

빠르네?

순식간에 천장이 달려든다. 천장이랄까, 천장에서 생겨난 것 같은 혼트들이. 불빛은 거의 닿지 않지만 흐릿하게는 보인다.

혼트가 쏘아낸 탄환이 바로 옆을 지나가서, 어라, 맞았다면 위험했겠지, 그렇게 마치 남 일처럼 생각한다. 자력으로 피했다는 실감은 없다. 어쩌다가 운 좋게 맞지 않았을 뿐이다. 아슬아슬했다.

"…큭…!"

하루히로는 혼트에게 달라붙어, 탄환을 발사하는 머리 부분을 도려내는 것처럼 대거로 베어 찢고, 그 직후에는 또 옆의 혼트에게 덤벼들었다. 위험하네 하고 머리 한구석에서 생각했다. 생각한다거나 그런 건 무리. 다음은 이것, 그다음은 저것, 이런 식으로 일일이 판단을 내려서는 도저히 쫓아갈 수 없다. 괜찮은 건가? 이런 걸로. 반성은 나중이다. 몇 번이나 반복하고 싶지는 않고. 한번 발사됐을 때 가급적 많은 혼트를 처치하고 싶다.

"아앗…."

아홉 마리까지는 확실하게 세었다. 분명 열두 마리는 처치했다고 생각한다. 하지만 여기까지인가? 열세 마리째까지는 가지 못했다. 어쩔 수 없다. 가까이에 만만한 혼트가 없었던 것이다.

"웃…."

그렇다는 건 이제, 떨어지는 수밖에 없다.

낙법이다.

자세를 취해야 해. 낙법.

토키무네가 했던 것이다. 두 발로 착지한다. 단, 강한 충격을 그대로 두 발로 받을 수는 없다. 몸을 굴려 충격을 내보낸다. 분산시킨다고나 할까.

갑자기 해도 되는 건가…?

하는 수밖에 없다. 최악의 경우, 실패해서 부상을 입는다고 해도 신관이 몇 명이나 있으니까. 그렇게 생각하니 마음이 편하다. 편한가? 그렇지도 않나?

"오오… 웃…?!"

아무튼, 해보니 어떻게든 되었다. 쿵 착지해서 빙글… 이 아니라, 따라란… 퉁… 같은. 정확한 표현은 아닌지도 모르지만, 좋은 상태로 몸이 움직여주었다. 발이 저리지도 않았다. 내가 생각해도, 저 높이에서 낙하해서 착지한 직후라고는 생각할 수 없을 정도로 하루히로는 멀쩡히 서 있다.

"좋아, 와라…!"

쳐다보니 타다가 또 스탠바이를 하고 있다. 하루히로의 심정으로서는 가고 싶지 않았다. 정말로 이제 싫은데요.

"…우아잇!"

덕분에 기묘한 대답이 되어버렸다. 할 건가? 말 건가? 아직 탄환이 쏟아지고 있고, 그렇다는 것은 혼트가 아직 있다는 뜻이고, 누군가가 처리해야만 한다. 그 누군가는 하루히로 말고 다른 사람이어도 된다. 하루히로가 해야만 할 이유는 없지만, 이것은 상당히 위험하고 분명 요령도 필요하다. 어쩌다 하루히로는 그 요령을 파악해 버렸다. 하고 싶지는 않지만, 두 번째도 분명 그럭저럭 해낼 수 있겠지.

하루히로는 타다의 워 해머의 망치 부분에—점프는 하지 않았다. 그것은 전혀 무의미하기 때문이다—살며시 올라탔다.

"부탁해요!"

"우오오오오아라아아아아아아아아…!"

위로 발사된다. 앞으로 몇 번을 반복해야 하는 걸까? 최소한의 횟수로 끝내고 싶다. 그러기 위해서는 한 번에 혼트를 가능한 한 많이 해치워야 한다. 나, 꽤 긍정적이네. 그렇게 생각하면서 하루히로는 혼트에게 달라붙어 대거를 휘둘렀다. 곧바로 다음 혼트에게로. 하는 수밖에 없다. 한다. 할 거다. 할 건데….

식당 막다른 곳까지 전진했을 때, 미안하지만 잠시 쉬겠다고 했다.

미모링이 무릎을 꿇고 하루히로에게 눈으로 뭔가를 호소하고 있다.

"그 무릎을… 베개 삼아 누우라는 거잖습니까…! 이 돼지 똥 덩어리…!"

안나 씨에게 혼났지만, 미안하지만 사양했다. 하루히로는 벽에 등을 기대고 앉아 호흡을 가다듬었다.

"…괜찮아요?"

쿠자크한테 걱정을 끼치면 끝이다. 끝이랄 것까지는 없나? 하지만 강렬한 후배 느낌, 혹은 동생 느낌 같은 것을 한없이 풍기는 쿠자크에게 걱정을 끼치는 건 아무래도 용납이 안 된다.

"괜찮아. 이제 아무렇지 않아."

하루히로는 일어섰다.

"핫! 당연하지."

곧바로 란타가 가시 돋친 말을 퍼붓는다.

"그 정도로 나가떨어질 정도면 앞날이 빤하다고. 너는 옛날부터 오기 하나만이 내세울 거리였으니까. 괜찮지 않아도 괜찮은 척해라, 얼간아."

"네, 네…."

"대충 넘기지 말라곳."

"어떻게 하라는 거야…?"

정말로 성가신 녀석이다. 사라지면 좋을 텐데. 완전히 소멸해줬으면 좋겠다고까지는 생각하지 않고, 아주 가끔씩이면 되니까, 눈앞에서 사라져줬으면 한다.

"란타 깐직거리는 거 말이야."

유메가 팔짱을 끼고 푸후, 한숨을 쉬어 보인다.

"언제까지고, 언제언제까지고, 고쳐지지 않는 건가?"

"인간, 그리 쉽게 변하는 게 아님다."

쿠자크는, 하핫 웃었다.

"그보다, 란타 군 경우는 성장하지 않았다는 걸까?"

"뭐시라? 야! 쬐금 키가 크다고 기세등등하지 말라고, 이 망할 녀석!"

"아니, 매번 말하지만, 조금이 아니거든요. 란타 군보다 아주 많이 크니까."

"질리지도 않고 키 자랑이냐?!"

"픽트니까."

끼어든 유메에게 란타는 지적질을 한다.

"그걸 말하려면, 픽트가 아니라 팩트겠지! 그리고, 깐직이 아니라 깐죽이라고! 아주 오래전에도 똑같은 실수를 했었으니까, 말해두는데! 너야말로 조금도 성장하지 않았다곳!"

"유메는 성장했는걸!"

"어디가?"

"하나하나 말할 수는 없지만, 여기저기 성장했다고!"

"뭐야? 그 모호한 말투는! 여기저기라니, 너….."

란타는 가면을 벗고 목을 뒤로 빼더니, 유메의 온몸을 위에서 아래까지 훑어봤다. 몇 번이나 봤다.

"…뭐, 하긴, 성장… 하지 않았다고도…? 단언할 수 없는 부분도 없잖아 있는 듯한…? 그런 느낌도, 없지는 않은가 하고 생각 못 할 것도 없다거나, 없지도 않다거나…."

"그치?"

유메는 가슴을 펴며 의기양양해했다.

"어디를 보고…."

메리가 눈살을 찌푸리며 중얼거린다.

"시, 시끄러웟!"

란타의 얼굴이 새빨개졌다. 황급히 다시 가면을 쓴다.

"어딜 보든 내 맘이고, 가린 걸 억지로 본 것도 아니니까 비난받을 이유는 없닷!"

"우와, 대놓고 뻔뻔. 이 사람…."

"닥쳐, 쿠자크! 꿇어앉아! 베어버린다…!"

"그런데…."

세토라는 자기 바로 뒤에 서 있는 이누이의 목줄기에 창끝을 들이대고 있다.

"찔리고 싶지 않다면 그만두지 않겠어? 그거."

"큭…!"

이누이는 안대로 가리지 않은 오른쪽 눈을 크게 뜨고 창끝을 맨손으로 움켜잡았다.

"할 수 있으면 해봐…! 오히려, 해라! 바라는 바다…!"

"…해도 괜찮나?"

세토라가 웬일로 당황하고 있다.

"괜찮시 않을까?"

토키무네가 하얀 이를 보이며 웃는다.

괜찮은 거냐고.

"그래, 해라."

타다는 귀찮은 것 같다. 어떻게 되든 상관없는지도 모른다.

"이야…… 하지만 있지, 격렬하네, 이누잉은! 격렬 러브네! 러브, 러뷔… 러블리라는 느낌! 나도 사랑하고 싶어지잖아!"

킷카와는 몸부림을 치고 있다.

"이누이는 진성 포경 변태입니다요."

안나 씨는 그것과 상관이 있는 건지 없는 건지 이해할 수 없는 말로 디스하고 있고.

"이누이는, 진성…."

미모링은 어째서인지 남들이 모르는 진상을 알아버린 것처럼 자기 입을 틀어막았다. 아니, 진상이 맞기는 한가? 어느 쪽일까? 진짜인가? 뭐, 어느 쪽이든 상관없지만.

카오스다.

"…자, 그러면."

키무라는 둥근 안경을 번쩍 빛냈다. 더 이상 저 렌즈가 번쩍번쩍, 번쩍번쩍 빛나는 것을 봐야 한다거나, '자, 그러면'을 몇 번이나 더 들어야 한다거나 그런 건 원치 않는다. 저것은 수수하게 란타의 언동과 동등하거나 혹은 그보다 더 짜증 난다.

"토키무네 씨."

하루히로는 토키무네를 불렀다. 토키무네는 고개를 끄덕였다.

"응. 그렇군. 슬슬…."

식당 막다른 곳은, 막다른 곳이 아니었다. 문이 있다. 두 개다. 돌벽의 양쪽 가장자리 정도의 장소에, 금속인지 바위인지 알 수 없는 재질의 문이 하나씩 있다.

양쪽 문 다 한가운데쯤에 다섯 개의 원을 비스듬히 겹쳐놓은 형태를 한 오목한 부분이 있다.

하루히로는 오른쪽 문 앞에, 토키무네는 왼쪽 문 앞에 섰다.

"그럼….”

서로 고개를 끄덕이고, 각각의 문의 오목한 곳에 손을 댔다.

그러자마자 양쪽 문이 소리를 내기 시작했다. 안쪽으로 접히는 것처럼 열린다.

"우리는, 예배당이네요.”

하루히로 팀은 여기서부터 오른쪽 루트로 간다.

"우리는 주방이었던가?"

토키즈는 왼쪽이다.

그리고, 하루히로 팀이 예배당, 토키즈가 주방에서 문을 열면, 동시 열림 장치가 작동해서 중정에서 합류할 수 있다.

"그럼, 저는….”

키무라는 어떻게 할 생각인가?

"으에훗….”

이상한 웃음을 짓더니 오른쪽 문 앞에 있는 하루히로 팀 쪽으로 걸어왔다.

"우리 쪽이 아니라 저쪽으로 가도 괜찮은데? 그보다, 당신은 저쪽이 좋지 않을까? 저리로 가.”

란타가 파리를 쫓는 것처럼 손사래를 치자, 키무라는 느닷없이 웃었다.

"크에하앗…!"

"…힉….."

겁먹은 것은 란타뿐만이 아니었다. 쿠자크와 메리, 유메도 깜짝 놀랐다. 세토라는 수상쩍게 생각한다고나 할까, 이 남자는 제정신이 아닌 게 아닐까? 머릿속이 어떻게 된 거야? 하고 신기해하고 있는 건지도 모르겠다.

하루히로의 심경은, 세토라에 가까울까?

"…키무라 씨."

"뭡니까? 하루히로로롱. 로로로롱. 로롱. 롱."

"…아뇨. 역시 됐습니다."

이 둥근 안경의 짧은 머리 남자는 시노하라의 심복이라고 한다. 어느 정도는 시노하라의 진의를 알고 있는 건가?

하루히로가 의심하는 것처럼, 시노하라가 열리지 않는 탑의 주인과 연결되어 있다고 치자. 키무라는 그 사실을 알고 있는 걸까? 시노하라가 뭔가 꾸미고 있다면, 키무라는 그 음모에 가담한 걸까?

키무라 말고 다른 오리온 멤버들은 어떨까? 예를 들어, 하야시는.

하야시는 메리의 동료였다. 오리온을 탐색하려면 실마리가 될 만한 것은 하야시다.

그러나, 하야시는 별동대에 들어가지 않았다. 탄식의 산 공략 본대의 오리온 열세 명. 시노하라는 하야시에게 그 총괄역을 맡겼다.

키무라가 시노하라의 심복이라면, 본대의 오리온을 지휘하게 하는 것이 자연스러울 것이라는 생각이 든다. 그러나, 시노하라는 키무라를 동행하게 했다. 그 정도로 신뢰하고 있다는 뜻인가? 항상 함께 있고 싶어 할 정도의 상대인 건가?

만약, 키무라가 시노하라와 일심동체라고 표현할 수 있을 정도로 가까운 사람이라면.

하루히로와 렌지는 시노하라를 요주의 인물로서 관찰 대상으로 보고 있다. 키무라도 시노하라와 마찬가지로 취급해야 할 것이다. 오리온 전원이 시노하라의 뜻을 따르고 있을 가능성도 생각해야 한다.

단, 시노하라는 심복인 키무라에게조차 속내를 털어놓지 않았을 가능성도 있다.

극단적으로 표현하자면, 시노하라는 친구나 동료조차 배신한 것이다.

물론, 현시점에서는 아무것도 말할 수가 없다. 그럴지도 모르고, 아닐지도 모른다. 알 수 없다.

"그럼, 나중에 다시!"

토키무네가 윙크를 하고 가볍게 경례 비슷한 손짓을 했다.

"오우."

란타가 한 손을 들어 응답하자 안나 씨가 화를 냈다.

"오우가 뭡니까! 건방집니다요… 파리 똥 주제에…!"

"…말이 너무 심하잖아?"

나름대로 정신적인 대미지를 입은 기색의 란타에게 동정할 마음은 들지 않지만, 별안간 파리 똥이라 불리면 제아무리 하루히로라도 자신의 존재 가치를 의심하게 되어버릴지도 모른다. 안나 씨의 욕설 예술은 날이 서 있다.

"하루히로."

미모링의 시선은 멀리에서도 열기가 느껴진다.

이것이 열 시선이라는 것일까?

"좋아해요."

"…아, 네."

어쩌란 말이야? 정말이지.

뭐, 일단은 아무것도 하지 않을 거다. 미모링을 포함한 토키즈와는 여기서 작별이다. 일시적이긴 하지만. 계획상으로는 금방 다시 합류할 거고, 합류하지 못하면 곤란한 거니까, 나중 일만 생각해봤자 쓸데없다. 우선은 집중이다. 눈앞의 일에 집중하자.

문을 지나서 있는 복도는 음산할 정도로 조용했다. 일단… 이랄까, 제대로 시각과 청각을 곤두세워 경계하면서 걸어가고 있다. 하지만 전혀 아무 일도 일어나지 않는다.

"다음 예배당 말입니다만…."

키무라가 입을 열었다.

"이 방에 관해서는, 제가 파악하고 있는 한, 매번 같은 종류의 적이 우르르 몰려다닙니다. 분명, 이번에도…."

어째서인지, 키무라 주제에 웃지 않는다. 특유의 그 웃음을 짓지 않는 키무라는 키무라가 아닌 것처럼 느껴지기까지 해서, 이것은 이것 나름대로 위화감, 아니, 그 이상으로 왠지 불길하다.

"그 적이란?"

세토라가 담담하게, 단도직입적으로 묻는다.

키무라는 둥근 안경테를 밀어 올렸다. 렌즈가 빛나지 않는다. 역시 이상하다. 사실은 마구 빛나는 쪽이 훨씬 더 이상한 거지만.

"저희 오리온이, 레이스라 이름 붙인 놈입니다."

결국, 예배당에 도달할 때까지 적은 나타나지 않았다.

예배당은 지금까지와 달리 밝았다. 높은 천장에서 빛이 들어오고 있다. 천장에는 색깔 있는 유리 같은 것이 박혀 있고, 그 너머에 광원이 있는 모양이다. 여기는 땅속일 테니까 자연광은 아니겠지. 무슨 빛일까? 알 수 없지만, 어둡지 않은 것은 다행스럽다.

밝은 덕분에, 예배당이 지름 20미터 정도의 원통형 방이고, 중앙이 돌 단상 상태로 높아진다는 것이 딱 봐도 확연했다.

그 돌 단상에 사람이 걸터앉아 있다.

사람으로밖에 보이지 않는다.

여섯 명 있다.

당연한 건지 아닌지. 체격과 나이, 복장이 제각각이다. 공통점은 있다. 여섯 명 모두 하루히로 일행과 비슷한, 즉, 의용병풍 차림새다.

"저희는 레이스를, 흉내쟁이… 라고도 부릅니다."

키무라가 오른손에 미늘창을, 왼손에는 손방패를 들고 나섰다.

"과거에 이 묘소에서 목숨을 잃은 의용병들. 그들, 그녀들의 모양을 본뜬, 움직이는 인형…."

돌 단상의 레이스들이 천천히 일어섰다.

보기에 아직 젊어 보이는 남성과 중년 남성, 그리고, 상당히 키가 큰 여성. 이 세 명은 전사겠지. 반듯한 얼굴의 젊은 남성은 대검을 쓴다. 중년 남성은 도끼. 키 큰 여전사는 장검과 커다란 방패를 들고 있다.

백발이 섞인 초로의 남자는 키무라처럼 하얀 옷을 입었으니 신관으로 보인다. 반백 신관이 두 손에 든 석장은 장식이 과다한데, 저런 것에 맞으면 성치는 않겠지.

삼각 모자를 쓰고 턱수염이 긴, 앙상하게 마른 남자는 딱 봐도 마법사다. 목제는 아닌 것 같은 하얀 지팡이를 들었다.

꽤 다부진 체격에 이미 장검을 뽑은 여성이 하루히로의 마음에 걸렸다. 손등을 상대방 쪽으로 보이는, 좀 독특한 검 잡는 방식. 몸통 주위와 허벅지에 칼집이 죽 매달려 있다. 그녀는 나이프를 몇 자루나 갖고 있는 건가? 상당한 숫자다. 칼집 크기로 보아 던지는 단검인지도 모른다. 철 투구를 써서 얼굴은 알 수 없지만, 방어구는 가슴 보호대와 종아리 보호대 등 최소한이다. 저 발걸음. 매끄러운 체중 이동. '생전에'라고 해야 할까? 레이스가 흉내 내는 여성은 상당한 숙련자였음이 틀림없다.

"잘 들으세요."

키무라가 레이스들을 응시한 채로 조용히 말했다.

"전력을 다해 격파해주세요. 저희 오리온의 신겐도, 제 연인이었던 요코이도, 살아생전과는 비교가 되지 않는다고는 해도, 그래도 매우 강력합니다."

지금, 슬쩍 엄청난 말을 하지 않았나? 엄청난? 그런가? 아닌가? 별로 엄청나지는 않은지도 모르지만.

"데름 헬 엔 트렘 리그 아르부."

그런 생각을 할 때가 아닌 것 같다. 돌 단상의 가장 높은 곳에 있는, 턱수염의 비쩍 마른 마법사가 지팡이로 엘리멘탈 문자를 그리며 주문을 영창했다.

"…파이어 월!"

메리가 외쳤다. 불꽃이 피어올랐다. 그야말로 불의 벽이다. 불꽃이 눈가리개가 되어 돌 단상이 보이지 않게 된다. 그 직전에 레이스들이 움직이기 시작했다. 그 다부진 여성이 돌 단상에서 내려온다. 대검잡이는 마주 보고 오른쪽으로. 도끼잡이와 검과 방패의 여전사가 왼쪽으로.

"온다!"

하루히로는 시선과 몸짓으로 쿠자크에게는 오른쪽으로, 유메에게는 왼쪽으로 가도록 지시를 내렸다. 란타는 벌써 왼쪽 방향으로 날아가고 있다.

잠시 후 파이어 월 오른쪽에서 대검잡이가, 왼쪽에서 도끼잡이와 여전사가 뛰어나왔다. 쿠자크가 대검잡이를, 란타는 도끼잡이를 맡고 유메가 여전사에게 반격한다.

"…키무라 씨…?!"

키무라는 파이어 월 바로 앞에 우뚝 서 있다. 뭐 하는 거야? 저 사람은.

대기하고 있었다. 그런 뜻인가?

저 다부진 여성이다. 키무라의 연인. 분명 그녀가 맞겠지. 요코이… 라고 했나? 요코이가 파이어 월을 개의치 않고 돌파해서 키무라에게 검을 휘둘렀다.

"후아… 하앗…?!"

키무라는 손방패로 요코이의 장검을 막아내고 미늘창을 올려치려고 했다. 진짜는 아니라고 해도, 예전 연인이 상대라도 적극적으로 고간을 노리는 건가?

하지만 요코이는 쉽사리 장검으로 미늘창을 쳐내더니 키무라를 공격한다. 마구 공격한다. 키무라는 손방패와 미늘창으로 힘겹게 요코이의 맹공을 방어하려고 했지만, 채 막아내지 못한다. 키무라는 여기저기 베이고 점점 만신창이가 된다.

"우히이이이이! 요코히이이이이이이히이이이이…!"

기뻐하는 것처럼 보이지 않는 것도 아니지만, 본격적으로 썰리고 말 것 같은 기세라서 내버려둘 수도 없다. 도우러 가려고 했더니 세토라가 말렸다.

"너는 마법사를…!"

"…부탁할게!"

하루히로는 키무라의 엄호를 세토라에게 맡기고, 파이어 월을 우회하고자 쿠자크와 대검잡이 옆을 빠져나갔다. 턱수염에 비쩍 마른 마법사와 초로의 반백 신관은 돌 단상에서 내려오지 않았다. 마치 하루히로가 갈 것을 간파하고 있었던 것 같다.

"데름 헬 엔 봔 아르부."

비쩍 마른 마법사가 또 마법을 발동시킨다. 이것은.

"…웃…?!"

뜨겁다. 순식간에 안구가 말라버리고 목이 바짝 말랐다. 엄청난 열풍이다. 하지만 날려가버릴 정도는 아니다. 이 정도라면 버틸 수 있다. 바람을 거슬러 앞으로 나아가는 것도, 힘겹지만 가능하다. 그러나….

"데름 헬 엔 이그 아르부."

또 마법인가? 불 구슬이 덤벼든다. 하나가 아니다. 둘, 셋, 쉭쉭 날아온다. 하루히로는 반사적으로 열풍에 저항하기를 멈췄다. 열풍에 밀려 몸이 뒤로 젖혀지면서, 몸을 틀어 불 구슬을 피한다. 세 번째는 꽤 아슬아슬했고 머리카락이 약간 탔지만, 간신히 다 피했다.

"…웃…?!"

이번에는 마법이 아니다. 반백 신관이다. 돌진해 다가온다. 석장을 힘껏 옆으로 휘둘렀다. 큰 스윙에도 정도가 있다. 하루히로는 몸을 숙여 머리를 낮춰 석장을 피했다. 하지만 멈추지 않는다. 석장이. 석장이랄까, 반백 신관이. 몸과 함께 석장을 빙글 한 바퀴 회전시키더니, 그대로 2회전째에 돌입한다. 맞으면, 죽을지도. 하루히로는 옆으로 펄쩍 뛰었다.

"데름 헬 엔 리그 아르부."

저 비쩍 마른 마법사. 빈번하게 마법을 던진다. 불기둥이 올라가 하루히로는 하마터면 몸으로 부딪칠 뻔했다. 파이어 필러(화염 기둥)였던가, 그런 이름의 마법이다.

"큭…!"

하루히로가 황급히 물러서려고 했더니 비쩍 마른 마법사는 더욱 파이어 필러를 쏟아냈다.

"데름 헬 엔 리그 아르부."

"…앗, 뜨…?!"

뒤다. 바로 뒤에 불기둥이. 불기둥이 앞에도, 뒤에도. 오른쪽인가? 왼쪽인가? 하루히로는 망설이기 전에 오른쪽으로 가려고 했다. 그 앞에서 반백 신관이 만반의 준비를 하고서 기다리고 있었다. 반백 신관이 하루히로를 향해 석장을 내리쳤다.

"우옷…?!"

머리로 생각하다가는 늦는다. 하루히로는 몸이 움직이는 대로 맡겼다. 석장이 왼쪽 귀를 스쳤다. 맞지는 않았다. 하루히로는 반백 신관 옆을 빠져나간다. 스쳐 지나가면서 발을 걸었다. 반백 신관은 자빠지면서, 놀랍게도 광마법 축사를 읊었다.

"빛이여, 루미아리스의 가호 아래에…!"

반백 신관은 쿵, 등부터 돌바닥에 쓰러졌다. 그러면서도 왼쪽 손바닥을 하루히로에게 향했다.

"플레임…!"

"…뭐…?"

아무 일도 일어나지 않는다. 발동하지 않은 건가? 광마법이 불발되었다. 어째서? 이유는 됐다. 하루히로는 반백 신관에게 덤벼들었다. 찍어 누르고 대거로 반백 신관의 목을 찢는다. 마치 흙주머니 같다. 상처에서 흙이 파다닥 흘러나와 점점 무너져간다. 반백 신관은 흙으로 변했다. 아니, 흙뿐만이 아니다. 하얀 물체가 섞여 있다. 뼈인가?

"레이스는 광마법을 쓸 수 없나…?! 마법은 쓸 수 있는데…!"

"데름 헬 엔 봔 아르부."

그렇다. 레이스는 광명신 루미아리스의 가호를 얻을 수는 없지만, 마법은 쓸 수 있다. 비쩍 마른 마법사가 마법을 발동시켰다. 휘몰아친다. 지나치게 뜨거운 바람이. 하루히로는 열풍에 휩쓸려 자세가 무너질 뻔했다.

"웃…."

"데름 헬 엔 이그 아르부."

거기에 불 구슬이 날아온다. 한 개, 두 개, 세 개. 징글징글하다. 하루히로는 비스듬히 뒤로 공중제비를 돌아 첫 번째와 두 번째를 피하고, 옆으로 점프해서 세 번째를 피했다.

"…위험하네, 이거?!"

"냐…!"

유메인가? 유메다. 꽤 낮아진 파이어 월을 뛰어넘어, 데구르르 구른 다음에 한쪽 무릎을 세운다. 그때에는 이미 유메는 화살을 겨누고 있었다. 화살을 쏜다. 빠르다. 계속해서.

"마리크 엠 파르크."

비쩍 마른 마법사도 좋은 반응을 한다. 매직 미사일(마법의 광탄). 여러 개의 광탄을 출현시켜 유메의 화살을 맞혀 떨어뜨린 것뿐만이 아니다.

"마리크 엠 파르크!"

매직 미사일을 연발해서 공세로 전환했다.

"헉, 잠만, 웅냣…!"

유메는 재빨리 구르거나 공중제비를 돌거나 해서 광탄을 피한다.

"으쌰…!"

게다가, 틈만 있으면 화살을 쏘아대니, 엄청나다.

"마리크 엠 파르크…!"

영창이 짧고 빨리 나오는 매직 미사일이 아니면 유메와 마주 쏘아댈 수는 없을 것이다. 저 비쩍 마른 마법사는 상황에 따라 적절한 마법을 타이밍 좋게 사용한다. 생전에는 분명 믿음직한 의용병이었겠지.

파이어 월은 사라져가고 있다.

쿠자크는 대검잡이 때문에 상당히 애를 먹고 있는 모양이다. 란타는 도끼잡이를 쓰러뜨린 것 같은데, 지금은 유메와 싸우고 있던 여전사를 상대하고 있다.

요코이는 역시 상당히 강하다. 키무라와 세토라, 메리 세 명이 덤벼들어도 요코이에게 고전하고 있다.

유메는 하루히로 쪽을 일절 보지 않는다. 하루히로 따위 존재하지 않는 것 같다. 여유가 없는 것은 아닐 테지. 유메는 의도적으로 하루히로를 무시하고 있다.

어째서인가?

당연하다. 하루히로의 임무를 방해하지 않기 위해서다.

하루히로는 이미 의식을 바닥 아래쪽까지 가라앉혔다.

물론, 정말로 가라앉힌 것은 아니다. 어디까지나 이미지다.

스텔스.

하루히로는 돌 단상을 올라간다.

"마리크 엠 파르크…!"

비쩍 마른 마법사는 네 개의 광탄을 쏟아냈다. 유메는 토끼처럼 경쾌하고 신속한 몸놀림으로 광탄을 피하고, 쏘아내는 화살로 비쩍 마른 마법사의 삼각모를 꿰뚫는다. 삼각모자는 순식간에 흙으로 변했다.

"데름 헬 엔 봔…."

비쩍 마른 마법사는 움츠러들지 않고 주문을 영창하려고 한다. 그러나, 그 마법이 완성되는 일은 없었다.

이미 하루히로는 비쩍 마른 마법사에게 다가들었다. 비쩍 마른 마법사의 등에 대거를 쑤셔 박는다. 백 스태브(등 찌르기).

"오옷…."

비쩍 마른 마법사의 고통스러운 신음은 한순간에 끝났다. 이미 무너지기 시작했다. 비쩍 마른 마법사는 거의 한순간에 흙과 뼈가 되었다.

"웅냣!"

유메는 해냈다는 듯이 폴짝 한 번 뛰고는 곧바로 몸을 돌렸다. 느긋하게 기뻐하고 있을 수는 없다. 동료들은 아직 다른 레이스와 싸우고 있다.

"…언제까지 할 거냐고, 똥 멍청이가…!"

자기 자신에게 기합을 넣은 건가? 아니면 쿠자크나 동료를 욕한 건가? 란타가 갑자기 두 명, 아니, 세 명으로 늘어났다. 한순간 그런 착각을 불러일으키는, 암흑기사 특유의 몸 사용법인가? 아니면 란타 특유의 수법인가?

여전사는 완전히 란타를 놓친 모양이다. 우두커니 선 여전사의 두 팔이 날아간다. 여전사는 돌아보려고 한 건가? 그 도중에 란타는 여전사의 목을 베었다. 여전사는 순식간에 붕괴해서 흙과 뼈로 돌아갔다.

"…절기, 암흑열참…. 쩔어, 멋지다… 나 님 최고오오오오…! 후오오옷…!"

"누아앗…!"

쿠자크가 장검으로 대검잡이가 내리치려던 대검을 막자마자 위로 튕겨 올린다. 대검잡이의 몸이 텅 비었다.

"으랴아…!"

틈을 주지 않고 곧바로 쿠자크는 대검잡이의 몸체에 칼을 휘둘러 두 동강을 냈다. 대검잡이도 뼈가 섞인 흙으로 돌아갔다.

"호오오우우에에아아아아아아아?!"

키무라가 괴상한 큰 소리를 발하며 미늘창을 쳐올린다. 요코이의 고간을 노린 것이겠지. 요코이는 가볍게 뒷걸음질을 쳐서 키무라의 미늘창을 쉽사리 피했다.

"…쿠오오옷…?!"

키무라의 이마에 뭔가가 박혔다. 던지는 나이프인가? 하루히로는 그 순간을 놓치고 말아 보지 못했지만, 요코이가 던진 모양이다.

"키무라 씨…?!"

"내내내내냇! 내 두개골으으은! 마치 강철과 같아섯! 고로 이 정도로느으은! 꿈쩍도 하지 않습니다아아앗…!"

"꽤 깊이 박힌 것 같은데요….."

"괜찮아유우우웃! 꼬꼬꼬꼿한 것뿐입니다! 뼈뼈, 뼈가 나를 지킨다아아! 내 뼈가 나를 지킨다아아…!"

아무리 봐도 괜찮지 않은 것 같지만, 본인이 그렇게 우긴다면 마음대로 하도록 내버려두면 되나? 상관없다고까지는 말하지 않겠지만. 요코이도 레이스지만, 뭔가 그러니까, 당혹스러워하는 것 같다. 그 심정은 이해한다. 레이스에게 감정이 있는지는 알 수 없지만.

"아무튼, 떠오르네요…."

던지는 나이프가 콱 박힌 키무라의 이마에서, 푸슉, 피가 분출한다.

"생각나게 만드네요, 요코오오이이이이! 저와 드앙신과의 사랑과 욕정의 나날으을! 그 점은 당신과 저니까요오오? 피와 눈물 없이는 성립할 수 없었습니다아아아…!"

"우와, 왠지 듣고 싶지 않어…."

하루히로는 귀를 틀어막고 싶어졌다. 그보다, 저 이상한 사람의 입을 다물게 하고 싶다. 레이스 요코이도 같은 심정이었을까? 레이스에게 심정 같은 것이 있다고 한다면 말이지만. 아무튼, 요코이는 더욱 나이프를 던져댔다.

"오오우우훗?!"

한 자루가 아니다. 키무라의 오른쪽 가슴, 왼쪽 가슴, 그리고, 배에도 꽂혔다. 세 자루다.

"…감미로우운 이 아픔으으은…?!"

"왕변태라도 정도껏 해야지…."

란타의 말에 고개를 끄덕이고 싶지는 않다. 하지만 이번만큼은 고개를 끄덕일 수밖에 없었다.

"치, 치료를…."

모처럼 메리가 말을 걸어줘도 키무라의 귀에는 들리지 않는 건가? 요코이에게 다가가 미늘창을 쳐올린다. 소용없다니까. 그것 봐. 또 피했다. 요코이는, 적당히 좀 하라는 느낌으로 나이프를 키무라에게 마구 던졌다. 이번에도 세 자루. 오른팔, 오른쪽 허벅지, 왼쪽 허벅지다.

"…아파아아아아아아아아앗…?!"

마침내 키무라는 쓰러졌다.

"그야 아프겠지…!"

란타가 뛰쳐나가 요코이에게 칼을 휘둘렀다. 움직임이 일일이 큰 란타에 비해 요코이는 효율적이다. 팔꿈치를 구부리고 뻗는, 손목을 돌리는 동작으로, 장검을 휘두른다기보다는 란타의 칼에 댄다. 란타는 칼을 두 손으로 잡고 있지만, 요코이는 오른손만으로 잡는 한손 잡기다. 그런데도 란타가 밀리는 것처럼 보이기까지 했다.

"…오옷?! 이 녀석…?!"

"조심해, 란타…!"

하루히로는 자기도 모르게 소리를 내고 말았다. 요코이는 왼손이 비어 있다. 무엇을 할지 모른다.

"입 다물고 있어, 파루포로링…!"

란타는 요코이의 오른쪽으로 뛰었다. 웅크린 자세로 정지한다. 그런데, 바로 한순간 뒤에는 요코이의 왼쪽에 있었다. 란타는 요코이의 오른쪽에서 왼쪽으로 고속 이동하면서 한칼에 끝장을 내려고 한 건가? 하지만 요코이는 팔팔했다.

"…묘기, 송골매 귀환…! 이것도 막는 거냐? 진짜로 제법이잖아!"

란타를 향해서 조용히 걸음을 옮기려는 요코이에게 쿠자크가 덤벼들었다.

"으랴아앗…!"

요코이는 쿠자크의 대검을 장검으로 능숙하게 쳐냈다. 어린애 취급이라고 하면 과장일지도 모르지만, 요코이에게서 가슴을 걷어차여 "우왓…." 뒤로 몸을 젖히는 쿠자크의 입장에서는 그 정도로 큰 힘의 차이를 느꼈는지도 모른다. 쿠자크는 힘을 실어 대검을 휘둘러 요코이를 물러서게 해서 간신히 자세를 바로잡았다.

"…뭔가 엄청 잘하는데요, 이 사람…?!"

"그러니까 물러서 있으라고, 서툰 놈…!"

란타가 다시금 요코이와 접전을 시작했다. 하루히로도 가세하고 싶은 마음은 굴뚝같지만, 섣불리 손을 댈 수가 없다. 과거와는 비교가 되지 않는다고 키무라가 말했었다. 저런데도 말인가? 그녀는 훨씬 더 강했단 말인가?

"끄응, 우욱…."

키무라가 일어나려고 한다. 무모하다. 죽는다니까. 메리가 키무라에게 달려간다. 세토라와 유메도.

"…나이프가 박힌 채로는…!"

"너는 마법 준비를."

세토라가 키무라의 이마에 박힌 나이프를 뽑았다.

"웅냐!"

유메도 잇달아 나이프를 뽑아낸다.

"크흑, 후덜덜…."

키무라는 온몸에서 피를 뿜으며 떨고 있다. 메리가 이마에 손을 대고 육망성을 그렸다.

"빛이여, 루미아리스의 가호 아래에… 새크라멘토(빛의 기적)!"

"…ㅇㅇㅇㅇㅇㅇㅇ웃!"

키무라는 먼저 브리지 자세가 되더니, 거기서부터 만세를 하는 것처럼 몸을 일으켰다. 피투성이지만 상처는 덮었을 것이다. 처절한 모습이긴 했으나, 그런 키무라보다 란타와 요코이의 1대1 대결을 주시해야 하는 것 아닌가? 하루히로도 알고는 있지만, 어째서인지 키무라를 보게 된다. 습관이 되어가고 있는 건가? 너무나 싫다.

"그런데 메리 씨. 서클릿(은혜의 광진)은 쓸 수 있습니까?"

"…쓸 수… 있는데요."

"저에게 방책이 있습니다. 협력하세요. 알겠지요? 제가 말하는 대로 하는 겁니다. 이제부터 제가 말하는 대로 하세요. 알겠지요?"

메리는 끄덕끄덕 고개를 끄덕였다. 저것은 거절할 수 없다. 고개를 끄덕이는 수밖에 없겠지. 박력이 심상치 않다. 명백하게 정상 궤도를 벗어났다.

"요코이와의 결판은, 제가 내야마아안!"

키무라는 미늘창을 휘휘 돌리면서 요코이에게 돌격했다.

"비키세요오오! 임자들…!"

"잠깐, 위험…?!"

"…임자라니…?!"

쿠자크와 란타를 헤치고, 키무라는 요코이 앞을 막아섰다.

"빛이여어어! 루미아리스의 가호 아래에에에!"

키무라가 축사를 다 읊기 전에 요코이가 나이프를 던진다. 거의 동시에 세 자루나. 레이스의 기억이나 사고는 어떤 상태일까? 알 방법도 없지만, 요코이는 키무라를 상당히 싫어하는 것 같다. 다가오지 마, 더러워… 라고 말하고 싶은 것 같은 느낌으로 던진 것이었다. 키무라는 목을 구부려 한 자루만 피했는데, 왼쪽 어깨와 오른쪽 허벅지에 한 자루씩 명중했다.

"…응차아! 서클리이이잇(은혜의 광진)!"

이것쯤이야, 말하듯이 키무라는 광마법을 완성시켰다. 현재 키무라가 서 있는 장소에 일렁이는 빛의 원진이 나타났다.

"카아아아…!"

나이프가 키무라의 왼쪽 어깨와 오른쪽 허벅지에서 빠져나가 떨어진다. 상처가 치유된다. 아니, 하지만 요코이는 키무라의 바로 코앞에 있고. 당연히 손 놓고 보고만 있어줄 리도 없다. 그야 그렇지. 그럴 만한 의리는 없다. 요코이는 앞으로 내디디며 키무라에게 장검을 때려 넣는다.

"키이이에에에엑…?!"

칼을 맞고 키무라는 몸을 웅크렸다.

요코이는 가차 없이 장검의 난무를 펼쳤다. 너무 심하다. 빛의 원진 속에서 키무라는 속수무책으로 베인다. 머리와 목만은 손방패와 미늘창으로 간신히 보호하고 있다.

"…비이이이에에에아아아아아아아…?!"

"우와아…."

유메가 눈을 동그랗게 떴다.

"…뭐야? 저건."

세토라는 어이가 없는 모양이다.

"빛이여, 루미아리스의 가호 아래에… 서클릿!"

메리가 광마법을 발동시켰다. 하지만 그것은 키무라가 방금 전에 쓴 것과 같은 것이 아닌가? 하루히로의 착각이 아니었다. 키무라는 빛의 원진 속에서 이리저리 베이고 있다. 그 원진의 빛이, 뭐랄까, 강해진 것 같은. 같달까, 강해졌다. 겹쳐진 건가? 키무라의 서클릿에 메리의 서클릿이.

"리이이이이! 고조된다아아아아…?!"

덕분에, 요코이에게 베이자마자 바로 키무라는 회복되었다… 그런 건가?

혹시나, 저것이 키무라가 말했던 방책인지 뭔지 그건가?

메리는 지팡이를 고쳐 잡고서 고개를 숙이고 있다.

"…나, 나는. 하라는 대로 한 것뿐이니까…."

"꾸에엑쿠오오히야앗?! 아파, 아파, 아픈데요, 이건! 아파아! 아픈 거 다 날아가라아아! 하나도 안 날아가잖아…?!"

"…저쯤 되면 특수한 취미 아닐까?"

쿠자크는 반쯤 외면하면서도, 굳이 무서운 것을 보고자 하는 마음에서 구경하는 것 같은 모습이다.

란타는 칼을 칼집에 넣었다.

"같이 못 해 먹겠다고….'"

"……?!'"

요코이는 왼손으로 나이프를 뽑으려고 했던 것 같았지만, 마침내 나이프가 바닥난 모양이다. 그렇다면… 이라는 듯이 키무라를 발로 찼다. 빛의 원진 밖으로 쫓아내려는 것이겠지.

"끄ㅇㅇㅇㅇㅇㅇㅇㅇㅇㅇㅇㅇㅇㅇㅇㅇㅇ응….'"

키무라는 버틴다. 거북이처럼 되어 버티고 있다. 이래서는 끝이 나지 않는다. 요코이는 장검을 두 손으로 쥐고 치켜올렸다. 키무라를 향해서 내리친다. 그때였다.

"…늣하앗!'"

키무라의 둥근 안경이 요사스럽게 빛났다. 요코이의 장검을 키무라의 손방패가 막아내고, 미늘창이 용트림을 한다. 고간. 결국, 고간이었다. 미늘창을 고간에 쑤셔 박자마자, 요코이는 펑, 파열하는 것처럼 흙과 뼈로 변했다.

"쿳, 풋, 끄윽….'"

이중으로 된 빛의 원진 중심에서 키무라가 흔들거리며 일어선다. 여기저기에 박힌 몇 개나 되는 나이프가 점점 흙으로 변하고 온몸의 상처가 순식간에 치유된다.

"느껴져어어. 느낍니다아아. 사랑으으을. 하지만 이것은… 내 안에 있는, 사랑의 잔해….'"

키무라는 흙덩이를 짓밟았다.

"드앙신은 내가 사랑한 요코이는 아니야. 아름다운 추억을 더럽

히는 사악한 존재. 요코이, 당신은 돌아오지 않아… 아아아아아아아아아아아아…."

"…통곡하잖아…."

식겁한 것은 란타뿐만이 아니었다. 다들 마찬가지다. 아니.

"엄청 좋아했었구나…."

유일하게 유메만은 약간 눈물지으며 응응, 고개를 끄덕이고 있다.

"좋아했었습니다아아."

키무라는 피와 눈물과 콧물로 범벅이 된 얼굴을 유메에게 향했다.

"저의 처음이자 마지막, 가장 사랑한 여성 요코이 포에버…."

"그야…."

란타는 헷 하고 웃었다.

"그토록 사랑받았다면 그 여자도 행복하지 않았을까? 잘은 모르지만…."

"저는 요코이를 사랑할 수 있어서 행복했습니다. 그러나, 과거는 과거입니다."

키무라는 한쪽 무릎을 꿇고 손방패와 미늘창을 바닥에 놓았다. 둥근 안경을 벗고, 끄집어낸 수건으로 얼굴을 쓱싹쓱싹, 마구 닦는다. 그리고 둥근 안경을 다시 끼자 키무라는 이제 아무렇지도 않은 얼굴이었다.

"자, 그러면. 느긋하게 굴 시간은 없습니다. 앞으로 나아갑시다."

여러 가지로 하고 싶은 말은 있지만, 하루히로는 전부 그냥 삼켰다. 동료들을 앞서가게 하고 하루히로도 걸어가려고 했는데, 키무라가 움직이지 않는다. 역시 아직 감상에 젖어 있는 건가?

"키무라 씨…?"

"하루히로 씨."

키무라는 둥근 안경을 번쩍 가볍게 빛내고는 손짓을 했다.

"어이, 너희들…."

란타가 가면을 벗고 의아한 듯이 이쪽을 보고 있다.

아직 무겁게 계속 빛나는 키무라의 둥근 안경은 무엇을 전하려는 것일까?

하루히로는 란타에게 눈짓을 했다. 란타는 알아차린 듯, 가면 위치를 바로잡았다. 멈춰 선 쿠자크의 엉덩이를 "가자" 하며 걷어차고는 걸어간다.

"엉덩이 차지 마요, 선배…."

"시끄럽고."

"…무슨 일인데요?"

하루히로는 일단 목소리를 낮춰 물었다. 키무라는 고개를 숙였다.

"아까는 실례했습니다."

"아뇨. …좀, 놀랐지만요."

"제 불찰이었습니다, 진심으로 부끄러워요. 아직도 그녀와 재회할 때마다 이성을 잃어버리기 십상인 저입니다. 물론, 제 여친은 아닙니다만."

"…보기에는 닮았다고나 할까, 붕어빵이지요. 어쩔 수 없지 않나 싶은데요."

"그녀와 신겐을 비롯해서 몇 명이나 되는 동료가 이 묘소에서 목숨을 잃었습니다."

"신겐 씨라는 건 그 턱수염이 난?"

"네. 저희 오리온에 있어서 이곳은 악연의 땅입니다. 어째서라고 생각합니까?"

"네…?"

"저희 오리온이 왜 이토록 많은 희생을 치르면서까지 묘소를 공략하려고 했는지. 이상하지 않습니까?"

"그야… 그건."

"한 가지는, 오르타나에서 그리 멀지 않음에도 수많은 의용병들이 거의 손을 대지 않은, 미개척에 가까운 모험의 땅이었기 때문입니다. 오리온이 묘소의 수수께끼를 완전히 풀 수 있다면 그 이름은 반영구적으로 남겠지요. 로망이잖아요."

"하아. 로망이요. …그렇군요."

"하루히로 씨, 당신은 그런 일에 관심을 갖는 타입은 아니죠. 압니다. 사실을 말하자면, 저도 마찬가지라서."

"네?"

"묘소 공략은 시노하라 군의 염원입니다. 그 시노하라 군이 그토록 열렬히 바라는 것이라면, 저희 오리온으로서는 총력을 기울여 착수할 수밖에 없어요. 거부는 없다."

"뭔가."

하루히로는 뺨을 만지작거리면서 눈을 치뜨고 키무라의 표정을 살폈다. 키무라는 발끝으로 시선을 떨구고 있다.

"…키무라 씨는, 그리 내키지 않았던 건가요? 혹시나."

"그렇지는 않습니다. 단연코."

키무라는 즉답했지만, 선택한 단어만큼 강한 어조는 아니었다.

"시노하라 군이 없었으면 오리온은 생겨나지 않았지요. 시노하라 군의 포용력, 관찰안, 판단력, 명쾌한 표현력, 보기 드문 리더십, 탁월한 소통 능력, 무서울 정도의 조정력, 그것들 없이는 오리온은 성립하지 않았습니다. 오리온은 시노하라 군에 의해 구원받은 이들의 집단입니다. 갑자기 그림갈에 내동댕이쳐져, 떠올릴 고향조차 없는 우리에게, 마아아이 호오오옴…."

키무라는 농담을 하는 건가? 진지하게 말하고 있는 건가? 판단이 서지 않는다.

"시노하라 군도 참, 보기에는 그래도 로맨틱한 면도 있답니다. 동료가 몇 명이 쓰러지든, 시노하라 군은 묘소 탐색을 완전히 단념하려고는 하지 않았습니다. 이번에도 탄식의 산 공략을 빌미로 시노하라 군은 이 묘소에서 목적을 달성하려는 건지도 모릅니다."

"목적?"

하루히로는 눈썹을 찡그렸다.

"…목적이란 건, 구체적으로 뭡니까?"

"쿠훗…."

키무라는 예의 이상한 웃음을 짓더니 고개를 저었다. 무슨 의미일까? 말할 수 없다, 말하고 싶지 않다는 건가? 아니면, 키무라도 모르는 건가?

"저는… 하루히로 씨, 이런 말을 당신에게 해도 소용없을지도 모릅니다만, 저는 시노하라 군이, 걱정입니다. …친구로서, 말이죠."

"그것은… 어떤 점이?"

"당신도 아시겠지만, 시노하라 군은 매우 좋은 사람입니다. 저는 그를 리스펙트합니다. 그는 오리온의 마스터이고, 저에게는 소중한 벗입니다. 그러나, 이따금씩 그는….”

키무라가 얼굴을 괴로운 듯이 찡그린다. 아마도 연기는 아니다. 그런 느낌이 든다. 키무라는 고뇌하고 있다. 적어도 하루히로에게는 그렇게 보인다.

“…제가 그에게 힘이 되어줄 수 있다면 좋겠습니다만… 어쩌면, 저로서는 부족한 건지도 모릅니다. …때때로, 옆에 있어도, 아득히 멀리 있는 것 같은….”

“키무라 씨.”

한 발 내디뎌보자. 하루히로는 마음을 정했다. 키무라는 시노하라 쪽에 있는 것처럼 보이지만, 어쩌면 이쪽 인간인지도 모른다.

“열리지 않는 탑을 알고 계시지요?”

“…네.”

키무라는 둥근 안경 위치를 바로잡았다. 렌즈는 빛나지 않는다. 표정이 굳었다. 경계하는 것 같다.

“물론. 그게 왜요?”

좋은 결과가 나올지, 최악의 결과가 될지. 지금 되돌아가는 선택지도 있다. 단, 애초에 시노하라가 입에 올렸던 일이다. 키무라도 알고 있는지 아닌지를 확인한다. 그것뿐이다.

“그럼, 열리지 않는 탑의, 주인에 관해서는요?”

“쭈우… 이인?”

“아니… 주인 말입니다.”

“…주인….”

키무라는 고개를 갸웃거리며 생각에 잠겼다. 시치미를 떼는 건가? 아니면, 정말로 짐작 가는 바가 없는 건가? 어느 쪽일까? 판단하기가 어렵다.

"…하루히로 씨."

"네."

"당신들은, 열리지 않는 탑 지하에서 깨어났다고요? 자기 자신의 이름을 제외하고는 기억을 잃은 상태에서."

"맞는… 데요."

"어쩌면…."

갑자기 키무라가 얼굴을 가까이 들이댔다. 가까운데요?

키무라의 코가 하루히로의 코와 맞닿을 것 같다. 너무 가깝다.

"당신들은 만난 것입니까? 그 열리지 않는 탑의 주인을? 그런 거라면, 당신들에게서 기억을 빼앗은 것은, 열리지 않는 탑의 주인이라는 인물인 겁니까? 인물이라는 법은 없겠군요. 그것은 인간입니까? 기억을 잃었다, 그러한 현상에는 십중팔구 렐릭이 관련되었을 것입니다. 어쩌면, 우리 모두가, 그 열리지 않는 탑의 주인에게 기억을 빼앗기고 오르타나로 끌려와 의용병이 된 게 아닐까요…?"

분명 키무라는 하루히로에게서 들을 때까지는 열리지 않는 탑의 주인에 관해서 몰랐었다.

사실 하루히로도 열리지 않는 탑의 주인 본인과 만난 적은 없다. 시노하라가 한번 그 단어를 입에 올렸었다. 히요무에게는 섬기는 주인이 있고, 사람인지 아닌지는 모르지만, 아무튼 그가 하루히로 일행에게서 기억을 빼앗은 모양이다. 히요무의 언동으로 보아 그녀의 주인은 열리지 않는 탑에 있는 자라고 생각할 수 있다. 즉, 열리지 않는 탑의 주인과 히요무의 주인은 동일 인물이 아닐까?

렌지가 있으면 사전에 의논할 수 있었겠지만, 지금은 따로 행동하고 있다. 그래서 하루히로의 독단으로 거기까지는 키무라에게 설명했다.

"…그렇군요. 이것이 만약 무슨 음모였다고 치면. …유감스럽게도, 시노하라 군이 전혀 관여하지 않았다고는 단언할 수 없네요. 솔직히 오리온이 변경군에 가담한다는 결정에도 의문이 없지는 않았습니다. 우리에게 의견을 묻지도 않고 시노하라 군은 그것을 결정했는데… 지금까지도 그런 경우는 뭐 있긴 있었지만, 이번에는 일이 너무 컸습니다."

키무라의 말에 따르면, 시노하라가 변경군의 진 모기스 총사와 뜻이 통했다고 해도 딱히 위화감은 없다고 한다.

필요하다면 시노하라는 적과도 웃는 얼굴로 악수할 수 있다. 가식적이라기보다는, 그렇게 해야 하는 상황이지만 개인적인 감정 때문에 그렇게 할 수 없는 경우란 것이 시노하라에게는 없다. 항상 싱글싱글 웃고 있는 것은 그러는 편이 무뚝뚝한 얼굴로 있는 것보다 좋기 때문이다. 오히려 불쾌한 얼굴을 할 이유가 없다. 시노하라는 지극히 합리적인 인간이고, 그래서 키무라가 보기에 신용할 수 있다고 한다.

"저처럼 흔들림 없는 사랑을 계속 가슴속에 품고 지낼 수 있는 자들만 있는 게 아닙니다. 사람의 마음은 변하기 쉽죠. 시노하라 군은 도리에 따라 움직이는 사내입니다. 의리나 인정 또한 도리에 포함되는 것이니까요."

심복이며 친한 친구인 키무라에게도 시노하라는 마냥 좋은 사람은 아니다. 필요에 따라 좋은 사람이 될 수 있다. 얼마든지 선인이나 인격자가 될 수 있는 남자인 것이다.

"…어느 쪽이든, 저는 역시 시노하라 군을 걱정하고 있습니다. 저에게도 숨기는 일이 있는 거라면, 시노하라 군 나름대로 그렇게 할 필요가 있어서겠지요. 어쩌면, '적을 속이려면 먼저 우리 편부터'라는, 그런 건지도 모릅니다. 그러나, 하루히로 씨에게 의혹을 품게 만드는 것은 좋지 않아요. 그건 내버려둘 수 없습니다."

적어도 시노하라의 진의를 알아내고 싶다는 점에 있어서는 키무라와 의견이 일치했다. 단, 키무라는 어디까지나 시노하라의 동료이자 친구다. 시노하라인가, 하루히로와 렌지인가, 그런 선택지가 앞에 놓인다면 키무라는 시노하라를 선택하겠지.

키무라를 우리 편이라고는 생각하지 않는 게 좋다. 하지만 시노하라가 뭔가 이상한 짓을 하고 있고 그것을 바로잡아야 한다고 키무라가 느낀다면, 우리 편으로 붙을지도 모른다. 서로 협력할 수 있다. 그럴 여지는 있다는 뜻이다.

예배당 안쪽에 문이 있었다. 하루히로는 문의 오목한 곳에 손을 댔다. 그러자 문은 바로 안쪽으로 접히는 것처럼 열리기 시작했다. 동시 열림 장치가 작동한 것이다. 하루히로 팀과 갈라져 주방으로 간 토키즈가 먼저 그쪽 문의 오목한 부분을 누르고 있던 것이겠지.

"다음은 중정이라 이거지?"

가면의 암흑기사가 흥 하고 콧소리를 내자 키무라가 둥근 안경을 번쩍 빛냈다.

"네, 맞습니다."

"…앗싸, 가볼까요!"

쿠자크가 밝은 목소리로 말했다. 하루히로는 한 번 숨을 내쉬었다.

"가자."

예배당과 달리 복도는 어두웠다. 하지만 걸어가다 보니 앞쪽에 빛이 보였다. 중정은, 여기가 지하라고는 생각할 수 없는, 바깥이 아닐까 하고 착각해버릴 정도로 밝은 장소였다.

천장이 상당히 높고 2층이 있다. 단, 2층은 U자형이다. 대부분이 뚫린 천장으로 되어 있다. 저 천장은 어떻게 된 것일까? 흐릿하게 하얀 빛을 내고 있다. 맑은 하늘이라고까지는 할 수 없지만, 한낮의 흐린 하늘 비슷한 빛의 양은 되는 것 같다.

"…옷?! 야호! 하루히로네잖아! 나 님이 왔노라! 당근 나 님뿐만이 아니라 토키즈 멤버 다 모여 있고요…! 예이…!"

하루히로 팀이 중정 1층으로 들어간 장소에서 10미터 정도 떨어졌을까? 킷카와가 손을 흔들고 있다. 그 옆에서 두 손을 힘껏 올리고, 미모링은 무엇을 표현하고 있는 걸까? 잘 모르겠지만, 미모링은 명백하게 하루히로를 보고 있다.

"걱정은 하지 않았지만 역시 무사했구나!"

토키무네가 엄지를 척 세워 보였다. 안나 씨는 가슴을 펴고, 늘 그렇듯이 거만해 보인다.

"지렁이 똥들치고는 순조롭게 굿 잡인 것 같습니다…!"

"감사요!"

"야, 쿠자크! 지렁이 똥이라 불렸는데 뭐가 감사하다는 거야? 똥 찌끄래기 녀석이!"

"…개인적으로는, 란타 군에게 똥 찌끄래기라고 불리는 것보다는, 안나 씨한테서 지렁이 똥이라고 불리는 게 덜 불쾌한데요. 저 사람은 악의가 없거든요."

"나는 있다는 거야?"

"어? 있잖아요?"

"뭐, 없다고는 할 수 없지만."

"큭…."

어느 틈엔가 이누이가 세토라의 뒤로 다가와 서 있고, 그 목 앞부분에 창끝이 닿아 있다.

"…지치지도 않는 사내로군."

세토라는 어이가 없는 것 같다. 어이가 있을 리가 없다.

"이 내가 지치는 일이 있다면 그것은!"

이누이가 안대를 하지 않은 오른쪽 눈을 번쩍 크게 떴다. 무서울 정도로 핏발이 서 있다.

"그것은 봉인이 풀린 내가 마왕임을 자각하고, 멸망한 뒤, 혼이 육도윤회의 끝에서 다시금 마왕으로 부활할 때, 근사하게 부활했으니 그때 역시 지치지는 않는다!"

"…지치지 않는 건가?"

유메가 힘없이 중얼거렸다. 곧바로 키무라가 둥근 안경을 번쩍 빛냈다.

"푸헤앗! 그 각오는 좋다 이겁니다!"

메리가 한숨을 쉰 것과 동시에 하루히로도 한숨을 쉬어 싱크로를 하는 형태가 되어버렸다. 게다가 서로 그 사실을 깨닫고 왠지 미안한 것 같은. 사과할 만한 일은 아니라고 생각하지만, 둘이서 부끄러워하고 있노라니 갑자기 딱딱한 것이 퍽 부서지는 소리가 났다. 소리 나는 쪽을 보니 타다가 자랑거리인 워 해머를 돌바닥에 처박은 것이었다.

"너희들 충분히 쉬었지? 이제 하자."

"타다 말이 맞아!"

토키무네가 쾌활하게 웃으며 방패를 들더니 장검을 뽑아 빙글빙글 돌렸다. 킷카와가 검으로 방패를 탕 두드린다. 미모링도 두 손으로 장검을 뽑았다.

참고로, 안나 씨는 딱히 뭘 하는 것도 아니고 여전히 거만하게 서 있다. 그 뒤에서 흉흉한 기를 발산하는 이누이는, 어느 틈에 세토라의 뒤에서 이동한 건지. 놀랍게도 이누이는 도적에서 전사를 거쳐 사냥꾼으로 체인지한 모양인데, 단순히 위험한 분위기의 괴짜가 아니라는 건가?

"후웃…."

쿠자크가 크게 숨을 내쉬고 대검 자루를 쥔다. 다시 고쳐 잡는다.

"…저것이군요. 중정의 적은."

말하지 않아도 금세 알 수 있었다. 이 중정에 발을 들이자마자 곧바로 적의 모습이 눈에 들어왔었다. 그것은 팔이 두 개, 다리도 두 개 있고, 동체에서 머리가 튀어나와 있다. 사람 같은 형태를 하고 있지만 사이즈는 상당히 다르다. 웅크리고 있어서 정확하게는 알 수 없지만 아마 키가 5미터도 넘을 것이다. 중정에는 2층이 있다. 저런 자세인데도 적의 머리 위치는 2층보다 높았다.

"우리 오리온은, 골렘이라고 부릅니다."

키무라가 둥근 안경을 번쩍번쩍 빛내며 말했다.

"크기는 개체마다 차이가 있는데, 저것은 대형 골렘입니다. 요컨대 인간형 거인입니다만, 움직이는 바윗덩어리이니까요. 아무튼 단단하죠. 우리는 머리를 파괴함으로써 격파했습니다."

"머리라고요?"

쿠자크가 고개를 끄덕였다.

"하지만 머리라고 해도, 뭐랄까, 그냥 둥근 통 같은⋯."

"웅냐! 빛났어!"

유메 말대로다. 골렘의 머리 중심 부분에 붉은 빛이 켜졌다.

"⋯움직인다."

란타가 허리를 낮춘다.

골렘이 덜덜덜덜 진동하면서 일어서려고 했다.

"데름 헬 엔 바르크 젤 아르부⋯!"

미모링이 장검 끝으로 엘리멘탈 문자를 그려 블래스트를 발동시켰다. 한 발이 아니다. 2연발이다. 머리 부분이 폭발 연기에 휩싸여도 골렘은 멈추지 않는다. 상체를 일으키고, 굽히고 있던 무릎을 뻗는다. 이제 일어서버린다.

"…전혀 효과가 없잖아요…?!"

안나 씨가 외쳤다. 실제로 골렘의 머리는 약간 검게 탄 정도이며, 금이 가거나 깨지거나 한 것 같은 기색은 없다. 외눈 같은 빨간 빛도 약해지지 않았다.

"그러고 보니, 하루히로! 언젠가 있었지? 이런 일이!"

토키무네는 웃는 얼굴로, 희한하게 즐거운 것 같다. 뭐지? 예를 들면, 란타가 저런 태도를 보이면 상당히 재수 없을 것 같지만, 토키무네가 하면 그렇지 않다. 그게 인덕의 차이인가?

"……뭐, 예전에 비슷한 일이 있었다고 해도, 기억하지 못하지만요."

"그런가! 좋아, 전위는 흩어져…!"

토키무네는 큰 소리로 말하자마자 달려 나갔다. 타다, 킷카와, 그리고 미모링도 뒤를 따른다. 일단, 마법사일 텐데, 전위인 건가? 이 누이는 없다. 어디로 간 건가?

"하루히로…?!"

란타에게 재촉당하면 나도 모르게, '일일이 시끄럽네. 나도 알거든….' 이런 기분이 되어버린다. 잘 맞지 않는 건가? 란타의 성격이 좋지 않은 탓인가? 란타에게 인덕이 없는 건가? 전부 다 해당하나?

"우리도 토키무네 씨의 지시에 따른다! 쿠자크, 란타, 그리고 유메도 전위로! 메리는 안나 씨와 함께 무슨 일이 있을 때를 대비해! 키무라 씨도 부탁합니다! 세토라는 지원, 부탁해!"

"넵…!"

"어쩔 수 없네!"

"웅냐아…!"

"응!"

"나한테 맡기시라입니다요."

"알겠다."

완전히 일어선 골렘을 순식간에 토키무네와 타다, 킷카와와 미모링, 그리고 쿠자크, 란타와 유메가 포위했다. 안나 씨와 키무라, 메리, 세토라는 골렘한테서 떨어져 있다. 골렘이 던지는 도구라도 쓰지 않는 한은 안전하겠지.

그런데 이누이는 어디로 간 건가? 어디든 상관없나? 그 사람은 잊어버리자.

"…서머솔트 봄…!"

타다가 선제공격을 감행했다. 도움닫기를 한 후 앞으로 공중제비. 거기서부터 때려 넣기. 타다는 골렘의 오른쪽 무릎에 워 해머를 때려 박았다. 하지만 골렘은 꿈쩍도 하지 않는다. 긴 팔을 돌려 타다를 쫓아낸다.

"견제하면서 집중 공격…!"

토키무네가 골렘에게 덤벼들어 왼쪽 다리를 방패와 장검으로 쳤다. 골렘이 토키무네를 향해 팔을 내밀었다. 토키무네는 재빨리 물러선다.

"…으쌰아아아아아아…!"

쿠자크가 계속해서 골렘에게 대검을 쏟아내는 척하다가 왼쪽 종아리를 걷어찼다. 골렘이 쿠자크 쪽을 향하려고 한다.

"호이냐아!"

곧바로 유메가 뛰어올라 골렘의 엉덩이를 큰 나이프로 푹 찔렀다.

"우와…!"

미모링은 두 자루의 장검을 골렘의 왼쪽 허벅지에 날렸다.

"헷헤헷! 골렘 짱! 이쪽이야!"

킷카와는 검으로 방패를 탕탕 두드리고 있다. 저건 글쎄?

"…이야아아아아아압…!"

킷카와가 우스꽝스러운 짓을 하고 있는 동안에 란타가 골렘의 몸 위를 달려 올라간다. 눈 깜짝할 사이에 머리 꼭대기까지.

"자기류! 최고조 용오름…! 카하핫…!"

뭘 하는 건지.

아니, 뭐가 머리 위에 올라가 있으니 골렘은 아무래도 거슬리는 건지, 두 손으로 란타를 붙잡으려고 했다. 하지만 골렘의 동작은 둔하다. 유연함도 부족하다.

"소용없어, 소용, 소용없다고…!"

란타는 골렘의 머리부터 어깨, 등, 또 어깨로 폴짝폴짝 이동하며 딱딱해 보이는 두 손을 피한다. 밑으로 파고든다.

"즈아아아아아아아아아아아아…!"

그때, 타다였다. 일관되게 한 우물을 파는 것과는 분명히 다르다. 타다는 제대로 노려서 첫 번째보다 긴, 상당히 긴 도움닫기 거리를 잡고는 엄청난 기세로 도약했다.

"이야아아아아아아아아아앗…!"

앞으로 공중제비라고 해도 1회전이 아니다. 2회전이다.

"아아아아아아아아아아아아아아아아아아…!"

하라고 한다고 할 수 있는 곡예가 아니다. 신체 능력적으로도 고난도고, 그보다 무섭다고. 자칫하다가는 골렘에게, 즉 거대한 바윗

덩어리에 머리와 등부터 처박히게 된다. 크게 다치는 정도가 아니라 즉사해도 이상할 것 없다. 타다는 공포라는 것을 모르는 건가? 그게 아니라면 저런 짓은 할 수 없지 않을까?

"서머솔트 보오오오오오옴…!"

타다의 워 해머는 골렘의 오른쪽 무릎을 직격했다. 첫 번째 공격 때와 거의 같은 부위다. 어쩌면 똑같은지도 모른다.

골렘의 자세가 무너진다. 타다의 대담하기 짝이 없는 서머솔트 봄은, 골렘의 오른쪽 무릎을, 놀랍게도 3분의 1 정도나 박살 냈다.

"예이…! 역시 타닷치, 예이, 웨이…!"

킷카와가 쾌재를 부른다. 잔치 중이 아니거든요.

"굿 잡입니다…!"

안나 씨도 흥분하고 있다. 콧김이 상당히 거칠다.

"야호…."

미모링도 두 손을 들어 올렸다. 알쏭달쏭한 신바람이지만, 그렇게 보이는 것뿐이고 미모링 나름대로 들떠 있는 건지도 모른다.

"…누옷…?!"

골렘이 한쪽 무릎을 꿇는 것 같은 자세가 되어 온몸이 기울어진 탓에 란타는 뛰어내릴 수밖에 없게 되었지만, 뭐 사소한 문제다.

"한꺼번에 공격한다, 다들! 라아아이…!"

'라이'라는 건 도대체 뭔가? 전혀 모르겠다. 타다나 미모링도 보통이 아니지만, 결국 토키즈는 토키무네가 있어야 토키즈인 것이겠지.

토키무네는 란타만큼 몸이 가볍지 않고 민첩하지도 않다. 체격도 작다고는 할 수 없다. 가벼운 차림도 아니다. 그런데도 토키무네는 땅을 박차고, 골렘의 왼쪽 무릎을 박차고 쑥쑥 올라간다.

거기서부터 토키무네 극장이 개막했다.

토키무네는 방패로 골렘의 옆얼굴을 때렸다.

장검을 빙글 돌려, 빨갛게 빛나는 눈 같은 부분을 찌른다.

더욱이 방패로 탕탕 골렘의 머리를 친다.

빙글 돌린 장검으로 쉬익 벤다.

토키무네는 골렘의 거구를 발판으로 삼아 날뛴다. 마구 날뛴다. 엄청 날뛴다. 표범처럼 날아서 범고래처럼 쏜다.

앞뒤를, 앞뒤는 고사하고 아무것도 생각하지 않고 마구잡이로 몸을 움직이는 것 같지만, 그렇지는 않겠지. 아니, 별로 생각하지는 않을지도 모르지만, 토키무네의 동작에는 합리성이 있다. 마구잡이는 아니다. 줄타기를 하는 느낌이 전혀 없는 것이다. 위태롭지가 않다. 여유조차 있는 것처럼 보인다.

"칫⋯."

타다가 혀를 차며 워 해머를 둘러멨다.

"기분 좋다는 듯이 난무를 추고 자빠졌어, 토키무네 놈. 나는 오프닝이냐고."

"하핫! 그렇게 삐지지 마⋯!"

토키무네가 골렘의 정수리를 박차고 바로 위로 높이, 높이 점프한다.

"우와⋯."

하루히로는 자기도 모르게 목소리를 내버렸다.

"스타잖여⋯!"

유메가 뭔지 이해 못 할 말을 했다. 잘은 모르지만, 약간 이해 못

할 것도 없다는 기분도 든다. 골렘이, 두, 두, 두 하고 머리를 치켜들더니 토키무네를 돌아본다.

"야아하아앗…………!"

토키무네가 골렘의 머리 위에서 1회전… 은 하지 않고, 반회전으로 그쳤다.

그러자, 어떻게 되는가?

당연히 토키무네의 발이 위로, 머리가 아래를 향하게 된다. 덧붙여 말하자면, 토키무네는 골렘의 머리 위라기보다 얼굴 위에 있다.

토키무네는 장검을 내밀고 그대로 낙하했다.

"피니이이이이이이이이이시이이이잇…!"

꽂혔다.

박혀버렸다고.

골렘의 빨갛게 빛나는 눈 같은 부분에, 토키무네의 장검이, 쑤욱.

깊숙이.

뿌리까지.

"…헉…!"

토키무네는 곧바로 장검을 빼내어 골렘의 거구 위에서 딴, 따단, 스텝을 밟아 돌바닥에 내려왔다.

두 다리를 모으고 등줄기를 펴고서 방패를 끌어당긴다. 발끝을 향하고 있는 장검 끝으로 쓰윽 반원을 그려 바로 위까지 올린다.

"…우, 왓."

쿠자크는 우두커니 서 있다. 매료되어 정신없이 보고 있는 것이겠지.

란타는 으드득 어금니를 갈았다.

"폼 나잖아, 젠장⋯."

골렘은 움직이지 않는다. 눈 같은 부분은 이제 희미한 빛도 나지 않는다.

"예스⋯!"

킷카와가 토키무네와 같은 포즈를 취했다. 토키무네처럼 멋지지는 않다.

"이러니저러니 해도 안나 씨 덕분입니다요⋯!"

안나 씨의 자신감이랄까, 저 압도적인 자기 긍정의 원천은 어디에 있는 것일까?

"그러게."

토키무네는 윙크해 보였다.

"전부 안나 씨 덕분이다. 안나 씨가 최고니까, 그런 안나 씨와 함께 있을 수 있는 우리도 최고다!"

원천은 분명 당신이겠지요.

토키무네가 저런 식으로 전면적, 대대적으로 긍정하니까 안나 씨는 저런 사람이 되어버린 게 아닐까? 아니면, 원래 안나 씨는 저런 사람이니까 토키즈의 상징적인 존재가 될 수 있었던 것일까? 어느쪽일까?

아무튼, 하루히로는 토키무네처럼도, 안나 씨처럼도 될 수 있을 것 같지 않다. 약간 부럽긴 하지만, 별로 되지 못해도 좋지 않을까 하는 생각도 든다. 되지 않는 편이 좋을지도.

"⋯슷, 슷, 슷⋯!"

키무라가 웃기 시작했다. 저것은 어떤 방식으로 웃는 것일까? 혹시 치아 사이로 웃음소리를 밀어내고 있는 것일까? 둥근 안경테를 누르며 렌즈를 번쩍 버언쩍 빛내고 있다.

"당신들은, 실로, 실로 재능이 풍부하고, 그러면서도 개성적이고, 정말이지 듬직한 의용병이로군요. 저는 감명을 받았습니다. 슷, 슷, 슷. 설마 이 정도일 줄이야…."

"뭔가, 최종 보스 같기도 한 대사인데요…?"

쿠자크가 하는 말도 미묘하게 동의 못 할 것도 없다.

"베헷!"

웃는 방식이 너무 위험하다고, 키무라.

"그렇게 생각된다면, 어쩌면 그런지도 모르겠습니다."

"일단은 부정합시다…."

하루히로는 자기도 모르게 끼어들고 말았다. 키무라는 능청스럽게 이마를 짚는다.

"…아히요오아아아아앗!"

그러니까, 무섭다니까요, 웃는 방식이. 이쯤 되면, 웃은 건 맞는지, 혹시 다른 감정 표현 아닐까? 라는 지적질을 안 할 수가 없는, 다른 차원의 뭔가다. 아히요라니. 하지만 지적하면 왠지 지는 것 같아서 굳이 지적하지는 않지만.

"큭…."

소리 나는 쪽을 보니 이누이가 2층에 있었다. 깨닫지 못한 사이에 올라가 있던 모양이다. 도대체 어디로 해서 올라간 건가? 2층에는 난간이랄까, 외벽 같은 부분이 있는데, 이누이는 거기를 두 손으로 짚고서 어깨를 낮추고 있다.

"내 차례인가…."

"…알 게 뭐야…."

의도치 않게 란타에게 공감해버리고 말았다.

"아니?"

토키무네가 중정 구석 쪽을 쳐다본다.

"그건 글쎄."

"음…?!"

이누이가 외벽 위로 펄쩍 뛰어 올라갔다. 그뿐만이 아니었다.

"투오오오오오‥‥‥‥‥‥‥ 우…!"

이누이는 외벽에서 1층으로 몸을 날렸다. 갑자기 무슨 일인가? 설마 싶긴 한데, 혹시 살그머니 2층에 올라가 등장할 차례를 기다리고 있었는데, 활약할 기회가 없었기 때문에 다이빙으로 출연 분량 확보를? 바보인가?

아니었다.

이누이가 지금 막 다이빙을 감행했던 곳의 외벽이 폭발했다. 날아온 어떤 물체에 의해 파괴된 것이다.

이누이가 제대로 착지를 했는지 아닌지는 솔직히 관심 없다. 2층 외벽을 박살 낸 것은 탄환이겠지. 혼트인가?

"각자, 화려하게 회피하라…!"

토키무네가 유난히 좋은 목소리로 지시를 내린다. '화려하게'는 필요 없다고 생각하지만. 온다. 온다. 슉슉 날아온다. 탄환이다.

"우에에에에에에에에에…!"

"이야핫…!"

"뭡니까? 이거?"

"망할!"

"F●●K‥‥‥‥!"

"보헤하헤하아아아아아!"

"시끄럽네."

오가는 목소리만 들으면 아비규환이다. 하루히로를 포함해서 다들 허둥지둥 도망치고는 있는데, 아직은 간신히 모두가 탄환을 맞지 않고 잘 넘긴 모양이다. 토키무네는 가끔씩 방패로 탄환을 쳐내는 것 말고는 거의 움직이지 않는다. 타다는 날아온 탄환을 워 해머로 담담히 쳐서 떨어뜨린다. 적의 위치와 수를 파악하려고 하는 것이겠지. 하루히로도 도망 다니면서 일단 그렇게 해보려고 노력하고는 있지만, 잘될지.

"…적, 움직이는 거 아닌가요?"

"그래, 움직이고 있네."

토키무네가 우아하게 어깻짓을 해 보였다.

"혼트는 움직이지 않는 것 아니었나?"

왠지 저 사람을 보고 있노라면 위기의식이 흐려져 버려서, 좋은 건지 나쁜 건지.

"후오홋! 움직이지 않습니다."

키무라가 둥근 안경을 빛냈다.

"혼트라면 움직이지 않을 터. …혹시 신형일까요?"

"아니, 하지만 저건…."

하루히로는 발을 멈췄다. 역시 2층이다. 탄환이 바닥과 벽에 부딪치는 것과는 또 다른 소리가 들린다. 뭔가 커다란 것이 이동하고 있는 건가? 그 때문에 2층 바닥이 삐걱거린다. 즉, 발소리인가? 1층에서는 2층이 잘 보이지 않는다. 아니, 하지만 보였다.

"골렘…?!"

1층에서 아까 토키무네가 쓰러뜨린 골렘과 거의 같은 형태다. 머리 부분 중앙에 빨간 빛이 켜져 있다. 그래도 1층의 골렘만큼 크지는 않다. 한 둘레 작은 것 같다. 소형… 이라고 표현하기에는 약간 거부감을 느낀다. 뭐, 중형쯤이라 하면 되겠지.

중형 골렘이 2층 안쪽에서 이쪽으로 오고 있다. 하나가 아니다. 2층은 U자형으로, 여기서 봐서 오른쪽에서 하나, 왼쪽에서도 하나. 합쳐서 둘이다. …그래서?

지금도 계속해서 날아오고 있는, 이 탄환은?

혼트는 어디에 있는 건가?

"왓쇼이…?!"

킷카와가 환성을 질렀다. 뭔 소리야? 왓쇼이라니.

"어라, 난 거 아니야? 돋아난 거 아니냐고…?! 골렘에서 혼트가…?!"

"신혀어어엉?!"

키무라는 고개를 저었다.

"…아뇨! 신형이라고는 부를 수 없네요. 저것은 그저 골렘에 혼트가 뿌리를 내린 것뿐! 하이브리드라고 칭해야 할 만한 것…!"

호칭 같은 건 뭐든 상관없지만, 중형 골렘의 좌우 어깨에 혼트가 세 마리씩, 몸을 서로 붙인 채 기생하고 있다.

"골렘 캐논이라는 건가…?!"

란타가 말한다. 좀 긴 것 같은.

"줄여서, 골캐! 로군요…?!"

좋은 느낌으로 안나 씨가 줄여주었다.

2층 오른쪽에서 골캐 A가, 왼쪽에서 골캐 B가 잇달아 탄환을 쏜아내면서 다가오고 있다.

"…우왓…!"

쿠자크가 탄환을 피해 옆으로 점프했는데, 그 바로 앞으로 다른 탄환이 날아와서 하마터면 직격당할 뻔했다. 간발의 차이로 비스듬히 몸을 굴려 간신히 피했다.

안나 씨와 메리, 키무라는 세토라가 인솔해서 천장이 뻥 뚫리지 않은 곳으로 이동하고 있다. 저기라면 무사할까? 아니, 2층 오른쪽에 있는 골캐 A한테는 사각지대가 되어 보이지 않겠지만, 2층 왼쪽의 골캐 B가 세토라 팀을 향해 탄환을 쏘기 시작했다.

"코오오! 이키히이이! 키테하아아아!"

키무라가 미늘창과 손방패로 탄환을 탕탕 막아내고 있지만, 그는 토키무네나 타다가 아니기 때문에 계속 이어지지는 않겠지. 키무라는 괴짜지만, 신관이다. 타다 씨도 신관이긴 하지만. 안나 씨도 신관이다. 혹시 신관은 전체적으로 저런 건가? 어쩌면 여기에 있는 신관 중에서 정상인 사람은 메리뿐 아닐까?

그건 그렇고, 빨리 골캐 A와 B를 어떻게든 해치우지 않으면.

참고로, 하루히로는 야무지게 스텔스하고 있어서 아직까지는 표적이 되지 않았다. 골캐에게도 스텔스는 효과가 있는 모양이다.

"데름 헬 엔 바르크 젤 아르부…!"

느닷없이 미모링이 블래스트를 발동시켰다. 아니, 느닷없이가 아니다. 이누이가 다이빙했던 2층 외벽 부근에 골캐 B가 나타났다. 그곳의 외벽은 탄환에 의해 파손되었다. 미모링은 그곳으로 블래스트를 날렸다.

"미모리 씨, 나이스…!"

킷카와가 탄환을 방패로 튕겨내면서 환호성을 질렀다. 자기가 위기에 직면한 상황에서도 동료를 칭찬하는 계통의 추임새는 적극적으로 넣는다. 저 근성은 대단하다.

안 그래도 부서진 외벽이 블래스트로 더욱, 그리고 그 부근의 바닥까지 부서져서 무너진다. 폭발 연기와 파편과 함께 골캐 B도 1층으로 떨어진다.

"쿠자아아크…! 이번에는 우리가 하자…!"

"넵…!"

란타가 벼락처럼 지그재그로 달려간다. 쿠자크는 저런 묘기랄까, 기상천외한 달리기는 할 수 없다. 똑바로 골캐 B에게 돌진했다.

"어떻게 할까?"

토키무네는 2층 오른쪽의 골캐 A를 응시하고 있다.

타다는 탄환을 워 해머로 탕 쳐냈다.

"내가 2층으로 쏘아 올려줄까?"

"음… 그건 좀, 별로…."

엄청나게 여유 부리고 있는데, 괜찮은 걸까? 그래도. 하긴 긴박감을 연출해서 집중력을 높여 필사적으로… 라는 것은 토키즈의 방식은 아니겠지. 가급적 릴랙스한 상태에서, 무슨 일이든 재미있고 유쾌하게 즐기자. 그런 방식인 건지도 몰라. 하고 싶다고 해서 할 수 있는 건 아니지만? 보통은. 토키즈는 명백하게 보통이 아니다. 그러니까 보통이 아닌 방법이 잘 맞는 건가?

그런 토키즈 중에서도 더욱 강렬하게 보통이 아닌 이누이는 무엇을 하고 있는 건가? 처음에 이누이는 어떻게 해서 2층으로 올라갔던 것일까?

수수께끼는 풀렸다.

이누이는 돌벽을 기어올라 2층으로 향하는 중이었다.

그런 건 보통인 거냐?

딴지를 걸고 싶은 심정을 억누르고, 하루히로도 이누이를 따라 하기로 했다. 올라가는 것은 꽤 잘하는 편이다. 어쩌면 기억을 잃기 전에 암벽 등반이 취미였는지도 몰라. 아니면, 깎아지른 절벽 등을 일상적으로 올라가는, 그런 거친 삶을 살았던 건가?

아무튼, 먼저 돌벽을 기어 올라가기 시작했던 이누이보다도 빨리 2층으로 올라왔는데, 자, 큰일이다.

큰일… 도 아닌가? 골캐 A는 하루히로의 존재를 감지하지 못한 모양이다. 양쪽 어깨의 혼트로 1층을 향해서 탄환을 마구 쏘아내고 있다. 그 모습을 그저 바라보고만 있을 수도 없다. 하루히로는 골캐 A에게 접근한다. 서두르지는 않지만, 슬슬이라고 할 정도로 천천히 도 아니다. 물론 조심은 하고 있다. 하지만 골캐 A가 눈치채면 만사 끝인가 하면 그렇지는 않다. 탄환이 날아온다면 그전에 골캐 A가 몸을, 내지는 혼트의 탄환 발사구인 머리를 이쪽으로 향할 것이다. 요컨대 준비 동작이 있다. 그 단계에서 회피 행동으로 옮기면 된다. 2층에서 1층으로 뛰어내려 버리면 되는 것이다. 그러면 하루히로는 2층 바로 아래로 낙하한다. 골캐 A 입장에서는 저격하기 어려운 위치다. 착지에 실패한다고 해도 죽을 만한 높이는 아니다. 다소의 부상이라면, 신관이 몇 명이나 있으니 바로 치료해줄 것이다. 아무리 생각해도 움찔거릴 필요가 없는 상황이다.

하루히로는 골캐 A의 뒤로 돌아갔다. 이누이는 어떻게 하고 있는 걸까? 마침 2층에 올라온 참인가? 이누이도 골캐 A에게 들키지 않았다.

여기서부터는 약간 긴장된다. 하지만 시간을 끈다고 해서 성공률이 올라가는 것도 아니다. 오히려 신속하게 해치워버려야 한다.

하루히로는 골캐 A에게 육박했다. 골캐 A의 키는 고작해야 4미터 정도일 것이다. 올라가는 것은 자신 있다. 골캐 A는 인간형으로 당연히 평탄하지는 않으니까 더욱 올라가기 쉽다. 하루히로는 눈 깜짝할 사이에 골캐 A의 머리 부분을 손으로 짚을 수 있는 위치까지 기어 올라갔다. 그 시점에서 골캐 A는 하루히로를 이물로 감지한 모양이다. 몸을 틀어 하루히로를 떨쳐내려고 한 것인지도 모른다. 하지만 골캐 A는 인간처럼 유연한 척추를 가진 것이 아니고, 동체라고는 허리 부근에 가동부만 있는 모양이다. 게다가 그 움직이는 방식은 끼, 기, 긱 하는 느낌으로, 그야말로 둔하고 무겁다. 필사적으로 매달릴 것까지도 없다.

하루히로는 대거를 뽑아 골캐 A의 양쪽 어깨에 기생한 혼트들을 차례로 처치했다. 식당에서 타다에 의해 발사될 때에 비하면 손쉽다고 표현해도 지장이 없는 간단한 일이다.

"큭…! 내 차례인데…!"

이누이가 뭔가 불평을 하고 있다. 내가 알 바 아니다.

합계 여섯 마리의 혼트를 흙더미로 바꿔버리고, 하루히로는 시험 삼아 골캐 A의 머리 부분에 달라붙어 빨갛게 빛나는 눈 같은 부분에 대거를 찔러 넣어봤다. 아니, 실은 찌르려고 했지만, 대거 날이 튕겨나갔다. 그곳은 유리처럼 투명하고 그 안쪽에서 뭔가 빨간색 빛을 내뿜고 있었다. 유리 같은 것은 흠집이 나긴 했지만, 이것을 파괴하려면 더욱 강한 힘을 가할 필요가 있을 것 같다. 아니면 끈기 있게 같은 장소를 몇 번이나 공격하거나.

하려고 들면 못 할 것은 없을지도 모르지만, 피날레를 장식해줄 사람은 얼마든지 있다. 하루히로는 골캐 A에게서 뛰어내려 2층 외벽 위에 착지했다.

골캐 A가 돌진한다. 하루히로는 뒤로 점프했다. 외벽 뒤이기 때문에 거기에는 아무것도 없다. 이대로 1층까지 낙하하게 된다. 외벽에 돌격해서 박살 난 골캐 A도 그대로 1층으로 떨어진다.

"하루 군…!"

"하루…!"

"하루히로…!"

유메와 메리, 미모링의 목소리가 들렸다. 걱정해주는 것은 고맙지만, 뭐, 괜찮지 않을까?

토키무네라면 공중에서 멋지게 1회전을 해서 착지할지도 모른다. 물론 하루히로는 토키무네 같은 카리스마나 스타성이 넘치는 인간이 아니니까 안전하게, 다치지 않는 것을 최우선시한다. 식당에서 타다에 의해 몇 번이나 발사된 그 경험이 도움이 되었다. 인생, 전화위복이라는 것이다. 착지하는 순간, 관절을 빼는 것 같은 이미지로 충격을 완화하고, 구르다가 일어난다. 1층에 떨어진 골캐 A에게는 이미 토키무네와 타다, 덤으로 킷카와까지 덤벼들려고 했다.

"올 라이트…!"

"에잇, 비켜, 킷카와! 방해다…!"

"와우, 죄송합니다! 메가 소리…!"

"좋았어, 누가 결정타를 날릴지, 경쟁이다, 타다…!"

"당연히 나지…!"

골캐 A는 주로 토키무네와 타다에게 맡겨두면 될 것 같다.

"으랴… 아…!"

소리 나는 쪽을 쳐다보니 쿠자크가 골렘 B의 빨갛게 빛나는 눈알 같은 부분에 대검을 막 쑤셔서 박은 참이었다. 란타가 쿠자크의 뒤통수를 때렸다.

"이 바보, 야, 인마! 마무리는 나한테 달라니까…!"

"…아얏! 그렇다고 때리나? 보통?!"

"이 나 님이 보통일 리가 없잖아, 멍충아!"

"아아, 그야 그렇지요. 납득."

"…하루히로!"

미모링이 달려와서 하루히로의 얼굴을 두 손으로 감싼다.

"하루히로!"

"…왜영?"

"다친 데는, 없는 것 같네."

"…엄웅데영."

"다행이다."

이런 거 하지 말아줬으면 하는데, 그렇게 눈물을 글썽이면 매몰차게 굴기가 쉽지 않다.

"…놔쥐지 않응랭?"

그래도, 역시 하지 말아줬으면 좋겠다.

미모링은 고개를 끄덕이고 그를 해방해주었다.

살았다.

중정에서 나가는 문은 1층이 아니라 2층에 있었다. 계단 같은 것은 보이지 않았기 때문에 모두가 외벽과 바닥이 붕괴한 곳을 통해 2층으로 기어 올라갔다. 한 명을 제외하고는.

안나 씨만은 자기 힘으로 기어 올라가고 싶지 않다고 떼를 써서 타다가 업고 가기로 했다. 어쩔 수 없다고 말하면서 안나 씨의 억지를 기본적으로는 그대로 받아주는 것은 좀 아니지 않나 생각한다. 지나치게 응석을 받아주는 게 아닌? 그것이 토키즈의 방침일 테니 하루히로가 끼어들 입장은 아니다. 하지만 2층으로 올라가 문 앞까지 갔는데도 안나 씨는 아직 타다에게 업혀 있었다. 그건 좀 그렇잖아?

"뭐냐?"

타다는 위압적이었고, 업힌 안나 씨는 평소보다 눈높이가 높아서 기분이 좋은 것인지, 유쾌한 듯이 하루히로를 내려다보고 있다.

"…아니, 아무것도 아닙니다."

"파루피로!"

가면의 암흑기사가 걸어 나와서 문의 오목한 곳에 손을 댔다.

"이쯤 해서 나한테 하게 해! 뭐, 이미 하고 있지만, 카하하핫! 오옷…?!"

문이 안쪽으로 접히는 것처럼 열린다.

"시노하라 군과 렌지 씨네는 이미 열어놓은 모양이네요."

키무라가 둥근 안경을 번쩍 빛냈다.

"…자, 그러면. 당신들의 실력은 잘 알았습니다… 만! 여기까지는 프롤로그에 불과합니다. 묘소의 본편은 현실, 즉 여기서부터라고 해도 과언이 아닙니다. 저희 오리온도 사실 회랑, 전실, 중실까지밖에 도달하지 못했었습니다. 당신들이라고 해도 현실에서는 말 그대로 사투를 각오해야 합니다."

"회랑은, 이런 형태로…."

하루히로는 손가락으로 허공에 디근자를 그렸다.

"우리가 연 문과 시노하라 씨네가 연 문은 약간 떨어져 있는 거지요?"

"그렇습니다. 회랑의 딱 중간 지점부터 전실로 통하는 복도가 뻗어 있습니다."

"사투라."

타다는 왼손 검지로 안경 브리지를 밀어 올렸다.

"나쁘지 않아. 안나 씨, 그만 내려."

"에에…."

안나 씨는 못마땅한 듯, 내키지 않는다는 기분을 그림으로 그린 듯한 얼굴을 하며 타다의 등에서 내려왔다.

"Why, 안나 씨 본인의 다리로 느릿느릿 걸어야만 하는 겁니까? 못 해 먹겠다입니다…."

Why 여태껏 타다에게 업혀 있었던 것인지? 자기 발로 걸어, 이것이 하루히로의 솔직한 심정이지만 입 밖에 내지는 않는다.

"그럼…."

선두에 서서 회랑을 걸어가려고 했더니 토키무네가 말렸다.

"기다려, 하루히로."

"…네?"

회랑은 높이도 폭도 3미터 정도로, 지금까지 지나온 묘소 안 복도와 비슷한 구조라고 생각된다. 조명 같은 것은 없는 것 같다. 중정은 밝기 때문에 그 빛이 들어오고 있지만, 안쪽은 어두워서 보이지 않는다.

소리가 난다. 하루히로는 귀를 기울였다. 무슨 소리일까?

다가오는 것… 같은?

저벅, 저벅, 저벅, 그런 느낌의… 이 소리는.

발소리인가?

"온다."

타다가 그렇게 말하자마자 워 해머를 둘러메고 걸음을 옮겼다.

"…타다 씨는, 왜 신관이 된 거죠?"

"엉?"

타다는 돌아보지도 않고 대답했다.

"싸우다 다쳐도 스스로 치료할 수 있잖아."

"…그러… 네요."

그럴 거라고 생각했었다.

저벅저벅 소리는 점점 다가온다. 타다가 달려 나간다.

"음…?!"

키무라가 둥근 안경을 번쩍 빛냈다.

"그 적은…."

"누오오아아아앗…!"

타다가 어깨에 둘러멨던 워 해머를 날카롭게 내리친다. 그 바로 직전에야 하루히로는 적의 모습을 확인할 수가 있었다.

매우 기분 나쁘다. 하얗고, 밋밋한, 다리만 달려오고 있는 것 같은. '다리만'이라는 건 지나친 말인가? 두다다다다 달려오는 하얀 하반신. 그런 모습이다.

"…우옷…?!"

타다의 외침을 폭음이 삼켜버렸다. 타다의 워 해머가 하얀 하반신을 포착한 순간, 하얀 하반신이 파열한 것이다.

"빛이여, 루미아리스의 가호 아래에에에."

키무라가 이마에 손을 대고 육망성을 그린다. 하얀 하반신이 폭발해서 날려간 타다지만, 반사적으로 왼쪽 팔로 얼굴만은 방어한 모양이다. 하지만 몸 앞쪽이 베이기도 하고 해지기도 하는 등 꽤 지독한 참상이었다. 키무라는 자빠진 타다에게 손바닥을 향했다.

"새크라멘토오오!"

강렬한 빛이 흘러나오고 타다의 상처가 순식간에 회복되어갔다.

"타다!"

토키무네가 웃음을 터뜨렸다.

"스스로 치료할 수 있다고 말하자마자! 무슨 개그인가!"

"몸개그에 가깝습니다…!"

안나 씨는 배를 부여잡고서 웃고 있다. 아니? 웃을 장면인가?

"…닥쳐!"

타다는 펄쩍 뛰어 일어나 워 해머를 겨눴다.

"뭐야? 방금 그건?! 좀 아팠다고…!"

그것을 조금 아팠다고 표현할 수 있는 신경이 대단하다. 대단하 달까, 위험하다. 키무라의 새크라멘토가 조금이라도 늦었다면, 자 칫하면 죽었을지도 모르는데. 그리고, 안나 씨는 신관이니까 웃으면 안 될 입장 아닌가?

"스펙터입니다."

키무라가 말한다.

"필살기는 자폭입니다. 아니, 자폭밖에 없습니다. 위험한 적입니다."

"접근전은 적합하지 않다는 뜻…?!"

쿠자크가 외쳤다.

"흥냐아…!"

유메가 한쪽 무릎을 세우고 회랑 앞쪽으로 화살을 날렸다. 잇달아 쏜다.

두쾅… 이라는 것 같은 파열음이 두 번, 세 번 울려 퍼졌다. 유메의 화살이 스펙터를 맞혀서 자폭시킨 것이다. 하지만 회랑은 어두우니 표적을 노려서 쏠 수는 없다. 유메는 무작정 많이 쏘면 맞는다는 듯이 화살을 쏟아낸 것뿐이다.

화살을 맞지 않은 스펙터가 이쪽으로 돌진한다.

"암흑이여, 악덕의 주여…!"

가면의 암흑기사가 칼끝에서 흉흉한 장기 같은 것을 방출했다.

"드레드 웨이브(암흑 파동)…!"

장기에 휩싸인 스펙터가 폭발한다.

"우나나나나아…!"

유메는 열 개 이상의 화살을 쏘아 너덧 마리의 스펙터를 자폭시켰다. 다가오는 스펙터는 이제 없다.

"헷! 이제 스톱인가?! 끝."

마치 자기가 혼자서 전부 해치운 것처럼, 애용하는 칼을 들고 의기양양하게 전진하려던 란타가… 고꾸라질 뻔했다.

"…으잉…?!"

"섀도인가!"

세토라가 창으로 란타의 발쪽을 찔렀다. 납작한 검은 뱀 같은 섀도가 란타의 왼발에 감겨 있던 모양이다.

"쓰, 쓸데없는 짓 하고 있어…!"

"왜 솔직하게 고맙다고 못 하는 건가요? 어라…?!"

쿠자크가 몸을 뒤튼다. 보아하니 쿠자크도 섀도에게 감긴 모양이다.

"우, 움직일 수가 없는데요…!"

"스스로 해결해."

"세토라 씨, 저한테만 엄격하지 않나요…?!"

"우하핫!"

란타가 쿠자크의 두 발에 매달려 있는 섀도를 칼로 휘릭 베어버렸다.

"널 싫어하는 거라고! 눈치 좀 채라, 멍충아!"

"충격이야!"

쿠자크는 대검을 치켜올렸다. 천장에서 몇 마리나 되는 섀도가 떨어진 것이다.

"와… 우우…!"

킷카와가 랜턴을 바닥으로 향했다. 상당한 숫자의 섀도가 소리도 없이 바닥을 기어 다녔다. 아니, 바닥뿐만이 아니다. 잘 보니 벽을 기어가는 섀도도 있다. 방금 전 쿠자크가 몇 마리 베었는데, 섀도는 천장을 기어서도 밀어닥치고 있는 모양이다.

"일제 공격인가!"

토키무네는 장검을 빙글 돌려 풀을 베는 것처럼 낮은 위치의 새도를 베어버리고, 방패로 벽에 붙은 새도를 으깼다.

"스펙터도 오는 모양이다!"

확실히, 저벅저벅 소리가 들린다.

유메가 곧바로 화살을 쏴서 두쾅… 스펙터를 자폭시켰다.

"하루 군, 화살이, 이제 별로 없는지도!"

"알았어!"

그렇게 대답을 한 것까지는 좋은데, 어떻게 해야 할까?

"나한테 아이디어가 있어."

토키무네가 씩씩하게 뛰쳐나갔다.

스펙터가 다가온다.

"뉴웃…!"

유메가 화살을 쏘려고 했다. 하지만 토키무네가 앞에 있어서 방해가 된다. 방해랄까, 토키무네쯤 되는 남자가 유메의 화살이 지나가는 동선을 파악하지 못했을 리가 없다. 토키무네는 일부러 유메앞에 선 것이다. 쏘지 마, 나한테 맡겨라, 그런 뜻이겠지.

"눈치챘나?! 스펙터는 자폭할 때까지 타임 랙이 있어서….."

토키무네는 통 하고 점프하더니 장검을 빙글 돌려 써걱, 스펙터를 베었다. 그와 거의 동시에 방패로 가격한다. 스펙터를 밀어내면서 토키무네는 점프해서 물러선 모양이다.

결과적으로는, 두쾅… 폭발하는 스펙터와 토키무네 사이에 몇 미터의 거리가 생겼다.

"응."

토키무네는 고개를 뒤로 돌려 하얀 이를 빛냈다.

"이런 느낌이다. 알았어?"

"…알았다고 해서 따라 할 수는 없지만요?"

"그래? 해보니 의외로 간단하던데."

토키무네한테는 간단해도 다른 사람에게도 그럴 것이라는 법은 없다.

"뭐든 해보기 나름."

미모링이 뛰어나갔다.

"엇…."

왜 하필이면 미모링이. 게다가 섀도를 질질 끌고 가고 있다. 움직임을 봉인하려는 섀도를 두 다리에 감은 채, 미모링이 전력으로 질주했다.

"미… 모링…?!"

안나 씨가 절규한다.

"<u>고오오오오오…………! 입니다…?!</u>"

왜 말리지 않는 건가? 토키즈의 생각은 이해할 수가 없다. 하루히로가 말리면 좋았겠지만, 완전히 타이밍을 놓쳐버렸다. 미모링은 이미 토키무네를 추월했다. 마침 스펙터도 다가왔다. 와버렸다. 위험하다니까. 미모링은 역시 대단한 사람이지만, 토키무네와는 카테고리가 다르다. 전혀 다르다. 아무리 생각해도 토키무네가 해냈던 그 곡예는 무리일 것이다.

"마리크!"

미모링은 달리면서 장검 끝으로 엘리멘탈 문자를 그렸다.

"엠 파르크!"

매직 미사일이 스펙터를 향해서 날아가 작렬했다. 아니, 저 광탄에 그 정도까지의 위력은 없다. 충격에 의해 자폭을 유발한 것이리라.

"…마법사인걸, 미모링."

까맣게 잊고 있었다.

"오리지널리티로군!"

토키무네가 가볍게 웃었다.

그러네요. …그런… 건가?

"마리크 엠 파르크!"

미모링은 빙글 돌아 장검 끝으로 엘리멘탈 문자를 그려 더욱 매직 미사일을 발동시켰다.

"마리크 엠 파르크!"

자폭에 이어지는 자폭. 하루히로에게는 어두운 회랑 안쪽에서 달려오는 스펙터의 모습이 보이지 않지만, 미모링은 아닌가? 제대로 보이는 것일까?

"마리크 엠 파르크!"

아니면, 마구잡이인가? 아무튼 또 스펙터가 자폭했다.

"마리크 엠 파르크!"

그리고, 자폭. 그런데, 어째서 미모링은 매직 미사일을 발동시킬 때마다 일일이 빙글 도는 걸까? 그것은 필요 없다.

"마리크 엠 파르크!"

아무리 생각해도 명백하게 쓸데없는 동작이라고 생각되는 하루히로의 마음이 좁은 것인가? 머리가 굳은 것인가?

"마리크 엠 파르크!"

"오, 예…!"

킷카와가 몸을 배배 꼬면서 춤을 추고 있다.

"자폭의 꽃이 피어 버렸네에……! 플라윗…! 미모링 씨, 예스, 예스!"

"우리는 전원이 다 지나치게 믿음직해."

토키무네는 장검으로 섀도를 베어버리는 동안에 어깻짓을 해 보였다.

"최고인 것도 정도껏이어야지!"

참고로, 하루히로 팀도 바닥과 벽을 기어서 다가오는 섀도를 처리하느라 분주하다거나 했다. 그 때문에 킷카와처럼 춤을 출 짬은 없었다거나. 그보다, 춤을 추고 있을 때가 아니지 않아?

"큭…!"

이누이는 어째서인지 섀도들에 휘감겨 꽁꽁 묶여 있고. 토키즈, 전원이 다 믿음직한 건 아니잖아? 혹시나 이누이는 손톱만큼도 도움이 되지 않는 거 아닌가?

"흠…."

키무라가 둥근 안경을 번쩍 빛내며 히죽 웃었다.

"마아아일드… 로군요."

의미를 알 수 없는 말도 정도껏 해야지.

"타다!"

섀도한테서 도망 다니는 안나 씨는 어떻게 할 생각인 걸까?

"좋아, 이리 와, 안나 씨!"

타다가 수락한 모양이다. 수락해? 타다는 몸을 굽히고, 어떻게 하려는 건가?

"합체한다!"

"그렇습니다요…!"

안나 씨는 타다에게 올라탔다.

목마다.

"…파워어어업! 입니다만…!"

"백배다! 으랴아…!"

타다는 안나 씨를 목마 태운 채로 워 해머를 휘둘러 바닥의 섀도들을 휘감고 벽의 섀도들을 날려버린다. 저것이 백배… 인 건가? 안나 씨는 키가 작지만, 꽤 다부진 체형이므로 그렇게 가볍지는 않겠지. 그런대로 무거울 것으로 생각한다.

"크아아…!"

하지만 타다는 힘차게 워 해머로 벽에 일격을 가한다. 아마도 그 충격으로, 미모링의 머리 위에서 많은 수의 섀도가 우수수 떨어졌다.

"…웃….."

눈 깜짝할 사이에 미모링이 보이지 않게 되었다. 섀도다. 미모링이 섀도 무리에 파묻혀버렸다.

"하루히로!"

토키무네가 평소 같지 않게 심각한 표정, 절박한 목소리로 말했다.

"부탁한다, 가줘!"

"…내가…?!"

솔직히 거절하고 싶었지만, 꺼림칙한 암흑 덩어리 같은 꼴이 된 미모링을 저대로 내버려뒀다가는 질식사하지 않을까? 그렇게 되면 아무래도 꿈자리가 사나울 것이다. 별로 하루히로는 미모링에 대해

악감정을 품고 있는 것은 아니다. 어째서인지 그쪽에서 일방적으로 엄청난 호의를 품고 있는 것 같아 당혹스럽기만 한 요즘이지만, 죽기를 바라지는 않는다.

"그렇긴 해도, 말이야…!"

왜 하루히로인 건가? 토키무네가 가면 된다. 안나 씨와 합체한 타다라거나 킷카와라도, 이누이라도 상관없을 텐데. 이누이는 무리인가? 무리겠지.

하루히로는 달렸다. 바닥의 섀도를 짓밟고, 뛰어넘어, 오로지 달린다.

대거를 칼집에 넣고, 꺼림칙한 암흑 덩어리 속으로 두 손을 쑤셔박자 섀도들이 우르르 덤벼들었다. 개의치 않고 미모링을 끌어안아 힘껏 잡아당겼다.

"…하루히로!"

"으아아아아아아…!"

외쳤더니, 입안에 섀도가 들어왔다.

"…쿨럭…?!"

물론 괴롭다. 섀도는 목구멍을 막으려고 했다. 그렇게 둘쏘냐. 하루히로는 섀도를 콱 깨물고, 미모링을 꺼림칙한 암흑 덩어리에서 끌어내려고 했다. 하지만 아무리 잡아당겨도 섀도는 쫓아온다.

"빛이여어어! 루미아리스의 가호 아래에에에!"

키무라. 이 목소리는 키무라인가?

"스콜드(징계의 빛)!"

"꺅!" "우웁…!"

뭘까? 이것은. 빛이 폭도로 변해서 덤벼드는 것 같은. 온몸이 저

려서 손가락 하나 까딱할 수 없다. 하루히로뿐만이 아니라 미모링도 마찬가지인가? 그리고 두 사람에게 달라붙어 있는 섀도도.

"…흐음…."

키무라.

뭘 한 거야? 키무라, 당신.

"그다지 의미는 없었습니까? 역시…."

역시라니 뭐가 역시야? 의미는 없었다고. 그렇군. 이런 건가?

저림은 금방 풀리고 몸을 움직일 수 있게 되었으나, 그것은 하루히로와 미모링만이 아니라 섀도도 또한 마찬가지인 모양이다. 결국 하루히로와 미모링, 그리고 섀도들은 몇 초 동안 사이좋게 프리즈(동작 정지) 했을 뿐으로 상황은 변한 것이 없었다.

"우에에아아아…?!"

아니, 악화되었다. 움직일 수 있게 되자마자 섀도가 목구멍 깊숙이까지.

"꾸우우…!"

미모링도 뭔가 안절부절못하고 있다.

위험해. 보이지 않아. 아무것도 보이지 않게 되었다. 섀도인가? 얼굴에 섀도가.

"하루…!"

메리다. 메리가, 그건가? 하루히로의 목구멍으로 돌진한 섀도를 빼내준 모양이다. 그 참에 눈을 가로막고 있던 섀도도 떼어내주었다.

"키무라도 거들어줘!"

메리가 명령하자, 존칭도 붙이지 않고 이름을 불린 키무라가 "…

네에엣!" 하고 묘하게 각 잡힌 대답을 했다.

메리가 하루히로 뒤에서 겨드랑이에 팔을 넣어 끌어당기고, 키무라가 미늘창과 손방패를 내팽개치고 미모링에게 몰려든 섀도를 맨손으로 뜯어냈다.

"더 오는 모양이로군…!"

토키무네가 슉, 점프해서 스펙터를 장검으로 냅다 베자마자 방패로 밀어내 자폭시킨다.

"아쵸오…!"

유메가 연속으로 화살을 쏘아 스펙터 두 마리를 맞혀 두쾅두쾅, 폭발시켰다.

"…화살이 제로야!"

"나 님이 있잖아…!"

란타는 토키무네를 추월해 저 멀리까지 달려가, 오른쪽 벽 근처에서 왼쪽 벽 근처까지 순식간에 이동했다.

두쾅, 스펙터가 자폭한다.

란타가 벤 모양이다.

"카카캇…! 해보니 여유잖아! 역시 나 님…!"

"웅냐…. 방금 것 멋있었어."

"그, 그래? 머머, 멋있었어? 그야, 당연하지만, 나 님이니까…."

"…하지만! 전혀 나아갈 수가 없네요…!"

쿠자크의 말이 맞다. 정말로 앞으로 나아갈 수가 없다.

메리, 그리고 일단 키무라 덕분에, 하루히로와 미모링에게 감겨있던 섀도는 거의 물리치거나, 밟아 뭉개거나, 베어버리거나 했다. 하지만 섀도는 계속해서 바닥, 벽, 천장을 통해 공격해오고, 스펙터도 단속적으로 자폭 공격을 감행한다. 하루히로 일행은 현실 회랑에 처음 발을 들여놓은 지점에서 거의 전진하지 못했다. 계속 그 부근에서 발이 묶여 있다.

현시점에서는 아직 그렇게까지 소모되지는 않았다. 체력적으로는. 하지만 유메의 화살이 바닥난 것처럼, 그야말로 검이 부서지고 화살이 다 떨어질 때가 언젠가 반드시 오겠지.

일단 후퇴해서 태세를 재정비하려고 해도, 어디까지 후퇴하면 좋은가 하는 문제가 있다. 적은 틀림없이 추격해올 것이다. 게다가 오리온의 말에 따르면, 묘소의 적은 현실 어딘가에 있다는 리치 킹이 건재한 한은 재생한다. 후퇴하면 한번 해치웠던 적이 다시 나타나 떡 버티고 있습니다… 이런 사태에 처할 수도 있다는 말이다.

이 상황은 좋지 않다. 후퇴한다고 해도 시노하라 일행과 합류하고 나서다. 우선은 나아가야 한다. 뭐가 어떻게 되든 나아가는 수밖에 없다.

"토키무네 씨! 조금씩이라도 밀어냅시다! 가급적 빨리 저쪽이랑 합류해야 하니까!"

"응. 맡겨주시라!"

이 상황에서 망설임 없이 웃는 얼굴로 그렇게 장담할 수 있는 인간이 되고 싶다. 어렵지 싶기도 하다. 토키무네는 갑자기 스펙터 두 마리를 폭발시키고, 5~6미터 정도나 전진했다. 저 스펙터 처리법은 베고 밀어내고 물러선다는 일련의 동작이 핵심이다. 한 걸음 전진해도 그만큼 다시 물러서야 한다. 스펙터를 자폭시키고, 더욱이 다른 스펙터를 자폭시키는 그사이에 거리를 벌어두는 것은, 말로 하긴 쉽지만 간단하지 않다. 게다가 토키무네는 그사이에 상당수의 섀도를 베어버리기도 하는 것이다.

"다들 나를 따라와! 이제 한 걸음도 물러서지 않아도 된다!"

물러서지 마라… 가 아니라, 물러서지 않아도 된다. 저런 식의 표현법 하나를 봐도, 역시 하루히로는 선택할 수 없다. 말만 흉내 내는 거라면 할 수 있을지도 모르지만, 행동이 따르지 않으면 의미가 없는 거니까.

"타아앗…!"

토키무네는 또 스펙터를 폭발시킨다. 놀랍게도 이번에는 스펙터를 베고 방패로 밀어낸 뒤에 물러서지 않았다. 스펙터를 밀쳐 날린 방패로 자기 몸을 지킨 것이라고 해도, 저것은 배짱이 필요하다.

"…되겠는데! 나가자…!"

"예이! 나 님도, 나 님도…!"

킷카와는 스펙터를 검으로 찌르면서 방패로 밀쳐냈다.

"…우왓…?!"

스펙터가 자폭하자 킷카와는 엉덩방아를 찧었다. 금방 일어섰으니 별일은 없었겠지.

"잘한다, 킷카와!"

무모한 행동 하지 말라고, 너는 내 흉내를 내는 건 무리라고 말하지 않고 도리어 격려해주는 점이 그야말로 토키무네답다.

"예이…!"

킷카와도 신이 나서 의욕적이 되었다. 실패하면 어떻게 하려고? 위험하잖아? 하루히로라면 그렇게 생각해버리겠지만, 토키무네는 동료를 믿고 있는 것이리라. 일이 잘 풀리지 않으면 자기가, 그리고 다른 동료들이 커버하면 된다. 토키즈는 실제로 그렇게 해온 것이다. 무모하다고도 생각할 수 있지만, 한 사람도 낙오되지 않았다. 분명 토키즈 나름대로 여기서부터는 진짜로 위험하다는 그런 선이 있어서, 그 선은 넘지 않도록 하는 것이다. 수많은 역경, 사지를 분명 자진해서 헤쳐온 경험으로, 토키즈는 독자적인 위기관리 능력을 키워온 것이리라.

"자기류…!"

가면의 암흑기사가 달린다. 두 마리, 세 마리, 고속 이동 공격을 때려 넣어 스펙터를 폭발시켰다.

"매미 소리…! 나 님, 멋지다…!"

란타는 토키즈에 가까운지도 모른다. 그래서 하루히로와는 맞지 않는 것이다.

"나는…!"

쿠자크는 대검을 휘둘러 머리 위, 발밑, 벽 쪽의 섀도를 베어버리고 있다.

"하지 않는 편이 좋겠지요…?!"

"응. 하지 마라."

하루히로 대신에 세토라가 말해줬다. 하지 않는 게 좋을까? 생각해버리는 시점에서 이미 토키즈는 될 수 없다. 아니, 쿠자크까지 그렇게 되어버리는 것도 곤란하다. 되지 않기를 바란다.

"음…?!"

토키무네가 방패로 뭔가를 튕겨냈다.

"저것… 은…."

정신이 해이해졌던 것은 아니다. 하지만 하루히로조차도 다소는 고양된 상태였다. 그 고양감이 한꺼번에 날아갔다. 토키무네는 방패로 무엇을 튕겨낸 것인가?

"탄환…!"

혼트가 있다. 날아왔다. 탄환이. 계속해서 날아온다.

"킷카와, 막는다…! 키무라도…!"

토키무네가 방패로 탄환을 막아내면서 외쳤다.

"옛썰…!"

마찬가지로 방패를 들고 있던 킷카와도 탄환을 막아낸다.

"우호오…!"

키무라도 손방패로 탄환을 쳐서 떨어뜨린다. 미늘창으로도 탄환을 쳐내고 있다.

"안나 씨, 합체 해제다…!"

"할 수 없네요…!"

안나 씨가 타다의 어깨에서 뛰어내린다.

애초에 그 합체는 불필요했다고 생각하지만. 몸이 가벼워진 타다가 워 해머를 휘둘러 3~4발의 탄환을 한꺼번에 쳐낸다.

"…우오…!"

쿠자크가 대검의 중간 부분으로 간신히 탄환을 막았다.

"칫…!"

란타는 휙휙 몸을 움직여 탄환을 피하고 있다.

"…저런 걸 쳐댔다가는 칼날이 순식간에 거시기해지잖아…!"

"큭…!"

하루히로도 반사적으로 몸을 숙여 탄환을 피했다. 혼트의 탄환. 크기, 무게, 경도가 꽤 절묘하다. 토키무네 팀의 방패라면 뚫리는 일은 우선 없고, 문제없이 막아낼 수 있다. 그러나 검으로 쳐내는 것은 어렵다. 불가능은 아닐 테지만, 어지간히 튼튼한 검날이 아니면 이가 빠지거나 휘거나 하겠지.

"타아아…!"

토키무네가 방패로 탄환을 튕겨내자마자 스펙터를 베고 방패로 밀어 날려버렸다. 스펙터. 스펙터도 있는 것이다. 스펙터가 자폭하고, 토키무네는 뒷걸음질을 칠 뻔했으나 버텼다.

"…큭…!"

사이를 두지 않고 바로 방패로 탄환을 쳐낸다. 벌써 다음 스펙터가.

"마리크 엠 파르크…!"

미모링이 매직 미사일을 날려 그 스펙터를 폭발시키지 않았으면, 아무리 토키무네라도 약간은 위험했을지도 모른다.

"마리크 엠 파르크! 마리크 엠 파르크…!"

미모링은 매직 미사일을 연속으로 날려, 스펙터가 접근해오기 전에 자폭시켰다.

"킵 잇 업…! 힘내라입니다…!"

안나 씨가 열심히 응원하고 있다.

킷카와가 탄환을 방패로 미처 다 못 막아서, 배에 맞았다.

"…우읏…!"

"괜찮지…?!"

곧바로 토키무네가 질타했다. 어디까지나 강경하다.

"당연하지옷…! 예이…!"

곧바로 그렇게 대답할 정도니까, 킷카와는 괜찮은 건가? 도적인 하루히로와는 달리 전사인 킷카와는 갑옷을 입고 있으니까, 어지간히 잘못 맞지 않는 한은 한 발의 탄환이 치명상이 되는 일은 없겠지만.

"큭…!"

이누이가 포복 전진하고 있다. 빠르다.

기분 나쁠 정도로 빠르다.

"마침내 내 차례가…!"

저렇게까지 몸을 낮추고 있으면 날아다니는 탄환이 스치지도 않는다. 이누이는 저 기분 나쁠 정도의 빠른 포복 전진으로 혼트에게 다가가서 처치할 셈인가?

"…오오크읏…!"

"아니, 섀도가 있다니까…."

이누이는 섀도 떼거지에게 붙잡혀 순식간에 암흑의 덩어리 상태로 변했다. 멍청한 것도 정도가 있지. 아무도 욕하지 않는 이유는 분명 다들 여유가 없기 때문일 것이다. 하루히로도 솔직히, 간간이 날아오는 탄환을 피하기도 하고, 끊일 듯 끊일 듯 계속해서 천장이나 벽, 바닥에서 덤벼드는 섀도를 베어 물리치느라 바쁘다. 주위의 상황을 파악하려고 하는 것을 그만두면 다소는 여력이 생기겠지. 하지만 그 여력을 사용해서 결정적인 일을 해낼 수 있을까? 알쏭달쏭하긴 하다. 알쏭달쏭은 고사하고, 아무 생각도 떠오르지 않는다. 과연 하루히로 일행은 이 국면을 타개할 수 있을 것인가?

비교적, 위험… 한 것 같은?

토키무네는 최전선에서 목숨을 걸고 애쓰고 있다. 키무라도 그렇다. 두 사람이 전체를 보고 있는 것일까? 저래 봬도 키무라는 오리온의 참모 역할이고, 토키무네는 천하의 토키무네다. 그런 식으로 맹신해서 두 사람에게 판단을 무조건 떠맡겨서는 안 된다. 여기에서는, 굳이 한 발짝 뒤로 물러서서 모두에게 주의를 기울이는 하루히로가. 너무 나댄다고 할지 몰라도, 하루히로가 결단을 내려야 하지 않을까?

전진은 할 수 있을 것 같지 않다. 적의 압박이 너무 강하다.

머물러 있는 것도 언젠가는 한계에 다다르겠지.

그렇다면 물러서는 것 말고는 없다. 물러서는 안 된다. 물러설 수는 없으니까, 나아가려고 했다. 하지만 도저히 나아갈 수 없고, 버텨봤자 상황이 점점 악화할 뿐이라면, 물러설 수밖에 없다.

일단 중정까지 돌아가면 이 높이도, 폭도 3미터 정도밖에 안 되는 좁은 장소에서 적의 파상 공격을 계속 당해야 하는 가혹한 상태에서 벗어날 수 있다. 일단은 벗어난다고 해도, 그 뒤는? 어떨까? 어떻게 하지? 뭔가 전망은 있는 건가? 딱히 없는… 데. 그렇다면, 그것은 임시방편일 뿐이다. 그래도, 지금 결단을 내리지 않으면, 다음 순간, 누군가가. 그렇다. 동료가 목숨을 잃는 경우도 있을 수 있다. 그렇다고 해서 갑자기 하루히로가 후퇴하자고 말을 꺼낸다면, 그 때문에 혼란을 초래할 가능성도. 모두가 어떻게든 버티고 있다. 이 균형은 아주 작은 일이 계기가 되어 무너질지도 모른다. 하루히로는 그 계기를 만들려고 하는 것이 아닐까? 물론 그럴 마음은 털끝만큼도 없지만, 결과적으로는 그렇게 되어버린다면.

솔직히 하루히로는 이제 물러서는 수밖에 없다고 생각했다.

여기에 있는 것이 자기의 동료들뿐이었다면, 아마도 일찌감치 퇴각을 지시했을 것이다.

하지만 토키즈가 같이 있다. 토키무네가 있고, 키무라도 있다. 그들을 제쳐두고 하루히로가 결정해도 되는 건가? 토키무네나 키무라도 타이밍을 노리고 있는 건지도 모른다. 그때가 오면, 누군가가 뭔가 말을 해주지 않을까?

물러나는 수밖에 없다고 생각하면서, 확신은 없었다. 후퇴해서 어떻게든 하자는 것은 아니다. 어떻게도 될 것 같지 않으니 물러설 수밖에 없겠지… 라는, 어디까지나 소극적인 사고방식일 뿐이다.

덕분에 하루히로는 근사할 정도로 아무것도 할 수 없었다. 도저히 이누이를 비웃을 수 없다. 이누이는 이누이 나름대로 뭔가 하려고 행동했다.

후회하는 꼴을 당하지 않아서 정말로 다행이다. 하루히로가 쓸데없이 시간을 보내는 사이에, 아무리 후회해도 다 후회 못 할, 그런 비극이 일어났었는지도 모르는 것이다.

"…으랴아아아아아아아아아아아아아…!"

아득히 저 앞쪽, 아니, 실제로는 아득하다고 할 정도로 멀지는 않았지만, 아무튼 앞쪽, 가는 길 앞쪽의 어둠을 보라색 섬광이 찢어발겼다.

누군가의 목소리다. 인간의. 분명 남자의. 귀에 익었다… 기보다, 그것이 누구인지 하루히로는 알고 있었다.

"츠에에에아아아아아아아아아아…!"

저 내달리는 보라색 번개는, 혹시 검이 달리는 궤적인 건가?

"렌지…!"

란타가 외쳤다.

"처 왔구먼, 렌지 녀석…!"

"저것으으은!"

보라색 섬광이 휘날리고, 키무라가 괴상한 목소리로 외쳤다.

"렐릭의! 무시무시한 위려어억…!"

"아라가팔드(검귀요개, 劍鬼妖鎧)라는 건가…!"

란타가 펄쩍 점프해서 스펙터를 베어버리더니 그대로 지나쳐 달렸다. 스펙터가 폭발한다.

"렌지가 붉은 대륙에서 입수했다는 렐릭의 힘…!"

날아오는 탄환의 숫자가 격감했다… 고나 할까, 이제 거의 날아오지 않는다.

"토키무네 씨…!"

말해줄 필요도 없었나. 부르자마자 하루히로는 그렇게 생각했다. 하지만 네가 말하지 않아도 안다는 듯한 태도를 보이지 않는 것이 토키무네다.

"그래!"

하얀 이를 빛내며 토키무네가 다시금 전진하기 시작한다.

"지금이다! 가자, 여러분…!"

토키무네는 이렇게 될 것이라고, 즉, 시노하라 일행과 팀 렌지, B 루트 조가 가세하러 올 것이라고 기대하고 있었던 것일까?

동시 열림 장치가 열렸다는 것은, B 루트 조도 회랑에 발을 들여놓았다는 뜻이다. 그러나, 하루히로 일행, 즉 A 루트 조가 궁지에 몰렸다면 B 루트 조도 또한 악전고투하고 있음이 분명하다. 그렇게 생각하는 것이 자연스럽겠지. A 루트 조도, B 루트 조도 적에게 밀려 후퇴한다는 전개도 충분히 있을 수 있다. 만약 토키무네가 B 루트 조의 구원을 기대하고 있었다면, 상당히 낙관적이라고 말할 수 있다.

하지만 A 루트 조가 여기서 버틴 결과, 결국 이렇게 되었다.

하루히로는, 이제 틀렸다, 한계가 가깝다, 무리다… 라는 심리 상태였고, 공황 상태에 빠진 것은 아니라고 생각하지만, 확실히 궁지에 몰려 있었다. 하루히로가 지휘했더라면, A 루트 조는 렌지 일행이 달려오기 전에 후퇴했을 것이다.

토키무네 이하 A 루트 조가 달려드는 스펙터를 폭발시키고, 섀도들을 베어버리고, 걷어차 버리고, 돌진한다.

갑작스럽게 보라색 섬광이 사라져버렸다.

"론."

"예압…!"

옆쪽에서 길 앞에 나타난 그 빡빡머리 전사는 랜턴을 허리에 찼다. 손에 든 큰 칼은 마치 거대한 정육용 식칼 같다. 론. 팀 렌지의 전사 론이 거대 고기 칼로 내리치자 즈조조조조조조종… 하고 무시무시한 소리가 울려 퍼졌다.

론은 무엇을 베었는가? 폰인가? 혼트인가? 아니면, 소형 골렘인가? 그게 뭐든, 저 거대 고기 칼로 썽둥 베어버리지 못할 것은 그리 많지 않겠지. 론이 휘두른 거대 고기 칼은 돌바닥에 깊이 파고들었다. 어떻게 할 셈인가? 론은 거대 고기 칼의 칼자루를 두 손으로 쥔채, 잔뜩 힘을 줘서 한 바퀴 돌렸다. 그렇게 억지로 돌바닥에서 거대 고기 칼을 빼내더니, 더욱이 그대로 가속도를 실어 내리친다. 즈조조조조조조조조조조종…. 이번엔 충격의 궤도가 비스듬했기 때문에 거대 고기 칼은 돌바닥이 아니라 벽에 박혔다.

"…허억…!"

론이 힘껏 돌 벽에서 거대 고기 칼을 뽑아내자, 주변 일대에 파편과 모래가 흩어졌다.

"힘이 장사네…!"

유메가 감탄한다. 정말 그렇지만, 단순히 장사라는 말로 표현해도 되는 것인지 의문을 품지 않을 수가 없다.

"질 메아 그람 테라 카논."

주문이다. 마법인가? 희뿌연 구체가 어지럽게 날아다닌다. 아니, 다섯 개, 열 개, 그 이상의 하얀 구체는 마구잡이로 날아다니는 것이 아니다. 하나하나가 섀도와 혼트 등을 확실하게 포착한다.

"쿠푸훗! 아이스 글로브(氷結球, 빙결구)로 저 정도 숫자를 만들어내다니! 게다가, 저 컨트로오올…!"

키무라가 외쳤다. 흰빛을 띤 구체에 붙잡힌 적은 마치 얼어붙은 것처럼 움직이지 않게 되었다. 움직이고 싶어도 움직일 수 없겠지.

"제스 인 사르크 프람 다르트."

또 마법이다. 섬광이 달린다.

"라이트니이이잉(뇌전, 雷電)! 이야아앗………!"

킷카와가 환성을 지른다. 킷카와처럼 신나서 날뛸 마음까지는 들지 않지만, 확실히 대단하다. 마법으로 만들어낸 벼락은, 흰색 광채를 띤 구체에 붙잡혀 움직이지 못하게 된 적들을 잇달아 사슬처럼이랄까, 분명히 연쇄적으로 모조리 감전시켜버렸다.

하루히로는 잘 모르지만, 아이스 글로브, 라이트닝, 이 두 개의 마법을 연속으로 발동시킨 것이 뭔가 포인트랄까, 의미가 있었던 것이리라.

이 위치에서는 그 모습은 확인할 수 없지만, 팀 렌지에는 검은 테 안경의 마법사가 있다. 아다치. 그가 한 것이었다.

"으랴아…!"

론이 거대 고기 칼로 몇 마리인가 적을 즈조조조조조종… 베어 산산이 부숴버렸다. 그 결과, 돌바닥에 처박힌 거대 고기 칼을 뽑아서 또 휘두를 일은 없었다.

"…이제 정리가 된 건가? 싸운 것 같지도 않네."

론이 있는 곳은, 보아하니 마침 길 앞쪽이 막힌 위치인 모양이다. 회랑은 거기서부터 왼쪽으로 꺾어진다.

거기까지 걸어가니 렌지가 벽 쪽에 앉아 있기에 놀랐다. 양반다리를 하고 무릎 위에 대검을 놓고, 팔짱을 끼고서 눈을 감고 있다.

"옷…."

란타가 무슨 말을 하려고 했는데, 론이 어깻짓을 해 보였다.

"그것을 한 뒤에는 몸을 좀 쉬게 해야 하거든."

"렐릭의 힘입니까? 그렇군요…."

키무라가 둥근 안경을 번쩍 빛내며 고개를 끄덕였다.

"쉬지 않으면 어떻게 되는 거지?"

토키무네가 묻자 론은, 음… 하고 잠시 생각하고 나서 대답했다.

"아마 죽지 않을까?"

"…어…."

하루히로는 말문이 막혔다.

"죽…."

쿠자크가 아하하 웃는다.

"…농담이지요? 죽다니, 그건 너무….."

"뭐, 실제로는 어떨지 모르지만 말이야."

론은 "시험해본 적 없으니"라고 말하고 희미한 웃음으로 대답했다.

"렌지가 이렇게 쉬어야 할 정도니까 그럭저럭 위험한 것 아니겠어?"

"키무라, 토키무네."

왼쪽 방향에서 목소리가 들렸다.

그쪽을 보니 랜턴을 든 유난히 체격이 작은 신관과 검은 테 안경의 마법사가 서 있었다. 꼬마와 아다치다. 그런데 의용병들 사이에서는 꼬마로 통하는 듯 모두 꼬마, 꼬마… 그렇게 부르는데, 괜찮은 건가? 그냥 꼬마라고 불러도.

"문제없으면 냉큼 가자고."

아다치는 물론 기억에 없다. 애초에 그리 접점이 없었고, 교류라고 부를 만한 교류는 없었던 모양이다. 어울리기 힘들 것 같은 사람이라는 인상은 받았다. 상당히 개성이 강해 보이는 마법사다.

"도와준 사례는 전부 다 끝난 뒤에 해도 돼. 시간을 낭비하고 싶지 않으니까. 렌지, 이제 갈 수 있지?"

"…그래."

렌지가 일어섰다. 턱을 까딱여 하루히로 일행에게 뭔가 지시한다. 전진하라는 뜻이겠지.

확실하게 말로 하면 좋을 텐데, 왜 그렇게 무뚝뚝한 건지.

"생큐…."

토키무네는 윙크를 하고 렌지의 어깨를 두드렸다. 과연 그릇이

크다. 이 정도의 일로 뾰로통해지는 하루히로는 인간이 너무 작은 것이겠지.

"…고마워."

스스로를 반성하고 말을 걸자 렌지는 입술 한쪽 끝을 아주 약간 올렸다. 웃는 얼굴이라고 표현할 수 있을 만한 표정은 아니다. 그래도, 우와, 천하의 렌지가, 뭔가 이득 본 듯… 이라는 생각이 들었다.

모퉁이에서 왼쪽으로 걸어가자 시노하라를 필두로 오리온 아홉 명이 기다리고 있었다.

"여어."

시노하라가 예의 웃음을 짓고서 한 손을 올렸다. 전략적, 합리적인 미소. 시노하라의 심복이며 벗이기도 한 키무라가 그런 말을 했을 정도니까, 요컨대 지어낸 웃음이겠지. 그렇다 해도, 엄청나게 완성도가 높다. 키무라는 시노하라를 무척 좋은 사람이라고도 평가했었다. 결국 쉽사리 판단할 수 없는, 여러 가지 면이 있다는 뜻인지도 모른다.

"기다리게 했네."

토키무네가 어째서인지 악수를 청하자, 시노하라는 즉각 응했다.

"네. 약간."

"어쭈, 제법인데."

토키무네가 시노하라의 옆구리를 팔꿈치로 찔렀다.

"하, 하지 마시죠…."

"그 하지 말라는 말은 스톱이 아니라 튕기는 거지?"

"보통으로, 스톱 쪽의 거부입니다만…?"

"그건 진심으로 말하는 건가?"

"…진심으로 말하는 게 아니라고, 어째서 생각하는 건가요?"

저 곤혹스러운 얼굴까지 전략적, 합리적인 연기라고는 생각할 수 없다.

시노하라는 분명 뭔가 꿍꿍이가 있다. 그렇다고 해도 그것이 주위 사람들을 함정에 빠뜨릴 만한 지독한 음모라는 법은 없는 것이다. 역시 근본은 좋은 사람인지도 몰라. 그러길 바라는 마음도 있지만, 바람과 사실은 구별해야겠지.

"아무튼…."

시노하라 일행은 삼거리에서 하루히로 일행을 기다리고 있었다. 오른쪽은 하루히로 일행이, 왼쪽은 시노하라 팀이 지나온 길이다. 똑바로 걸어가면, 오리온이 전실이라 이름 붙인 방으로 나간다. 전실, 중실, 후실로 방이 이어져 있는 모양인데, 오리온은 아직 중실까지밖에 도달하지 못했다고 한다.

"26명, 한 사람도 결원이 생기지 않고 여기까지 올 수 있어서 일단은 다행입니다. 도중에 어땠습니까? 키무라."

"상상했던 대로, 상상 그 이상이었습니다. 으후웃…."

키무라는 둥근 안경을 번쩍번쩍 빛냈다.

"저라는 길 안내자가 있기는 하지만, 어차피 들어서 아는 정도의 상태, 직접 보는 건 처음입니다. 그런데도 쉽사리 전실 코앞까지 도달했으니, 토키무네 씨를 비롯한 토키즈와 하루히로 씨를 비롯한 하루히로즈의 실력은 보통이 아닙니다."

"하루히로즈…."

지적하면 괜히 성가셔질 것 같은 예감밖에 들지 않는다. 하루히로는 꾹 눌러 참았다.

"마지막은 쬐끔 고전했지만 말야…!"

킷카와가 혀를 날름 내밀었다.

"뭐, 렌지가 오지 않아도 우리들만으로도 돌파는 했겠지만 말이지!"

가면의 암흑기사는 쓸데없이 허세를 부린다.

"당연하지."

타다가 어깨에 둘러멘 워 해머를 쥔 손에 힘을 준다. 관자놀이에 혈관이 튀어나와 있다. 뭐 그렇게까지 힘을 줄 필요야.

"쓸데없는 짓 하고 자빠졌다니까. 우쭐대지 말라고, 렌찡."

"렌지다."

곧바로 정정해줬으나, 렌지는 딱 봐도 차분했다. 타다는 그 태도도 마음에 들지 않는 모양이다. 관자놀이의 혈관이 확 두꺼워졌다.

"너와는 결판을 낼 필요가 있을 것 같군. 나랑 맞장 뜨자. 설마 거절하지는 않겠지?"

"나중에 하는 거라면 상관없어."

"…이럴 땐 거절하라고."

하루히로는 자기도 모르게 딴지를 걸고 말았다. 게다가, 무시당했다.

"좋아."

타다는 입술을 핥았다.

"잊지 마라. 하늘이 찢어지고 대지가 갈라져도, 나는 잊어버리지 않는다. 너를 BTBS."

"BTBS?"

토키무네가 고개를 갸웃거린다.

"…아아! 밟아 '터뜨려버리겠쓰'인가! 멋지잖아, 그거. BTBS. 분명 유행할 거야."

"B! T! B! S!"

킷카와가 점프하며 이상한 포즈를 취한다.

"예이! B! T! B! S! B! T! B! S! BTBS!"

"시끄럽습니다! 킷카와! 퍼스트 오브 올, 유를 BTBS! 하겠다요!"

"바로 써먹네, 안나 씨! 왓쇼이…!"

킷카와가 떠들어대자 미모링이 고개를 끄덕였다.

"왓쇼이."

"큭…!"

갑자기 이누이가 달려갔다. 내일을 향해서, 아니, 왔던 방향으로 되돌아간다.

"…어? 이누이 씨…."

쿠자크가, 괜찮은 건가요? 저거… 라고 말하고 싶은 듯이 하루히로를 본다.

알 게 뭐야.

…라고도 말할 수 없으므로, 하루히로는 고개를 위아래인지, 옆으로인지 구별하기 모호한 각도로 흔들어두었다.

"다사제제(주3)로군."

아다치는 그렇게 중얼거린 뒤에 핫 하고 짧게 웃었다. 비웃음이랄까, 어이없어하는 것이겠지. 그 심정은 모르는 바도 아니다.

"렌지 군과 타다 군의 결투가 되면, 이건 볼 만하겠군요."

시노하라는 그리 빈말도 아닌 것 같은 말투로 말했다. 물론 다른 사람도 아닌 시노하라이므로 본심은 잘 모르겠지만.

주3) 다사제제: 多士濟濟. 뛰어난 인재가 많음.

"작전이 무사히 끝나면, 부디 제일 앞줄에서 견학하게 해주십시오. 그럼, 슬슬 전실로 향해볼까요."

별동대의 총인원 26명은 신관들의 보조마법을 다시 걸고 나서 전실로 나아갔다.

회랑과 달리 전실, 중실, 후실은 캄캄하지는 않았다. 그렇긴 해도 중정만큼 밝지는 않다. 별동대가 든 랜턴의 빛을 반사하고 있는 건가? 혹은 빛을 받으면 발광하는 재질인 것인가? 도료인가? 뭔가 그런 것을 사용한 건지도 모른다. 천장과 바닥의 무늬, 왕과 그의 신하들을 그린 듯한 벽화, 줄지어 늘어선 조각상 등이 흐릿하게 빛나고 있다. 덕분에, 방의 넓이와 구조도 대충이긴 해도 랜턴의 빛이 닿지 않는 구석까지 알 수 있었다.

"중실의… 좌우에서 통로가 하나씩 나 있는 것 같네요."

하루히로는 왠지 조각상을 경계하면서 전실, 중실, 후실을 둘러봤다.

"막다른 곳… 후실 저편 정면에도 통로가 있는 건가? 전실도, 중실도, 후실도 원통 같은 형태로, 대략… 20미터 정도? 높이도 꽤 될 것 같은데. 하지만… 2층은 없나? 천장 높이는, 고작해야 5미터 정도인가? 좀 더 되나?"

"저것…."

란타가 가면을 벗고 시선으로 조각상을 가리켰다.

"움직인다거나 하는 건 아니겠지? 어떨 것 같아…?"

"쿄곳."

키무라의 웃음소리는 변화무쌍하다.

"여기는 일단 시험해보는 게 어때요? 란타 씨."

"도전으로 받아들이겠다. 내가 겁먹을 줄 알면 큰 오산이거든?"

그렇게 말한 것치고는 란타는 발소리를 죽이고 살금살금, 느릿느릿 조각상에 접근했다. 무모하다고 느껴질 정도로 대담한 주제에, 어째서 이럴 때에만 우스꽝스러울 정도로 신중해지는 건지. 란타라서 그런가?

"…젠장! 안 무서웟! 이 나 님이 무서워할 리가 없잖아…!"

"냐오옹."

유메가, 폴짝 점프해서 한달음에 조각상을 부둥켜안았다.

"응응응응? 그냥 조각인데?"

"아앗, 유메! 너 인마…! 내가 확인하려고 했는데…!"

"하지만 있지. 란타가 꼬물꼬물하니까 유메, 불끈불끈해서."

"꼬물꼬물도, 불끈불끈도 아니거든! 부, 불끈불끈해서 어쩔 건데? 네가…."

"그치만, 유메도 불끈불끈할 때 정도는 있는데?"

"사사사사, 사람들 앞에서 그런 걸 공언하지 맛! 수치심이라는 것을 좀…."

"불끈불끈한다고 해서 수치스러울 것 없잖여. 그치? 메리?"

"…엇. 아. …그… 그러게. …어? 그래…? 어엇…?"

"생식하는 동물인 이상, 정도의 차이는 있어도 성욕쯤은 있어 마땅한 것 아닌가?"

세토라가 담담히 말했다.

"그치."

유메는 응응, 고개를 끄덕인다.

"동물은 삼식하잖아. 녹황색 채소는 엄청 중요하니까."

"풋⋯."

뿜은 것은, 개인적으로는 좀 믿기 힘들었지만, 렌지였다. 아니, 막상 얼굴을 보니 렌지는 딱히 웃는 것 같은 기색도 없으니, 기분 탓이었던 건가?

"⋯천연한테는 못 당하겠군."

하지만 작은 목소리로 그렇게 중얼거리는 걸 보니 역시 렌지였는지도 몰라.

"웅? 동물이라고 꼭 하루 삼식하는 건 아닌가?"

유메가 고개를 갸웃거리며 그렇게 중얼거리자, 렌지는 또 풋 웃었다. 이건 이제 확실하다.

"마츠야기, 준비를."

시노하라가 지시한다. 오리온의 전사가 앞으로 나섰다. 마츠야기. 그는 그야말로 거한이다. 키 190센티미터인 쿠자크보다도 더 크고, 어깨 폭과 가슴의 두께도 엄청나다. 머리는 크고, 아마 메리와 세토라의 두 배 이상, 세 배 정도는 되지 않을까? 마츠야기는 목에 하얀 천을 감았는데, 아무래도 그것은 오리온 멤버들이 곧잘 걸치는 망토인 모양이다. 저렇게까지 압도적으로 체격이 크면, 망토가 목도리가 되어버리는 것이다.

마츠야기는 몸집이 큰 것만이 아니라 큰 짐까지 짊어지고 있었다. 내려놓은 대형의 등짐 보따리는 상당히 무거워 보인다. 등짐 보따리 내용물은 끈으로 묶어놓은 워 해머였다. 족히 열 자루 이상, 놀랍게도 스무 자루 가까이 있다.

마츠야기는 허리에 두 자루의 워 해머를 찼다. 하루히로라면, 두 손으로 잡아도 휘두를 수 있을지 없을지 알 수 없다. 보기에도 투박하다.

한 다발로 묶인 워 해머는 그보다는 훨씬 작았다.

"…스톤 가드(돌 방패병)."

키무라가 둥근 안경을 번쩍 빛냈다.

"저희 오리온이 애를 먹고, 한 번도 아니고 두 번씩이나 철수할 수밖에 없었던 그 적을 물리칠 때에는, 여러분은 이것을 사용하십시오."

오리온에는 마츠야기 말고도 전사가 두 명 더 있다. 둘 다 남성으로, 특기 종목은 검이다. 그들이 다발을 풀고 워 해머를 집어 들었다.

"통상의 도검으로는 스톤 가드를 상대할 수 없습니다."

시노하라는 워 해머에 손을 뻗으려 하지 않는다. 그야 오리온의 마스터니까. 시노하라가 애용하는 검은 통상의 도검이 아니라는 뜻이겠지.

"그렇군요. 렌지와 론은 본인이 소지한 무기를 써도 문제없겠지요. 타다 군도 당연히 괜찮습니다. 하루히로 팀은 마츠야기가 갖고 온 워 해머를 써주십시오. 수는 충분할 테니, 만약 파손되면 교체해도 상관없습니다."

갖고 있는 것을 써도 좋다는 말을 들은 렌지지만, 워 해머를 움켜잡는다. 한 자루가 아니다. 두 자루를 쓸 모양이다. 론은 본인이 소지한 거대 고기 칼로 싸울 셈인 모양이다.

토키무네, 킷카와는 워 해머를 한 자루씩 손에 들었다. 그리고 미모링도.

란타는 워 해머를 두 자루 들려고 했으나, 휘둘러보니 그다지 마음에 들지 않은 모양이다.

"한 자루면 됐나…."

"나는 이도류지만요."

쿠자크는 씩씩하게 양손으로 워 해머를 한 자루씩 잡았다. 란타가 코웃음을 친다.

"칼이 아니니 이도가 아니잖아, 바보."

"그럼 이해머류인가."

"그런 말은 없어, 애송이."

"그럼 뭐라고 하면 되는데요? 선배."

"누가 선배야? 하긴, 선배 맞나…."

"선배잖아요? 쓰레기지만."

"누가 쓰레기얏!"

"유메도 하나면 되겠지."

"아, 나도…."

하루히로도 유메를 따라 워 해머를 들어보긴 했으나 전혀 손에 착 감기는 느낌이 없다. 잘 쓸 수 있을까? 불안하지만 하는 수밖에 없다. 세토라도 워 해머를 한 자루 들었다.

"저, 이누이 씨는…."

하루히로는 확인하고자 토키무네한테 물었다.

"으음."

토키무네는 워 해머를 솜씨 좋게 빙글빙글 돌리면서 상쾌하게 웃어 보였다.

"그 녀석은 신경 쓰지 않아도 돼. 조만간 돌아올 거야. 분명 최적의 타이밍에 말이야."

정말일까?

"자, 그러면…."

키무라가 둥근 안경을 번쩍번쩍 빛낸다.

"이번엔 성공합니다. 착수해봅시다."

시노하라가 고개를 끄덕이고 검을 뽑았다.

검신은 폭이 넓고 약간 짧다. 검 끝이 산 모양이 아니라 비스듬하게 잘려 나간 형태다. 튼튼해 보이는 긴 단검. 혹은, 두껍고 짧은 장검. 그런 모양새다. 혹시 렐릭인 걸까?

"우리도 여러 가지로 시험해보긴 했습니다만, 마법은 대부분 효과가 없습니다. 정확하게는, 아르부 매직과 카논 매직을 번갈아 때려 넣음으로써 스톤 가드를 파괴할 수 있다는 것은 판명되었습니다. 단, 난전이 되면 이 수법은 쓸 수가 없고 효율이 좋다고도 할 수 없습니다. 뒷일도 생각해서 마법은 남겨두십시오."

"오로지 때려 부수면 되는 거로군."

토키무네가 윙크를 했다.

"심플 이즈 베스트다. 안나 씨, 부탁해!"

"오브 코스! 익스트림리 확실하게 응원하겠습니다요!"

"예이! 안나 씨의 응원이 있으면 8인분의 힘이얏!"

"8인은 적지 않아…?!"

"어엇! 그럼, 그렇다면…… 란타는 몇 사람 몫?! 해치워버리는 파야?!"

"나는 당연히 백 명 몫은 할 수 있지!"

"나는 천 명 몫이다."

"옷, 타다, 크게 나왔네! 그렇다면 나는 8천 명 몫을 목표로 한다!"

"토키무네, 네놈…. 그렇다면 나는 1만6천 명 몫이다."

"쪼잔… 합니다요! 애스홀 남자라며어어언! 훈도시(주4)?! 골든 볼 꽉 조이고…?! 억을 목표로 해야지요!"

"와오! 억 갑니까?! 그래서 억을 넘어서 단숨에 조까지 갈까요……?!"

"나는 8경 몫이다…!"

"나왔다! 타닷치! 타다 씨! 경 나왔다아앗! 왓쇼이…!"

"왓쇼이."

도대체 뭘까? 저 킷카와의 시끄러운 왓쇼이부터 미모링의 조용한 왓쇼이로 이어지는 콤보는. 머리가 아파진다.

"푸보핫…!"

키무라가 웃는다. 그 지나칠 정도로 기괴한 웃음도, 정말 작작 좀 해주길 바란다.

"왔다, 왔다, 왔습니다, 왔습니다요오오! 스톤 가드들 행차시다아아아…."

시노하라가 검으로 방패를 두 번 두드리자, 오리온 몇 명이 막대기 상태의 도구를 중심을 향해서 잇달아 던졌다. 그 도구는 다 타버릴 때까지 제법 강한 빛을 발산한다. 전실에서 중심로 들어가자마자 바로 그 부근에서 막대기 상태의 도구가 빛을 내기 시작했다.

하루히로는 휴, 숨을 내쉬고, 동료들을 둘러봤다.

"…넵!"

쿠자크가 어깨를 올렸다가 힘을 빼고 내린다.

"웅냐앗!"

주4) 훈도시: 일본의 남성용 전통 속옷.

유메는 오른팔을 빙빙 돌렸다. 오른손에 워 해머를 들었지만, 그 중량을 느끼게 하지 않는다. 손목도, 어깨도 엄청나게 유연하다.

"헷⋯."

가면의 암흑기사는 천천히 목을 꺾기도 하는 등 여유 있어 보인다.

메리는 하루히로와 눈이 마주치자 가볍게 고개를 끄덕여 보였다.

세토라는 워 해머를 든 손을 올리지도 않고 축 늘어뜨린 채 중실 쪽을 응시하고 있다.

중실 좌우의 통로에서 뭔가가 나왔다.

무거운 소리를 내며, 우르르 줄지어, 잇달아.

뭔가. 그 뭔가를 병사라고 부르기에는 너무 지나치게 돌이다. 너무 지나치게 돌이라는 말도 이상한 표현인지도 모르지만, 생김새가 정말 상당히 돌인 것이다. 보아하니 다리가 두 개 있다. 이동하기 위해서 최소한 가동하는 부위가 한 쌍 달려 있다고 말해야 할지도 모르겠다. 동체는 마치 두꺼운 방패다. 차라리 지나치게 두꺼운 석판이라고 형용하는 게 적절할까? 팔 비슷한 것은 달리지 않았고, 머리 부분 같은 것도 확인할 수 없다. 두꺼운 방패, 혹은 지나치게 두꺼운 석판 같은 동체부에서 네 개 내지는 다섯 개의 두꺼운 가시가 튀어나와 있다.

"⋯스톤 가드라고?"

타다가 워 해머를 둘러메고 허리를 낮춘다.

"센스 없는 네이밍이네. 저런 것, 그냥 걸어 다니는 삐죽삐죽 석상 미만이다. 고작해야 가시상이라고 해야겠는데."

토키무네가 오오 하고 하얀 이를 드러낸다.

"가시상이라. 좋은데."

"예스! 가시상, 예이!"

킷카와가 워 해머를 휘두르며 신이 났다.

"좋은데, 좋아! 스톤 가드보다 가시상이 완전 귀엽고 나이스, 굿이잖아?! 안나 씨도 그렇게 생각하지 않아…?!"

"가시상으로 결정입니다만…!"

"예이! 가시상, 왓쇼이…!"

"왓쇼이."

그러니까, 그 왓쇼이가 도대체 뭐냐고? 미모링의 왓쇼이, 기세가 너무 없고.

멋대로 개명해버리질 않나.

가시상이라니.

괜찮은 걸까? 가시상이라고 해도.

하지만 이미 가시상이라는 이름이 하루히로의 머리에 박혀버렸다. 이것은 좀처럼 떨어질 것 같지 않다.

"그럼, 가시상 퇴치 가볼까요?"

시노하라는 태연하게 받아들였다.

가시상으로 결정한 모양이다.

"장기전이 될 겁니다. 숨이 차거나 상처를 입거나 하면, 절대 무리하지 말고 물러나서 쉬어주십시오. …시작합시다."

10. 거짓과 진실의 의미

만만히 본 것은 결코 아니었다. 오리온은 이 장소에서 두 번이나 철수할 수밖에 없었다. 그리 간단히는 지나갈 수 없다. 각오는 했었다.

잇달아 전실로 공격을 가해오는 가시상들을, 그 당시의 별동대는 당황하지 않고 호들갑스럽지 않게 적절히 대처했다고 생각한다. 특히 렌지, 타다, 그리고 오리온의 거한 전사 마츠야기의 활약은 괄목할 만했다. 별동대는 이 세 사람을 중심으로 중실 바로 코앞까지 갔고, 거기에서 가시상 퇴치에 매진했다. 렌지, 타다, 마츠야기가 몇십 개나 되는 가시상을 박살 내고 피로한 기색을 보이기 시작하면, 그때까지 세 사람을 보좌하는 것처럼 움직이던 시노하라, 토키무네, 론, 쿠자크가 앞으로 나갔다. 그 두 조가 교대해 가면서 제일 앞줄에 섰고 그 외의 란타, 유메, 하루히로, 세토라, 킷카와, 미모링, 오리온 멤버들이 그때그때 상황에 맞춰 빈틈을 메운다. 메리, 키무라, 꼬마는 치료조다. 안나 씨도 신관이지만 주로 응원, 질타, 격려를 담당한다.

처음 한동안은 정말로 잘 돌아갔다. 하지만 계속 이어지면 힘들 것 같긴 하다. 하지만 힘든 것은 어쩔 수 없다. 어느 정도는 고려해서 계획했다. 하루히로도 마음의 준비는 되어 있었지만, 워 해머로 가시상 셋을 때려 부쉈더니 벌써 손이 저리기 시작했다. 여섯 개째를 부쉈을 때에는 손에 힘이 들어가지 않았다. 하루히로는 이상할 정도로 땀을 흘리고 있는 자신을 깨달았다. 뒤에 있는 메리네 위치까지 물러나 보니 란타가 쪼그리고 앉아 등을 들썩대며 헐떡이고 있었다.

"아픈 데가 있으면 가르쳐줘. 어깨라든가 팔꿈치나. 그럼 치료할
수 있어."

메리가 그렇게 말해줘서 큐어(치유)를 받았다. 땀이 가신 것은 아
니지만 관절의 가벼운 통증은 사라졌다.

"복귀한다, 란타."

"…시끄러워, 쓰레기야."

"벌써 기운이 빠진 거야?"

"그럴 리가 없잖아, 망할 놈. 똥 덩어리냐? 너. 똥 덩어리 놈아."

란타는 이런 단순 노동은 자기한테 맞지 않는다느니, 재능 낭비
라느니 어쩌고저쩌고 불평을 늘어놓으면서도 전선으로 복귀했다.
하루히로는 란타와 달리 반복적인 단순 노동은 싫어하지 않는다.
란타와 어깨를 나란히 하고 가시상을 때려 박살을 내면서도, 진저
리가 나거나 하는 건 별로 아니지만 금방 손이 저리다. 땀이 샘솟듯
나와서 좋지 않다. 쿠자크, 세토라의 움직임은 항상 신경 쓰고 있어
간신히 파악하고 있다. 하지만 그 외의 다른 멤버들까지는 매우 힘
들다. 제일 앞줄이 교체되면 그때에야 아, 지금 물러났구나, 교대했
구나, 깨닫는 게 고작이다.

세 번 후퇴한 시점에서 되돌아가고 싶지 않다고 생각하고 말았
다.

진심으로 복귀하고 싶지 않아.

"하루? 잠시 동안은 내가…."

메리가 그런 말을 하자마자, "아니, 아니, 아니! 괜찮아, 괜찮아!"
라며 뛰어나갈 정도니까 아직 한계에 도달하지는 않은 것이다. 하

지만 끝이 보이지 않아 괴롭다. 가시상은 끊임없이 중실 좌우, 그리고 후실 구석의 통로에서 나온다. 렌지네가 마음만 먹으면 중실까지 전진하는 것은 분명 가능하겠지. 하지만 그렇게 하지 않는다. 할 수 없다기보다는, 해봤자 별수 없다는 판단이라고 생각한다. 앞으로 나아가봤자 상황은 변하지 않는다. 할 일은 오로지 가시상 퇴치인 것이다.

언제까지 계속해야 하는 걸까?

시노하라 팀의 생각에 따르자면, 리치 킹인지 뭔지가 아마도 분명 렐릭의 힘으로 묘소의 적을 생성하고 있는 것이다. 그 가설이 정확하다면 가시상도 마찬가지 아닐까? 리치 킹이 돌이나 그런 것들을 재료로 삼아 가시상을 계속해서 생성해서 하루히로 일당, 즉 침입자를 저지하고자 내보낸다. 그럴 경우 문제는, 끝이 있는지다.

어쩌면 이 가시상 대행진은 영원히 이어지는 게 아닐까?

아무러면 그렇지는 않겠지. 사물에는 반드시 한도라는 게 있다. 무한한 것은 없다. 없을 것이다. 분명 없다.

정말로 끝나는 거겠지? 이거.

…라고는 아무도 말하지 않는다. 말해버리면, 그야말로 끝이다. 모두 그렇게 생각하고 있는 것이리라. 일단 마음이 꺾여버리면 다시 추스르는 것은 어렵다.

"타다, 물러나! 내가 들어간다! 킷카와도 미모리와 교대하고 물러나!"

그래도 토키무네의 목소리는 한없이 밝다.

"리프레시다! 물 마셔! 시원해진다! 끝말잇기라도 할까?! 안 한다고? 하하하핫…!"

이미 경이적이다. 어째서 저토록 밝은 모습을 유지할 수 있는 걸까? 가끔 약간 짜증을 내기도 하지만 역시 전반적으로 그 모습에 구원받는다. 후퇴해서 휴식을 취할 때마다 확실하게 부활하고, 아까와 마찬가지로 가시상을 계속해서 쓰러뜨리는 렌지의 존재도 큰 힘이다. 아무리 비관적인 기분이 들어도, 괜찮아, 렌지가 있잖아, 그런 생각이 든다. 마음이 한없이 바닥으로 가라앉아도 밑이 빠지지는 않는다. 하루히로가 못 하더라도 렌지가 있으니까, 최종적으로는 아마 어떻게든 될 것이다. 렌지가 어떻게든 해줄 것이 틀림없다.

하루히로는 틀렸다. 한참 전부터 망해가고 있다. 다리가 비틀거린다. 휘청휘청이다. 워 해머가 무겁다. 그보다, 팔의 감각이 없다고나 할까? 내 팔 붙어 있나? 없어진 거 아니야? 하루히로는 어떻게 워 해머를 들고 있는 걸까? 오히려 워 해머가 자기 팔인 것 같은 느낌까지 든다. 왠지 아픈 것이다. 억지로 워 해머를 휘둘러 가시상을 치면, 아픈, 건가? 그것도 아닌 것 같은. 얼얼… 하게 온다. 그때 말고는 무감각 상태지만. 폐가 파열할 것 같고. 이미 파열한 건지도 모르고. 목구멍에서 흘러나오는 목소리는, 아헤에, 히헤에, 하헤에 같은. 지독하다. 내가 봐도 너무 엉망이야.

하지만 대단해. 메리네 조가 있는 곳으로 돌아가서 쉴 때에는 모두가 쪼그리고 앉거나, 주저앉거나, 드러눕거나 했다. 하지만 계속 쪼그리고 있거나 마냥 주저앉아 있거나 누워 있는 자는 없다. 한 명도 없다. 다소 시간이 걸려도 다들 어떻게든 복귀한다. 대단하다.

한 사람도 낙오되지 않았으니까, 내가 최초의 한 명이 되고 싶지는 않다는 마음은 있는 것 같다. 적어도 하루히로는 그렇게 되기 싫었다. 얼굴을 들 수 없다고나 할까. 첫 번째 탈락자가 되는 것은 그야말로 불명예다. 연쇄 반응을 일으켜버릴 것 같아서 무섭기도 하다.

무리라면 무리인 대로 어쩔 수 없다. 스스로 기권할 용기도 필요한 게 아닐까? 그런 유혹은 끊임없이 아른거렸다. 쓰러져버린다고 해도 아무도 비난하지 않겠지. 아니, 그렇지는 않은가? 란타는 틀림없이 무슨 말을 할 것이다. 욕을 할 것이다. 그럴 여유, 지금은 없는지도 몰라. 하지만 나중에라도 반드시 말할 것이다. 나중이란 게 있다면 말이지만.

란타에게서만은 비난을 받고 싶지 않다. 란타는 뭐 입만 열었다 하면 튀어나오는 것은 불평뿐이지만. 하루히로가 당당하다면, 아… 또 저러네, 네, 그러셨어요? 라는 식으로 넘겨버릴 수 있다. 하지만 란타 쪽이 옳은 경우에는 그럴 수도 없다. 란타에게서 바른 소리를 듣고 찍소리도 못 하는, 그런 상황은 최악이다. 란타는 분명 하루히로보다 먼저 쓰러질 수는 없다는 마음을 갖고 있다. 피차 그것만은 절대 싫은 것이다. 도대체 뭘까? 이 관계는.

뭐든지 온갖 것들을, 그것이 가령 란타라고 해도, 연료로 삼지 않으면, 하루히로라는 장작불은 다 타버려 재만 남고 사라져버렸을지도 모른다.

렌지며 토키무네며 타다며 시노하라며 그들은 어떤지 모르지만, 하루히로처럼 평범한 사람이거나 평범에서 약간 발전한 정도의 인간들은, 그런 식으로 쓰러질 때를 조금씩, 조금씩 뒤로 미뤄가며 간신히 힘겹게 버틴다는 것이 실상 아닐까?

"…이얍…!"

렌지가 워 해머를 던졌다. 두 자루다. 렌지가 투척한 워 해머는,

후실에서 어슬렁어슬렁 걸어 나온 가시상에게 명중했다. 가시상은 크게 휘청거렸지만 쓰러지지는 않았다.

"론…!"

"…우이앗…!"

론이 목소리를 쥐어짜 내고는 달려간다. 거대 고기 칼을 내리친다, 아니, 내리치는 게 아니라 론은 거대 고기 칼과 함께 가시상에게 태클을 감행했다.

"이예압…!"

가시상과 거대 고기 칼과 함께 바닥에 처박힌 론은 일어나려고 하지 않는다.

렌지는 서 있다. 오기인가? 가슴을 펴고, 고개를 숙일 것 같으냐… 라는 듯이 천장을 우러러보고 있다.

중실 좌우의 통로에서도, 후실 구석의 통로에서도 가시상이 나오지 않는다.

토키무네가 주저앉았다.

"…치… 윗… 다아… 후우… 다… 됐나…."

"우웨에엑…."

타다는 네발로 기며 헛구역질을 했다.

킷카와는 이미 그전부터 쪼그리고 앉아 있었다. 미모링도 마찬가지다. 참고로 하루히로도, 쿠자크도, 란타도, 유메도, 세토라도, 오리온의 마츠야기 이하 전사, 성기사, 사냥꾼, 도적들도 주저앉거나 무릎을 꿇고 앉아 있거나 했다.

신관조와 마법사는 제외하고, 두 발로 서 있는 것은 렌지, 그리고 론을 일으켜주려고 하는 시노하라뿐이다.

아슬아슬의 아슬아슬, 너무나 아슬아슬했던 것이다.

앞으로 둘, 셋, 아니, 다섯 정도까지라면 해치울 수 있었을지도 모르지만, 열 마리가 나타났다면 어떨까? 위험했을지도 모른다. 아니, 신관조도 키무라와 메리는 싸울 수 있고, 아다치와 오리온의 마법사도 두 명이나 있다. 별동대는 마법을 완전히 보존해뒀다.

그렇다는 것은, 하루히로가 아슬아슬하다고 느낀 것뿐이고, 진짜 아슬아슬은 아니었던 건가?

"…이야아… 하지만, 있잖아…."

하루히로는 왼쪽 무릎만 바닥에 꿇었다. 오른쪽 무릎은 세우고 엉덩이는 아주 약간 바닥에서 떠 있다.

옆눈으로 란타를 보니 털썩 주저앉아서 두 손으로 몸을 지탱하지 않으면 뒤로 쓰러져버릴 것 같은 자세였다.

좋았어, 이겼다… 고 내심 생각했다.

그러자, 우연인지도 모르지만, 란타도 하루히로 쪽으로 시선을 향했다. 가면은 올라가 있다. 쓰고 있으면 숨이 답답해서 견딜 수 없겠지.

"쿳…!"

란타는 후웃 하고 기합을 넣고 일어서려고 했다. 하루히로도 일어나고 싶어졌지만, 란타와의 경쟁심 때문에 무리를 하는 건 어리석다.

"으웃…! 타아아앗…!"

란타는 마침내 똑바로 서더니 천박하게 혀를 내밀면서 웃어 보였다.

"내가 이겼지…! 케헤하하하핫…!"

"…좋아, 뭐. 그렇게 생각하고 싶으면 그런 걸로 쳐."

"내가 이겼고 넌 졌다, 파루피로! 깔끔하게 인정햇…!"

"그러니까, 그런 걸로 하라고 했잖아…."

"분명하게 말로 해! 란타 님께 졌습니다 하고!"

"왜 그래야 하는데?"

"졌으면 패배 선언! 제대로 제대로, 깨끗하게 승복! 그게 인간으로서의 당연한 의무니깟!"

"…다른 사람은 몰라도 너만은 인간으로서의 당연한 의무를 논하지 말아줬으면 하는데… 라고나 할까, 왜 그렇게 기운이 남아 있는 거야?"

"나 님이니까!"

"…네, 네. 알았어. 알았습니다. 졌다. 졌습니다. 이제 됐지?"

"되긴 뭐가 돼! 좀 더 패잔병다운 태도를 보여랏. 너는 졌으니까. 더욱 비참하게 내 발바닥 정도는 핥는 거다. 앗. 역시 취소. 파루포로 따위가 핥으면 내 발바닥이 오염되니까. 파리피로로균에."

란타는 지껄일 때마다 활력을 되찾아가는 것 같다. 하루히로는 그 반대로 란타의 목소리를 들으면 들을수록 피곤해졌다. 이것은 혹시 란타에게 생명력을 빨리는 게 아닐까? 그렇게밖에는 생각할 수 없다.

"큭…."

귀에 익은 소리랄까, 목소리가 들렸다.

그쪽을 보니 후실 구석 통로에서 안대를 한 포니테일 남자가 걸어온다.

"어…?"

"수고했다, 놈들아…."

이누이는 중실 한가운데쯤에서 발걸음을 멈추더니, 안대로 가리지 않은 오른쪽 눈을 번쩍 크게 떴다.

"현실인지 뭔지를 정찰하고 왔다. 이 내가…! 네놈들이 여기에서 시간을 벌고 있는 사이에, 이 내가…!"

"역시 이누이."

토키무네가 윙크를 하며 엄지손가락을 세웠다.

"큭…."

이누이는 고개를 옆으로 돌렸다. 칭찬을 들어 쑥스러워하는 걸까?

"…어느 틈에."

시노하라가 눈을 깜빡거리며 놀라고 있다.

정말로, 그렇다.

하루히로는 솔직히 이누이의 존재를 거의 잊어버릴 뻔했다. 그대로 행방불명이 되었다고 해도 그때는 그때고. 별로 상관없다고나 할까.

"…돌아와 있었으면."

쿠자크가 하고 싶은 말도 안다. 정찰하고 올 여유가 있다면 가시상 퇴치에 힘을 보탰으면 좋았을 텐데. 심정적으로는 아무래도 그렇게 생각하게 된다.

단, 이누이가 없어도 어떻게든 퇴치했고, 아마 있었어도 그리 다를 것 없었겠지. 혼란을 틈타 슬그머니 후실 너머를 정찰하고 온 이누이의 판단이 옳았다고는 생각하지 않지만, 뭐 그리 나쁘지는 않은 건지도 모른다.

본인이 말하기를, 이누이는 후실 구석의 통로에서 더 나아갔던 것은 아니었다. 중실 오른쪽 통로로 나가서 빙글 돌아 후실 구석 통로로 해서 돌아온 것이다. 즉, 중실 좌우, 후실 구석의 통로는 전부 이어져 있고 제2회랑이라고 부를 만한 구조로 된 모양이다.

제2회랑의 안쪽에 있는 계단을 올라가면 커다란 홀의 2층 부분으로 나간다. 큰 홀 1층에서 마주 본 정면은 높은 단상으로 되어 있고, 옥좌 비슷한 것이 설치되어 있고, 이누이 말로는 거기에 누군가가 앉아 있었다고 한다. 큰 홀에는, 천장에 매달린 형태, 벽걸이형, 바닥에 놓는 것 등 많은 조명 기구가 있어 꽤 밝은 모양이다. 옥좌의 누군가는 왕관 같은 것을 쓰고 금은의 가루를 흩뿌린 망토를 두르고서 지팡이인지 뭔지를 들고 있다. 생김새는 자세히 알 수 없지만 신분이 높은 이거나 혹은 그런 사람의 시체로 보였다고 한다. 그 외에 사람의 실루엣이나 움직이는 물체는 확인할 수 없었다고 한다.

큰 홀 2층은 벽에서 튀어나온 테라스 같은 것인데, 그 양쪽 끝에 1층으로 내려가는 계단이 설치되어 있다. 양쪽 계단 다 20단 정도 내려가면 층계참이 있고, 거기서부터 더 20단 내려가면 1층에 도착한다. 계단의 한 단은 20센티미터 정도겠지. 그렇다면, 층계참까지 4미터, 거기서부터 1층까지 4미터로, 2층의 높이는 대략 8미터라는 말이 된다.

큰 홀 자체는 폭이 약 30미터, 길이는 50미터 이상 된다고 한다. 단상의 높이는 5미터 정도라고 한다. 뛰어넘을 수 있을 만한 높이는 아니다. 이누이의 말에 따르자면, 단상 양옆에 계단이 있다고 한다. 단상에 올라가려면 기본적으로는 그 계단을 이용할 수밖에 없을 것이다.

"흠…."

이야기를 마치자 키무라가 둥근 안경을 번쩍번쩍 빛냈다.

"이것은 중요합니다. 시노하라 군. 결정적이라고 해도 될지도 모를 만한 정보입니다."

시노하라는 턱을 만지며 고개를 끄덕였다.

"그렇군. 옥좌에 있는 것은 리치 킹이겠지. 우리는 마침내, 죽어서도 잠들지 못하는 왕을 사정거리 안에 확보한 거다."

"…큭. 이 나의 영웅적인 활약에 의해서란 말이지…!"

이누이는 몸을 뒤틀고, 팔을 들었다가 내렸다가 하더니 뭔가 포즈를 취했다.

"마왕 아니었나? 당신…."

란타가 툭 던지듯이 말하자 이누이는 희미한 웃음을 지었다.

"추락한 영웅, 그것이 바로 마왕이니라…."

"이제부터 추락하는구나…."

딴지를 걸어버리고 만 자신이 하루히로는 슬펐다.

"올라가고 내려가는 것이 바로 인생…!"

이누이는 까치발로 서서, 8자를 그리는 것처럼 두 팔을 구부렸다.

"살아 있으므로! 빛나는 것이라네…! 싸움에 패하고, 또 싸우고, 승리의 영광된 면류관을 획득하는 파란만장한 일대 서사시의 주인공…! 영웅의 말로! 가공할 만한 마왕으로서의 각성…! 유일무이한 영웅 전설을 괄목하고 들으시라…!"

"괄목하고 들으라니…."

하루히로는 도중에 입을 다물어버렸다. 팔목이라는 것은 눈을 비비고 본다는 의미일 텐데, 그 뒤에 '듣다'가 이어지는 것은 이상하다고 생각하지만, 그런 것을 일일이 지적해봤자 뭐가 어떻게 된다는 건가? 이누이는 전체적으로 이상한 것이다. 이누이가 정상적인 말을 한다면 오히려 무섭다. 무시무시한 천재지변의 전조일지도 모르고.

신관들이 프로텍션(빛의 수호), 어시스트(수호자의 빛) 등 보조마법을 다시 별동대 전원에게 걸었다. 특히 프로텍션에는 활력과 자연 치유력을 향상시키는 효과가 있다고 한다. 간단히 말하자면, 기운이 난다는 뜻이다. 피로 자체를 제거할 수는 없지만, 회복하는 데보조 역할은 한다.

렌지와 론, 쿠자크, 유메, 오리온 전사들은 아주 짧은 시간 동안 눈을 붙였다. 아주 조금이라도 잠을 자면 전혀 다르다고 한다. 란타는 자기 정도 수준이 되면 깨어 있는 채로도 충분히 쉴 수 있다고 주장했고, 하루히로는 잠이 올 것 같지 않아서 가만히 있었다.

시노하라와 키무라는 둘이서 계속 이야기를 하고 있었다. 그 모습을 바라보면서 느낀 건데, 시노하라에게 키무라의 존재는 각별한 모양이다. 오리온의 다른 멤버들은 명백하게 시노하라를 우러러보고 있다. 시노하라의 행동거지는 정중하고, 난폭한 면은 전혀 없다. 단, 오리온 동료들과의 관계가 대등한가 하면, 그것은 전혀 아니다. 다소 과장된 표현인지도 모르지만, 시노하라가 동료들을 대하는 방식은 많은 수의 애완동물을 평등하게 귀여워하는 것 같다. 시노하라는 공평하고, 다정하고, 좋은 주인이겠지. 하지만 예를 들어 동료가 란타처럼 대든다면 시노하라는 용서하지 않는 게 아닐까?

오리온 멤버들은 시노하라에게 순종적이다. 결속력은 상당히 단단하다. 집단으로서는 강하겠지.

하지만 하루히로는 저렇게 누군가의 밑으로 들어가는 건 할 수 없다. 란타는 물론 도저히 무리다. 쿠자크는 따르는 사람한테는 어디까지고 쫓아간다. 상대 나름이지만, 왠지 시노하라는 따르지 않을 것 같다. 메리도 오리온의 기풍과 맞지 않아서 빠져나올 수밖에 없었던 것이겠지. 유메는 뭐랄까, 자유인이다. 유메는 자유롭고 편하게 행동하기를 바란다. 세토라는 순종이라는 개념에서 한참 동떨어져 있다.

얼핏 보기에 시노하라는 관용적이고 포용력이 있는 리더다. 하지만 독단으로 일을 결정해버리는 면이 있다고 키무라는 말했었다. 도리에 따라 움직이는 인간이라고도 했다.

오리온의 멤버들은 시노하라의 본성을 알고 있는 걸까? 그건 어쩐지 모르지만, 키무라는 알고도 행동을 함께하고 있다.

그래서인가?

키무라와 둘이서 이야기하고 있을 때의 시노하라는 평소와 같지 않다. 표정이 풍부해지는 것은 아니지만. 그렇다. 별로 웃지 않는다. 정확하게 말하자면, 웃음소리를 내는 일은 있어도, 그 인상 좋은 웃는 얼굴을 만들지 않는다. 게다가, 자주 얼굴을 찡그리기도 하고 고개를 가로젓기도 한다. 그리고, 이것은 얼핏 들은 것이지만, 자기를 낮춰 부르지도 않고 평소의 정중한 말투와는 달리 격의 없이 말하는 모양이다.

역시 시노하라에게 키무라는 그냥 동료는 아니다. 좀 더 가까운 존재인 것이다. 요컨대 친구라는 것이겠지.

그렇다면, 시노하라에게 뭔가 음모 같은 꿍꿍이가 있다고 치면, 키무라는 정말로 그것을 듣지 못했을까? 그런 의문이 떠오른다.

키무라는 시노하라를 걱정하고 있다고 했었다. 그래서 진의를 알고 싶은 거라고. 알고 있으면서 모르는 척을 하고, 하루히로와 통하는 척을 하고, 정보를 수집하자마자 자기 편할 대로 조종하거나 할 속셈은 아닐까? 키무라는 결국 시노하라의 수족이나 다름없는지도 모른다.

그런 생각을 하고 있노라니 키무라가 이쪽으로 얼굴을 향하고 둥근 안경을 번쩍번쩍 빛냈다. 그리고 다시 시노하라에게로 고개를 돌리고는 또 뭔가 이야기하기 시작했다.

"…도대체 뭐야? 그거."

키무라는 시노하라와 너무 가깝다. 잘 이용할 수만 있다면 더할 나위 없겠지만, 신용하는 것은 위험하다. 그보다, 인성이 너무 의문투성이라서 믿을 수 있을 것 같지가 않다.

이윽고 쪽잠 조가 일어나고, 시노하라가 출발을 고했다.

별동대는 후실 안쪽 통로에서 제2회랑에 발을 들였다. 제2회랑의 천장에는 매달린 형태의 조명 기구가 설치되어 있어 희미한 빛이 있었다. 아마도 이 제2회랑의 벽에 가시상이 나란히 있었겠지. 눈길을 향해보니 마침 가시상을 박아놓을 수 있을 것 같은 움푹 들어간 자국이 양쪽 벽에 있었다. 제2회랑의 전체 길이는 어느 정도일까? 예를 들어 100미터라고 해도, 그 벽에 빽빽하게 가시상이 줄지어 있었던 것이라면 상당한 숫자가 된다. 용케도 전부 다 파괴할 수 있었네.

폭 5미터 정도나 되는 계단을 하루히로, 이누이, 오리온의 도적 츠구타가 앞서 올라가자 큰 홀 2층으로 나갔다.

2층은 그야말로 테라스다. 폭 15미터, 길이는 5미터 정도인가? 테두리에 낮은 난간 벽이 있고, 금빛으로 어둡게 빛나는 난간이 설치되어 있다.

하루히로와 이누이, 츠구타는 난간 벽 그늘에서 웅크렸다. 난간 위로 살짝만 얼굴을 내밀고 1층의 상황을 살폈다. 이누이한테서 들은 것과 거의 비슷했으나, 자기 눈으로 확인하면 또 다른 것이다. 애초에 이 장엄함을 말로 설명하는 것은 어렵겠지. 백문이 불여일견. 보면 안다. 보지 않으면 모른다.

1층 단상의 옥좌에 앉아 있는 것은, 확실히 이 공간의 지배자다. 생전에는 왕국의 왕이었겠지. 그는 번쩍이는 화려한 궁전을 이 땅에 재현하고 죽은 후에도 왕으로 계속 존재하기를 바란 것이 틀림없다. 이 큰 홀의 벽면과 단상 등에 설치된 장식은 보기에도 공들인 것이고, 도금이라고 해도 엄청난 양의 금속을 아낌없이 사용했다.

틀림없다.

여기는 왕의 내실이다.

하루히로가 고개를 끄덕여 보이자 츠구타가 되돌아갔다.

곧이어 츠구타의 안내로 시노하라 일행이 계단을 올라왔다. 모두 난간 벽에 숨는 것처럼 자세를 낮추고 있다.

옥좌의 리치 킹은 여전히 미동조차 하지 않는다.

"…진짜로 그냥 뒈진 상태 아닌가?"

란타가 작은 목소리로 말하고 웃었다. 농담하려던 건지도 모르지만, 아무도 반응하지 않는다.

"큭…."

이누이는 안대로 가리지 않은 오른쪽 눈으로 세토라에게 뜨거운 시선을 보내고 있다.

"살아서 이 싸움을 헤쳐 나갈 수 있다면, 마왕의 신부가 되어줘 …."

"거절한다."

세토라는 즉답했다.

그렇겠죠.

"큭…."

이누이는 머리를 쥐어뜯기 시작했다.

"…나의 내면에서, 깊은 어둠 밑바닥에서 타오르는 암흑의 파동이…."

토키무네가 윙크를 하며 이누이의 등을 두드렸다.

"신경 쓰지 마. 언젠가 네 매력을 알아주는 상대가 나타날 거야, 이누이."

그건 글쎄올시다. 하루히로는 생각했지만 입 밖에 내지는 않았다. 상황이라는 것을 생각해줬으면 하는 마음도 들지만, 토키즈에게 말해봤자 마이동풍이겠지. 하긴 결전을 앞두고도 평상심을 잃지 않는다는 거니까, 든든하기는 하다.

하루히로는 남들만큼은 긴장하고 있… 는 걸까?

가면을 올리고 끊임없이 입술을 핥기도 하고 어깨를 들썩거리기도 하는 란타처럼 흥분 상태는 아니다.

"…아자…."

쿠자크가 힘주어 고개를 끄덕이며 스스로에게 기합을 넣고 있는 모양이다.

유메는 놀랍게도 하품이 나올 것 같아서 입을 틀어막고 있다. 하루히로와 눈이 마주치자 유메는 쑥스러운 듯이 웃었다.

세토라는 담담했다. 메리도 차분한 것 같다.

불안감은 있다. 없을 리가 없다. 어떤 싸움이 될지 예상을 할 수 없는 것이다. 어느 정도의 부상은 어쩔 수 없다고 쳐도, 동료를 잃는 것만큼은 단연코 피하고 싶다.

사라져버린 동료, 시호루에 대해서는 가급적 생각하지 않으려고 한다.

생각해버리면, 안 된다. 도저히 평정을 유지할 수 없게 된다. 시호루는 과연 무사한 걸까? 라거나. 어디에 있고 무엇을 하고 있을까? 라거나. 생각해봤자 어떻게 할 수도 없다.

하지만 무엇을 위한 탄식의 산 공략인가? 왜 별동대에 들어와, 동료의 목숨을 위험에 노출시키면서까지 묘소 돌파를 목표로 하는 것인가?

당연히 좋아서 하는 일이 아니다. 진 모기스가 지시하면, 거절할 수가 없다. 고분고분 따르는 수밖에 없다. 그것은 물론 그렇지만, 시호루를 되찾을 기회는 아직 있다. 그렇게 생각했기 때문에 하루히로 파티는 버티고 있다.

구체적인 단서는 없다. 시호루의 소식은 불명이다. 그래서, 지금은 아무튼 견디고, 찾는 수밖에 없다. 찾기 위한 방법을, 그 실마리를 붙잡기 위한 단서를 발견하려고 한다. 그렇게 말하면 될까?

버티는 것. 단념하지 않는 것. 그것밖에 할 수 없다. 그렇다면 일단 그것을 한다.

"놈뿐인가?"

렌지가 낮은 목소리로 말했다.

"어떻게 나오는지 보는 수밖에 없겠군."

"네."

시노하라가 고개를 끄덕였다. 별동대를 둘러본다. 순간적으로 무표정이 되었다. 냉정하게 희생 제물을 고르고 있다. 지나친 생각인지도 모르지만, 그런 식으로 보이기도 했다.

"우선은 우리가 나간다."

렌지가 태연하게 말했다.

"루트는, 저기 계단을 내려가서 1층을 가로지른다. 단상 계단을 올라가 놈을 친다. 나눌까?"

"그럭저럭 폭이 있는 계단이니, 전력을 분산시키는 우는 범하고 싶지 않습니다."

"협공당할 것 같으면 잘 나눠서 대처해."

"알겠습니다. 그럼, 당신들은 편한 대로 움직여주십시오."

"알았다."

"오리온과 토키무네 팀, 하루히로 팀은 내가 지휘합니다."

"부탁한다, 렌지."

토키무네가 싱긋 웃어 보이자 렌지는 아주 약간 어깻짓을 했다.

"…네."

하루히로가 보낸 시선을 렌지는 아무렇지 않은 듯 받아넘겼다. 하지만 무시한 것과는 다르다. 어디까지나 렌지는 받고, 그리고 쓱 넘긴 것이다.

하루히로의 착각이 아니라면, 나는 알고 있어, 너도 알고 있지? 라는 듯한, 언어를 초월한 의사소통이 있었다. 좀 과장된 표현을 하자면, 밀약의 확인이라고나 할까?

언동은 퉁명스럽고 전투 방식은 저항할 수 없는 자연 현상을 연상시킬 정도로 거칠다. 하지만 섬세함도 갖추고 있는 남자겠지. 어쩌면 렌지는 다른 사람들보다도 섬세하고 예민하기 때문에 무뚝뚝한 척 가장하는 건지도 모른다. 실은 그런 거 아니야? 라고 지적하면 렌지는 부정할 것 같고, 미움을 살 것 같지만.

렌지를 선두로 론, 꼬마, 아다치가 왼쪽 계단으로 향했다.

하루히로와 이누이, 시노하라, 도적 츠구타는 2층 난간에서 약간 얼굴을 내밀고서 1층을 살피고 있다. 물론, 팀 렌지의 동향에도 주의를 기울인다.

렌지가 계단을 내려가기 시작했다.

그러자마자 옥좌의 리치 킹이 일어섰다. 내실 여기저기에서, 뭔가가, 모래 먼지를 포함한 바람 같은 것이, 엄청난 속도로 피어올랐다. 숫자는, 많다… 고밖에는 말할 수 없다. 한순간에는 다 셀 수 없다. 적어도 수십.

렌지네는 계단을 뛰어 내려간다. 아직 층계참에 도달하지 않았다.

모래 먼지 바람의 일부, 열 개에는 약간 못 미칠 정도가, 순식간에 몰아치며 모여 덩어리지더니 인간 같은 형태를 이룬다.

"…어이, 저건…!"

어느 틈엔가 란타가 하루히로 옆에 있었다. 란타가 가면을 올리고 벌떡 일어서려 했기 때문에 하루히로는 억지로 눌러 주저앉혔다.

"넌 정말…!"

"저거 봐, 멍청아! 렌지네잖아!"

란타가 란타답게 얼빠진 소리를 지껄인 것이 결코 아니다.

인간 같은 형태가 된 모래 먼지 바람은, 전부 팀 렌지가 내려가던 중인 계단의 길목 가까이에 위치했다. 숫자는 여덟. 렌지다. 론도, 꼬마도, 아다치도 있다. 게다가 각각 두 명씩이다.

"…레이스… 인가?!"

시노하라의 표정이 험악해졌다.

진짜 팀 렌지는 층계참에 도달하려고 했다. 가짜 팀 렌지×2는 계단을 올라가기 시작했다. 아니다. 가짜 아다치×2만은 그 자리에서 움직이지 않았다. 마법인가? 지팡이로 엘리멘탈 문자를 그리고 마법을 발동시키려고 한다.

"우리도!"

시노하라가 호령했다.

냉정하게. 침착하게. 그렇게 유의하려고 해도, 이런 식으로 전개가 급변하는 순간에는 아무래도 머리가 몸을 따라가지 못한다. 하루히로가 말을 하기 전에 란타가 뛰어나갔다.

"가자!"

하루히로도 달린다. 쿠자크가, 유메가, 메리와 세토라가 따라온다. 오리온과 토키즈와 앞서거니 뒤서거니 하면서 하루히로 팀은 계단으로 몰려갔다.

층계참의 팀 렌지에게 가짜 아다치×2가 무슨 마법을 날렸다. 카논 매직(빙결마법)과 팔츠 매직(전자마법)인가? 아무리 렌지네라도 정통으로 맞으면 위험하지 않을까?

제대로 맞으면 말이다. 가짜 아다치 조의 마법은 확실히 작렬한 것으로 보였다. 하지만 불발이었던 건가? 팀 렌지가 투명한 벽으로 에워싸여 있고, 가짜 아다치네의 마법은 그 벽에 가로막혔다. 그런 것처럼 보였다. 혹시나 아다치가 뭔가 한 걸까? 아다치가 왼팔을 높이 치켜들고 있다. 피다. 그 손목에서 피가 흐르고 있다.

"…블러드 스펠(피의 마법)은 몇 번씩이나 쓸 수는 없어!"

아다치가 외친다. 잘은 모르지만, 그 블러드 스펠인지 뭔지로 가짜 아다치네의 마법을 막았다. 그렇게 된 것인가 보다.

"내가 박살 낸다…!"

렌지는 어떻게 할 생각일까? 계단을 내려가는 것이 아니다. 층계참에서 뛰어내리려고 했다.

"하루히로, 너도 이리 와…!"

"나…?!"

날 엮지 말아줬으면 좋겠는데. 무엇보다도, 왜 하루히로인 건가? 지명당했는데 무시하면 분위기가 좋지 않다고나 할까, 모양새도 나쁘고, 살짝 배신하는 것 같은 형태가 되어버리기 때문에 거절할 수가 없다. 하는 수밖에 없다.

"세토라, 뒤를 부탁해…!"

"알겠다!"

"젠장…!"

이판사판이다. 하루히로는 토키즈와 오리온의 멤버들을 헤치고 층계참까지 뛰어 내려갔다. 론과 꼬마는 이제 층계참 앞에서 가짜 렌지와 가짜 론을 상대하고 있었다. 아다치는 마법으로 두 사람을 엄호하고 있는 건가? 렌지는 1층이다. 밑에서 날뛰고 있다. 1층에서는 지금도 여기저기서 모래 먼지 바람이 피어오르고 있지만, 시노하라네와 하루히로네, 토키즈와 닮은… 이랄까, 똑같은 가짜도 많이 있어서 엉망진창이 되었다.

내려가는 거야? 저기로?

내가?

역시 그만두는 게 낫지 않을까?

"치킨(겁쟁이) 놈아! 나는 간다아아아, 제트으으으…!"

제트는 또 뭐냐?

가면의 암흑기사가 의문의 암호 제트를 부르짖으면서 하루히로를 추월해 층계참에서 점프했다.

"자기류…!"

란타는 오리온의 전사를 쏙 빼닮은 가짜에게 칼을 휘두르고는 착지하자마자 데굴데굴 굴렀다가 일어나서, "자, 자기류…?!" 인지 뭔지 말하면서 오리온의 가짜 성기사를 베어버렸나 싶더니, 사이를 두지 않고 곧바로 가짜 키무라에게 덤벼들었다.

"자기류 천성적(天星的)인…?!"

"……!"

가짜 키무라는 손방패와 미늘창으로 힘겹게 란타의 칼을 막아내고 있지만 완전히 밀리고 있다. 란타의 저 나대는 성격에, 눈에 띄고 싶어 하고 자기 멋대로인 점은 정말로 싫다. 하지만 보고 있노라면 나도 분투하고자 자극당하는 면이 없지는 않다.

"스킬 이름 같은 건! 생각나지 않으면 적당히 좀 하라고…!"

하루히로도 층계참에서 뛰어나갔다. 란타처럼 낙하의 가속도를 그대로 실어 적을 공격하거나 하지는 않는다. 할 수도 없고. 제대로 착지의 충격을 완화시키고 스텔스. 바닥 밑까지 가라앉는다. 그런 이미지다.

조금 조용하고, 조금 느긋하고, 나와 나 이외의 사람들과 아주 조금 격리된 것 같은데… 그래도, 나는 여기에 있다. 오히려 거기 있다고 말하는 게 느낌상으로는 와 닿는다. 나 자신이, 내 속이 아니라 밖에 있어서, 나를 포함한 주위 일대를 조망하고 있다. 소리를 듣고 있다. 흐름을 느끼고 있다.

나쁘지 않아. 집중할 수 있어.

렌지는 가짜를 베고는 최단거리로 다음 가짜를 공격해서 순식간에 그 가짜를 베어 쓰러뜨리고, 또 다음 가짜를 해치우려고 했다. 렌지에게는 보이는 것이다. 어디에 적이 있는지. 어떤 순서로 적을 쓰러뜨려야 하는지. 손에 잡힐 듯이 빤히 보이는 것이다.

란타는 렌지에 비하면 움직임에 훨씬 낭비가 많다. 왼쪽으로, 오른쪽으로 뛰다가, 더욱이 왼쪽으로 이동하고, 도약하는 척하다가 똑바로 돌진하고, 낮은 곳에서 칼로 베어 올린다. 이런 상황을 자주 연출한다. 그야말로 비효율적인 것 같다. 하지만 불규칙한 동작으로 적을 현혹시키면서 다른 적을 찾고, 파악하고, 다음에 대비하기도 한다. 그런 의미에서는, 쓸데없는 짓만 하는 것 같아도 꼭 그렇지만은 않은 것이겠지.

하루히로는 란타를 뒤에서 노리는 가짜 킷카와에게 살그머니 다가가서 결박하고 대거로 목을 베었다.

감촉은, 뭐랄까, 그렇다, 모래. 모래를 벤 느낌이다.

가짜 킷카와는 무너진다기보다는 폭발해서, 말 그대로 산산이 부서져 가루가 되었다.

그 가루, 모래 먼지 같은 것이, 튀어 날아간 곳에서 흐르는 것처럼 이동한다.

모래 먼지가 향하는 곳으로 시선을 옮기자, 모래 먼지 바람이 피어오르고 있었다. 저게 또 가짜가 되는 건 아닌가?

아닌 게 아니라, 확실히 그랬다.

가짜들은 예배당에서 싸웠던 레이스와는 또 다르다. 멀리서 보기에는 꽤 인간과 비슷하고 그 인간 본인인 것처럼 보이기까지 하는데, 다가가서 보면 그야말로 짝퉁이랄까. 피부의 질감이 생물 같지 않고 안구가 빛을 전혀 반사하지 않는다. 전체적으로 광택이라는 것이 없다. 세부의 조형도 어설프고 실물보다 이목구비가 다소 밋밋하다. 주름 같은 것도 거의 없다.

요컨대 이 짝퉁은 리치 킹의 마력에 의해 만들어진 모래 인형, 흙 인형인 것이다. 능력도 실물에는 비할 바가 못 된다. 힘, 민첩성 등은 실물과 그리 큰 차이가 없는 것처럼 느껴지지만, 기지를 발휘할 수는 없는 건가? 어쩌면, 리치 킹이 모든 짝퉁들을 조종하고 있고 그 때문에 미세한 컨트롤은 할 수 없는 건지도 모른다.

하루히로는 짝퉁 아다치를 스파이더(거미 죽이기)로 해치우고, 짝퉁 토키무네에게 백 스태브(등 찌르기)를 먹이고, 짝퉁 란타를 셔터(무릎 깨기)로 발을 묶고 나서 히터(턱 빼기), 빠져나가면서 백 스태브를 날렸다. 짝퉁이라고는 해도, 마치 란타를 응징하는 것 같아서 아주 약간 통쾌했던 것은 비밀로 해두고 싶다. 란타는 란타대로 짝퉁 하루히로를 갖고 놀면서 "…우히힛!" 하고 웃기도 하니까, 피차 마찬가지인가?

렌지, 하루히로, 란타 이외에도 계단을 내려와 잇달아 1층으로 몰려오고 있다. 한번, 짝퉁 마법사가 아르부 매직(화열마법)을 날렸지만, 아다치가 블러드 스펠인지 뭔지로 막은 모양이다. 렌지도 그렇고, 하루히로도 그렇고, 그리고 일단 란타도, 짝퉁 마법사를 우선적으로 격파하고 있다. 그러려고 하는데, 그러다가 문득 깨달았다.

아다치와 오리온의 마법사 두 명의 짝퉁은 쓰러뜨렸다. 하지만 하루히로는 미모링 짝퉁에게는 손을 대지 않았다.

있기는 있었다. 한 번 발견했지만, 마침 렌지가 가까이에 있어서 그에게 맡겨버렸다.

란타는 접어두고, 쿠자크나 메리, 세토라, 유메 짝퉁에게도 하루히로는 손대지 않았다.

명백하게 가짜이고 딱 보면 구별할 수 있다고는 해도, 자기 쪽에서 공격하려고 하면 역시 조금 주저하게 된다.

예배당에서 키무라가 과거에 이 묘소에서 스러진 동료와 똑같이 닮은 레이스를 상대했었다. 그것도 그것대로 괴로운 점이 있었겠지만, 이 짝퉁들은 현역 동료다. 렌지 같은 뛰어난 아군이 있어서 주저 없이 뚝딱 해치워준 덕분에, 뭐 짝퉁일 뿐이지, 이런 느낌으로 머리를 전환하고 전투태세로 이행할 수가 있었다. 그렇지 않았다면 별동대는 동요하고 수세에 몰렸을지도 모른다. 의외로 아슬아슬했던 것이다. 갑자기 밀리게 되면 만회하기란 꽤 어려웠겠지.

현재 상황도 결코 낙관적이지는 않다.

별동대는 리치 킹이 있는 단상의, 마주 본 상태에서 왼쪽 계단으로 향하려 했다. 렌지와 란타, 그리고 하루히로가 앞서서 가고 다른 사람들이 뒤를 따르는 형태다.

선두의 렌지가 계단까지 15미터쯤 남은 곳이었을까? 란타와 하루히로는 렌지 뒤에서 알짱거리고 있다. 후속 팀을 이끌고 있는 것

은 론, 토키무네, 타다, 쿠자크, 그리고 오리온의 시노하라와 마츠
야기다.

마음만 먹으면 렌지는 좀 더 전진할 수 있지 않을까? 단, 그렇게
하면 후속 팀과의 거리가 너무 벌어져버린다. 렌지는 후속 팀이 쫓
아오기를 기다리면서 짝퉁들을 해치우고 있다.

렌지를 필두로 별동대는 경이적인 속도로 밀려오는 짝퉁들을 없
애고 있는데 전혀 숫자가 줄어들지 않는다. 쓰러뜨려도, 쓰러뜨려
도 짝퉁은 모래 먼지로 변하고는 또다시 짝퉁이 되어 밀려든다.

말할 필요도 없이, 옥좌 앞에 서 있는 리치 킹의 짓이다.

리치 킹은 마력 같은 것을 소비해서 짝퉁을 생성하고 있는 것일
까? 그런 것이라면, 살아 있는 인간 마법사들과 마찬가지로 그 마
력 같은 것은 무한정은 아닐 터다. 언젠가는 짝퉁을 생성할 수 없게
될 것이다.

렐릭이나 그런 것의 작용으로 무한정일 가능성은 없을까? 무한
정까지는 아니라고 해도, 리치 킹은 엄청나게 방대한 마력을 가졌
는지도 모를 일이다. 예를 들어, 온종일 짝퉁을 계속 생성해낼 수
있다면 거의 무한정이나 마찬가지다.

지금은 우리가 우세지만, 이 또한 종이 한 장 차이로 뒤집힐 수
있는 것일 뿐이다.

렌지는 종횡무진으로 날뛰고 있고, 지친 것처럼은 전혀 보이지
않지만, 가시상 퇴치로 체력을 소모했다. 머지않아 한꺼번에 올지
도 모른다. 다른 사람들도, 하루히로를 포함해서 모두 가시상 퇴치
에 힘을 쏟은 자는 마찬가지다. 솔직히 하루히로도 제대로 집중할
수 있다는 것뿐이지 몸 쪽은 정상 컨디션이 아니었다.

유메 짝퉁이 렌지를 겨냥해서 화살을 쏘려고 했다.

"…웃…!"

한순간 망설였지만, 하루히로는 뒤에서 짝퉁 유메에게 달려들어 백 스태브를 먹이려고 했다.

짝퉁 유메가 돌아보자마자 화살을 쏜다. 하루히로는 옆으로 뛰어 간신히 피했으나 짝퉁 유메는 두 발, 세 발째를 쐈다. 위험해. 피하는 게 고작이다.

"이얍…!"

미모링이 장검을 크게 휘둘러 짝퉁 유메를 베어주지 않았다면 화살 한두 대는 맞았을지도 모른다.

"하루히로…! 좋아해…!"

"…고, 고마워."

뭐가 집중이 잘되고 있다는 거냐? 전혀 아니잖아. 미모링. 하지만 왜 미모링이 여기에? 라고나 할까, 미모링만이 아니다. 론. 타다. 토키무네. 킷카와도. 쿠자크도 가까이에 있다. 시노하라와 마츠야기도. 후속이다. 후속 팀이 따라온 것이다.

"렌지…!"

시노하라가 외쳤다.

"단숨에 돌격해서 리치 킹을 노립시다…!"

"부오홋! 쿠후엣…!"

키무라가 웃는다.

"여기에선 일단, 단기 결전으로! 갑시다아아…!"

별동대의 전사들이 잇달아 워 크라이(포효)를 질렀다. 전사의 워 크라이는 단순히 큰 소리를 지르는 것이 아니다. 별로 들어본 적 없는 종류의 음으로, 적을 움츠러들게 하고 스스로를 분투시킨다.

"크아아아아아아아아아아아아아아아아아아아아아아아아아아
아아아아…!"

렌지가 용맹하게 돌진을 시작했다. 지금까지 다소 자제하면서 차
곡차곡 모아뒀던 힘을 해방한 것 같다. 렌지는 눈 깜짝할 사이에 계
단에 도달해버렸다.

"…정말이지…!"

란타가 렌지를 따라붙으려고 했다.

"하하…!"

장검을 번득이면서 질주하는 토키무네와 앞서거니 뒤서거니 하
면서 타다가 돌격한다.

"타아아아아아아아아아아아아아앗…!"

론과 꼬마, 아다치는 어느 틈엔가 계단에 도달하려 했다.

"타아아아아아아하아아아아아아아아아아아…!"

오리온의 거한 전사 마츠야기의 도약도 괄목할 만하다. 두 자루
의 워 해머로 가볍게 짝퉁들을 쓸어버리고 마츠야기는 쑥쑥 전진했
다. 시노하라와 키무라 이하 오리온 멤버들은 거의 마츠야기를 쫓
아가고 있는 것뿐이다.

"굉장하네, 진짜…!"

쿠자크는 다소 뒤처졌지만, 큰 검을 휘둘러 적을 유인하는 중요
한 역할을 제대로 해내고 있다. 쿠자크를 중심으로 해서 유메와 메
리, 세토라, 그리고 킷카와와 이누이, 응원대장 안나 씨 팀이 뒤쪽
에 붙어 별동대의 전진을 지지하는 것 같은 모양새다.

쿠자크네와 합류하자. 그런 생각도 머리를 잠시 스쳤지만, 미모

링에게 이끌려 덩달아 하루히로도 계단으로 향했다. 리치 킹이다. 한시라도 빨리 리치 킹을 쓰러뜨린다. 그러지 않으면, 별동대는 머지않아 숨이 끊어져 버린다.

렌지가 계단을 올라가기 시작하자 란타, 론, 토키무네, 타다, 마츠야기가 뒤를 따랐다.

"크아아아아아아아아아…!"

계단을 잔뜩 메울 듯한 짝퉁들이 렌지의 대검에 순식간에 모래먼지로 변한다. 렐릭의 힘을 사용하지 않아도 저 정도인가? 인간은 저렇게까지 강해질 수 있는 걸까? 없나? 그럴 수 없겠지. 어디까지나 렌지니까 저런 일이 가능한 것이다.

렌지가 없었다면. 그렇게 생각하자 섬뜩했다. 렌지가 없었으면 이 내전까지 올 수조차 없지 않았을까? 시노하라는 오리온을 이끌고 몇 번이나 묘소 공략에 도전했던 모양이지만, 그때마다 실패했다. 그러나 렌지와 함께 도전한다면 할 수 있다고 생각한 게 아닐까?

렌지만 있으면 뭐든지 가능할 것 같은 느낌이 저절로 든다.

물론 그렇지는 않다. 당연하다. 렌지에게도 한계는 있다. 불사, 불멸의 존재는 아니다. 하루히로네와 같은 인간이다. 알고 있어도 의심하게 된다. 렌지는 규격외인 게 아닐까? 상식으로는 측량할 수 없다. 차원이 다르다고나 할까.

지금 와서 생각해보면, 렌지는 가시상 퇴치에서 상당히 힘을 아끼고 있었던 것이다. 편하지는 않았겠지. 상당히 지쳤음에 틀림없지만, 렌지에게는 그것뿐인 게 아닐까? 재미없는 단순 작업에 종사하게 되어 울분이 쌓여 있었는지도 모른다. 그것을 여기에서 풀어낸다.

렌지가 계단을 다 올라갔다. 단상은 계단보다도 방어가 허술했다 … 고나 할까, 렌지가 잡초를 베듯이 짝퉁들을 쓸어버린다.

두 번째는 론이었다. 란타와 토키무네, 타다를 밀치고 마츠야기가 단상으로 뛰어오른다. 란타네와 시노하라 이하 오리온의 정예부대가 한 덩어리가 되어 차례로 단상으로 올라갔다. 하루히로와 미모링도 뒤를 이었다.

"데름 헬 엔 기즈 바르크 젤 아르부…!"

"질 메아 그램 엘드 니르그 이오 셀…!"

오리온의 마법사 두 명이 엘리멘탈 문자를 그리면서 주문을 읊었다. 동시에 아다치도.

"…제스 인 사르크 뷔키 테오 메오 프람 다르트 우르 디오 제온……!"

영창이 길다. 큰 마법이다. 오리온의 마법사는 아르부 매직과 카논 매직인가? 아다치는 아마도 팔츠 매직인 것 같다. 표적은 당연히 리치 킹이겠지. 마법사들은 마력을 아껴두고 있다가 최대의 공격마법을 일제히 쏟아내어 한 방에 결판을 지을 셈이다.

"가라아아아아아아아아아아아…………!"

란타가 외쳤다. 하루히로도 소리는 내지 않았지만 같은 심정이었다. 워낙 성격이 그렇기 때문에, 그렇게 잘 풀리는 일은 없지 않을까? 라고도 생각한다. 여기까지 상당히 고생했다. 탄식의 산 공략전 자체는 이제부터지만, 리치 킹과의 대결은 틀림없이 묘소 최대의 클라이맥스다. 쉽사리 결판이 날 리가 없다. 낙담하고 싶지 않아서 미리 보험을 걸어둔다고나 할까, 예방책을 마련한다고나 할까.

이것은 습관인 건가? 성질인 건가?

하지만 속마음을 말하자면, 오히려 싱겁게 끝나길 바란다. 당연하다. 당연히 그편이 좋다.

그래서, 마법사들의 마법이 발동하기 직전, 모든 짝퉁이 팟 하고 형태를 잃고서 모래 먼지로 변했을 때에는, 진심으로, 그만해줘…라고 생각했다. 그런 건 됐으니까. 리치 킹이 하루히로의 바람을 들어줄 리도 없지만.

분명 리치 킹은 짝퉁을 생성해서 조종하는 것을 멈추고 다른 힘을 쓴 것이다.

"…안티 스펠(마법 장벽)!"

아다치가 말했다. 하루히로는 마법사가 아니고 옛날 기억도 없기 때문에 잘은 모르지만, 요컨대 '마법을 막아내는 마법'이라는 것이리라. 아다치 본인이 선보였던, 붉은 대륙 유래의 블러드 스펠과 같은 종류인지도 모른다.

마법사들의 마법은, 발동할 뻔했는지도 모르지만, 지워져버렸다.

리치 킹이 흐릿하게 푸른색 빛이 도는 투명한 반구체에 감싸여 있다.

저것이 마법사들의 마법을 튕겨내거나 지워버리거나 한 것이다.

죽어서도 잠들지 못하는 왕은, 그것을 다 팔면 엄청난 부를 얻을 수 있을 것 같은 번쩍이는 옷을 입고, 엄청나게 위엄 있으면서도 현란한 왕관을 쓰고 있다. 하지만 그는 죽은 자다. 어떻게 봐도 살아 있는 자가 아니다. 명백하게 그는 죽었다. 그는 오른손에 장엄한 금 토시를 장착해서, 피부가 노출된 곳은 지팡이를 든 왼손과 안면뿐이다. 그것을 피부라고 부를 수 있다면 말이지만. 과거에는 촉촉하고 피가 통했겠지. 지금은 말라비틀어져 뼈에 달라붙어 있다. 얼굴 같은 것은 해골과 큰 차이가 없다. 눈알은 시커멓다. 단순히 움푹 팬 구멍이다.

그가 죽은 지 상당히 오랜 세월이 흐른 것이 틀림없다.

확실히 그는 서 있고, 움직이고 있다. 저렇게 어떠한 강대한 힘을 행사하고 있다. 죽은 몸으로 이 묘소를 지배해왔다.

죽어서도 잠들지 못하는 왕.

리치 킹.

"…이에에에아아아아아아아아…!"

렌지가 맹렬하게 질주했다. 흉흉한 대검이 번개를 두르고 있다.

"아라가팔드…!"

란타가 렐릭의 이름을 말했다. 저 대검이 아니다. 렌지가 몸에 걸친 갑옷이 렐릭이었던 것이다. 갑옷이 검에 특별한 힘을 부여하는 모양이다.

리치 킹에게 마법은 통하지 않는다. 마법 장벽을 쳐서 막을 수가 있다. 그렇다면, 더욱 가까이 접근해서 검으로 동강을 내버리면 된다. 누구라도 생각할 만한 일이지만, 렌지는 그 판단이 압도적으로 빨랐다. 마치, 아다치네의 마법이 듣지 않으면 그렇게 하겠다고 미리 정해놓았던 것 같다. 실제로 준비가 되어 있었는지도 모른다.

리치 킹이 서 있는 옥좌 앞까지는 15미터에서 20미터. 렌지는 불과 몇 초 만에 마법 장벽을 돌파하고 리치 킹을 두 동강 내겠지. 리치 킹은 이미 속수무책이다… 라고는 생각하지 않았다. 상상도 할 수 없지만, 뭔가 하지 않을까?

실제로 리치 킹은 움직였다. 그렇기는 해도, 금 토시를 낀 오른손을 쓱 들어 올린 것뿐이다. 그러자, 푸른색 빛이 도는 투명한 마법 장벽이 사라졌다. 그것만이 아니다. 동시에 리치 킹이 급격하게 높아졌다.

리치 킹의 키가 자란 것이 아니다. 그게 아니라 바닥이 솟아올랐다. 아니, 바닥이 아니라 모래 먼지가. 엄청난 속도로 모래 먼지가 모여서 리치 킹을 들어 올린 것이다. 높이, 높이, 몇 미터나. 5미터도 넘게, 리치 킹은 모래로 된 발판 꼭대기에 서 있다.

"웃…!"

렌지는 모래 발판을 베었으나, 어차피 그것은 모래 덩어리일 뿐이다. 보라색 전류가 퍼지고, 대검이 대량의 모래를 밀쳐내고 흩날려도, 금방 그 부분을 모래 먼지가 다시 메워버린다.

"데름 헬 엔 바르크 젤 아르부…!"

곧바로 미모링이 장검으로 엘리멘탈 문자를 그리고 블래스트 마법을 발동시켰다.

순간적으로, 이건 될지도 몰라, 하루히로는 생각했다.

리치 킹은 짝퉁 생성을 정지하고 마법 장벽을 쳤었다. 그리고, 마법 장벽을 지우고 모래 발판을 출현시켰다. 동시에 두 가지 이상은 안 된다는 뜻이다. 한 번에 쓸 수 있는 것은 하나씩뿐. 그렇다면, 모래 발판에 올라가 근접 공격을 피하면서 마법을 막아낼 수는 없을 것이다.

하루히로의 추측은 분명 틀리지 않았다. 리치 킹은 모래 발판 위에서 마법 장벽을 치지는 않았다. 미모링의 블래스트는 작렬했으나, 빗나갔다. 피한 것이다. 모래 발판은 그냥 발판이 아니었다. 마치 용 머리처럼 움직여 리치 킹을 운반한다. 단상에서 나갈 생각인가? 모래 발판이 아닌 모래 용 머리는 리치 킹을 태우고 1층 바닥으로 머리를 내리려고 했다.

"질 메아 그램 페이 루뷔 쿠오 파이 실카 크라이 에스…!"

아다치가 마법을. 무슨 마법일까.

"…화이트 아웃(백빙결계)!"

미모링이 중얼거렸다. 마법 이름인가? 저것은 카논 매직이겠지. 1층 바닥에 내려서려고 했던 리치 킹이라기보다, 그 주변 일대다. 상당히 범위가 넓다. 순식간에 리치 킹을 중심으로 사방 수십 미터를 하얀 것이 뒤덮는다. 눈. 맹렬한 눈보라다. 단상에 있는 하루히로네한테서는 꽤 떨어져 있지만, 그래도 몸이 떨릴 정도로 추웠다.

"어떻게 되었어…?!"

론이 외쳤다.

"막혔다!"

아다치가 내뱉는 것처럼 대답했다.

"바로 직전에 마법 장벽을 썼다…!"

그렇다는 것은, 저 맹렬한 눈보라 지대 안에서 리치 킹은 마법 장벽을 치고 그 안쪽에 틀어박혀 있는 건가?

"좋아, 처음부터 다시 해야 하는 거로군!"

토키무네가 하얀 이를 보이며 웃고는 계단으로 향한다. 실의, 충격을 받는다, 풀이 죽는다는 말은 토키무네의 사전에는 없는 걸까? 엄청난 멘탈이다.

"아래로…!"

시노하라가 호령했다. 단상의 높이는 5미터 정도. 과연 뛰어내리지 못할 것은 없지만, 가능하면 피하고 싶다.

"가자…!"

렌지는 계단 같은 것은 이용하지 않고 단상에서 뛰어내릴 생각인 건가? 알고 있지만. 거리 면에서는 그쪽이 훨씬 가깝고. 화이트 아웃의 효과가 떨어지기 전까지 리치 킹에게 접근해두고 싶다. 렌지의 경우, 아라가팔드에 의한 이른바 번개 상태에는 제한 시간이 있다는 사정도 고려해야 하겠지. 빈번하게 온오프 전환을 할 수 있을 정도로 편리한 것은 아닌 모양이다. 렌지로서는, 번개 상태가 지속되는 동안에 마무리를 짓고 싶을 것이다. 그러지 않으면 한동안 움직일 수 없게 되어버린다. 최악의 경우에는 목숨을 잃는다. 가능한한 서둘러야 한다.

그렇기는 해도, 렌지가 힐끔 이쪽을 보지 않았다면, 하루히로는 토키무네 팀과 함께 계단으로 향했을 것이다. 왜 보는 걸까?

너는 오지 않는 건가? 라는 것 같은?

당연히, 올 거지? 라는 듯한?

똑같이 취급하지 말아줬으면 좋겠는데. 렌지와 달리 하루히로는 평범하다. 그저 평범한 인간일 뿐이다. 이것은 뒤바뀔 수 없는 현실이니까. 렌지가 무엇을 기대하는 건지는 모르지만, 아무래도 하루히로는 뭔가 기대받고 있는 모양이다. 분명히 말해서, 민폐다. 무리인 건 무리라니까.

하루히로 따위는, 렌지의 뒷모습을 뒤쫓는 것조차 할 수 없다. 그러니 먼발치에서 그 활약을 지켜보게 해줬으면 한다. 안나 씨처럼 응원하고 있을 테니까. 옛날 일은 기억나지 않지만, 동기로서 자랑스럽게 여긴다. 이것은 거짓말이 아니다. 정말로.

어째서일까? 어째서, 모처럼 기대받고 있으니까… 라는 마음이 고개를 치켜든다거나 하는 걸까? 자기가 생각해도 하루히로는 이해할 수 없었다. 아무래도 무리거든? 완전히 무리라고. 렌지의 기대에는 부응할 수 없어.

그야, 당신은 완전히 다른 차원의 존재입니다, 나 같은 하등 생물은 아무쪼록 잊어주세요, 쫓아오라는 등 되지도 않는 요구를 하지 말아줬으면 해요… 라는 태도를 보이기에는 망설여진다.

하루히로가 렌지 입장이라면 분명 김이 샜겠지. 그런 분위기를 풍기는 상대와는 대등하게 지낼 수 없다.

대등하지는 않지만. 차이가 나는 정도가 아니라, 격이 다르다고까지 말할 수 있다.

전투 능력 면에서는 확실히 그렇다. 하지만 인간은 싸우기만 하는 생물이 아니다. 싸워서 이길 수 없는 상대에게는 굽실거리지 않으면 안 되는 건가? 자기보다 강한 자와는 대등한 친구가 될 수 없는 건가? 그렇지는 않겠지.

그렇기는 해도, 하루히로는 분수라는 것을 잘 알고 있다. 동료들을 위해서도, 무리해서 큰 부상을 입거나 죽거나 할 수는 없다. 그런 어리석은 짓은 할 수 없다. 할 수 없는 일은 하지 않을 건데?

물론, 5미터 단상에서 계단을 이용하지 않고 뛰어내리는 정도라면 도적인 하루히로에게는 가능한 일이다. 렌지도 호쾌하게 뛰어내리거나 하지는 않았다. 분명히 단상 가장자리에 한 손으로 일단 매달렸다가, 그러고 나서 내려왔다. 하루히로도 비슷한 방법을 선택했다. 더욱이, 단상 측면을 발판으로 삼으면 큰 문제는 없다. 무거운 갑옷을 입었다거나 거치적거리는 무기를 들었다면 힘들겠지만, 하루히로는 다행히 가벼운 차림이다. 렌지는 중장비지만, 보통 인간이 아니다. 아라가팔드에 의한 번개 상태도 어쩌면 영향을 끼친 건지도 모른다.

렌지는 화이트 아웃 지대를 향해서 똑바로 달려간다.

하루히로는 렌지를 쫓아가면서 단상 계단 쪽을 흘낏 봤다. 토키무네는 이미 계단을 내려갔다. 란타와 시노하라, 키무라의 모습도 보였다. 다른 이들도 잇달아 뒤를 따르고 있다.

쿵 하고 엄청난 소리가 뒤에서 울려 퍼져서 자기도 모르게 돌아보니, 마츠야기가 다리 힘으로 버티고 선 자세로 착지의 충격을 견디고 있었다. 단상에서 뛰어내린 건가? 어쩌면 렌지나 하루히로에게서 자극을 받은 건지도 모른다. 하지만 괜찮은 걸까? 달리기 시작한 걸 보니 다리가 부러지거나 하지는 않은 모양이다.

화이트 아웃의 효과는 점점 떨어진다. 이제 공간을 새하얗게 덧칠하는 것 같은 눈보라는 아니다. 눈은 아직 휘몰아치고 있긴 하지만, 마법 장벽으로 보호받고 있는 리치 킹은 뚜렷하게 인식할 수 있다.

렌지는 눈보라 속으로 돌입한다. 번갯불을 발산하는 대검을 어깨에 걸치듯이 올려놓고, 언제든지 내리칠 수 있는 자세다.

리치 킹은 마법 장벽을 풀겠지. 모래 발판으로 위로 도망갈까? 모래 용 머리를 타고 멀어지려고 할까?

간파해내야 한다.

리치 킹은, 렌지는 어떻게 움직일까?

나는 뭘 할 수 있나?

예상대로 리치 킹의 마법 장벽이 사라졌다. 눈보라는 상당히 약해졌다.

렌지는 점프했다. 도약력도 보통이 아니다. 마치 상공에서 급강
하한 것 같다. 번개를 번쩍거리며 렌지가 리치 킹에게 덤벼든다.

모래 발판은 없다. 그렇게 판단해도 되겠지. 위로 도망가면 렌지
의 먹잇감이 된다.

아주 약간, 불과 아주 조금이지만, 리치 킹이 들려 올라갔다. 모
래 먼지다. 모래 먼지가 모이고 있다. 모래 용 머리. 하루히로의 몸
이 멋대로 움직였다. 왼쪽으로.

번갯불을 소용돌이치게 만드는 것처럼 해서 렌지가 내리친 대검
은 바닥을 부수고 모래 먼지를 흩날렸다.

헛손질이었다.

리치 킹은 모래 용머리에 실려 왼쪽 방향으로.

하루히로는 리치 킹을 기다리고 있었다기보다, 거의 딱 맞닥뜨린
격이었다. 리치 킹은 거기에 하루히로가 있을 것이라고는 예상하지
못했던 모양이다. 하루히로도 그곳에 자기가 있다는 사실에 놀랐
다.

"우왓…!"

부딪쳤다… 고 생각했다. 하루히로 입장에서 보면, 리치 킹이 갑
자기 태클을 걸어와서, 그대로 팅겨나가도 이상할 것 없었지만, 간
신히 매달렸다. 대거는 뽑아뒀었다. 왼팔로 리치 킹의 머리에 헤드
록을 건다. 왕관이 벗겨지고, 뿌리쳐질 것 같았지만, 리치 킹의 머
리는 해골과 다름없는데도 털이 나 있었다. 흰색이랄까, 회색이고
꽤 길다. 하루히로는 왼손으로 그 머리카락을 움켜잡았다.

하루히로는 거꾸로 쥔 대거를 리치 킹의 안면에 쑤셔 박으려고
했다.

정말로 앞으로 한 발이던 참에, 리치 킹의 발밑에서 모래 먼지가 피어올라 어떤 형태를 이루었다. 어떤… 이랄까.

"…나…?!"

하루히로였다. 아니, 물론, 하루히로는 아니다. 하루히로와 똑같이 닮았을 뿐이다.

자기 짝퉁과 엎치락뒤치락하는 모습을 연출하는 꼴이 된 탓에, 과연 리치 킹에게 달라붙어 있을 수가 없게 되었다. 하루히로는 짝퉁 하루히로 위에 올라타고, 밑으로 깔리고, 다시 위에 올라탔다. 대거로 짝퉁 하루히로의 목을 베고 벌떡 일어났다.

렌지는 여러 개의 짝퉁들에 둘러싸여 있는데, 베고 부숴도 또 짝퉁들이 몰려든다. 마츠야기, 시노하라, 키무라, 그리고 란타, 론, 토키무네, 타다도, 하루히로에게서 그리 멀지 않은 장소에서 짝퉁들을 상대하고 있다.

리치 킹. 어디냐?

있다.

생각했던 것보다 가깝다. 하루히로에게서 6~7미터밖에 떨어지지 않은 곳에 리치 킹이 서 있었다.

혼자다. 한 명… 이라고 해도 되는 건가? 원래는 인간이었을 테니, 괜찮은가?

리치 킹은 한 번에 한 가지 힘밖에 쓸 수 없다. 이것은 거의 틀림없겠지. 모래 용 머리를 해제하고 짝퉁을 생성했다. 짝퉁 생성 중에 다른 일은 할 수 없다.

리치 킹은 하루히로를 보고 있지 않은 것 같다. 안구가 없으니 보고 자시고 할 것도 없나? 하지만 리치 킹의 몸도, 얼굴도 하루히로

쪽을 향하고 있지 않다.

혹시나, 찬스라거나?

지금이라면 해치울 수 있는 게 아닐까?

생각하기 전에 움직였으면 좋았을지도 모르겠지만, 글쎄다. 뭐라 말할 수 없다.

리치 킹이 왼손에 들고 있는 지팡이 끝부분으로 바닥을 두드리며 금 토시를 낀 오른손을 쓱 들었다.

맹렬하게 위험한 느낌이 들었다. 그렇게밖에 표현할 수가 없다.

요컨대, 감이겠지. 갑자기 숨을 쉴 수 없게 되는 것 같은 느낌이 들어서 하루히로는 엎드렸다. 왜 엎드린 건가? 설명은 할 수 없다. 아무튼, 리치 킹의 오른손 앞에 금색으로 빛나는 구체가 나타나더니 세 쪽으로 분열되고, 슉 발사되었다.

"…데이몬 콜(악령 초래), 조디…!"

란타도 위험을 감지하고 암흑기사의 사역마인 데이몬 조디를 소환한 건가?

머리 위를 뭔가, 분명 그 금색 구체에서 갈라진 물체가 지나가는 것을 하루히로는 자기 눈으로 본 것일까? 인식할 수 있었는지 아닌지는 접어두고, 엎드리지 않았다면 그 금색 물체를 정통으로 맞았음이 틀림없다.

"오옷…?!"

란타가 외쳤다. 그쪽을 보니 우리의 암흑기사는 볼품없이 바닥에 몸을 날리고 있다. 소환되어야 할 데이몬(악령)이 보이지 않는다. 소실된 건가? 금색 물체를 맞고 란타의 방패가 된 것인가?

"…뭐…?!"

렌지는, 자세로 짐작하건대, 옆으로 점프한 직후다. 날아온 금색 물체를 반사적으로 피한 것이겠지. 하지만 렌지 바로 뒤에 그가 있었던 것이다.

오리온의 거한 전사. 마츠야기의 배때기에, 저것은 구멍인가? 새카만 얼룩 같기도 하다. 금색 물체가 저기에 명중한 건가?

마츠야기는 두 손에 들고 있던 워 해머를 떨어뜨렸다. 달리던 와중이었겠지. 몸이 기울어 있다. 점점 더 기운다. 마츠야기는 비스듬히 쓰러졌다.

"…아아아아앗?!"

누구 목소리인가? 순간, 몰랐다. 설마 시노하라가 저런 식으로 음 이탈을 일으키다니. 의외였다. 시노하라는 엉덩방아를 찧은 상태였다. 그 또한 기묘했다. 마치 누군가가 밀쳐 날아간 것 같다.

시노하라 정도 되는 사람이, 바로 옆에 있는 키무라에게 밀쳐져 날아갔다고밖에 생각할 수 없었다.

왜 키무라가 그런 짓을 한 건가?

키무라는 어째서 시노하라 쪽으로 엎어지려고 하는 건가?

시노하라는 키무라를 팔로 받았다.

"…죽었어. 키무라, 어째서….."

"죽….."

하루히로는 경악했다.

죽었다.

키무라가.

마츠야기도.

하루히로와 렌지는 간발의 차이로 피했고, 란타는 데이몬을 방패로 삼아 살아남았다. 마츠야기 같은 거한이, 단 한 방에, 맥없이. 맞으면 반드시 죽는다. 즉사마법이라고 부를 만한 것인가?

키무라나 마츠야기가 아니라 하루히로나 렌지, 란타, 시노하라가 죽었을지도 모를 일이다. 그 외의 누군가가 희생되었을지도 모른다.

만약 리치 킹이 또 즉사마법을 쓴다면, 더욱 사망자가 늘어날지도 모른다.

다음이야말로 내 차례인지도 몰라. 동료 중 누군가를 잃게 될지도 몰라.

하루히로는 엎드린 채로 리치 킹을 응시하고 있었다. 움직일 수 없다.

공포다.

온몸이 움츠러들었다. 몸뿐만이 아니다. 머리가 돌아가주질 않는다.

물론, 그래서는 안 되고, 하루히로는 금방 일어섰다. 하지만 좋지 않은 상황이다. 매우 좋지 않아. 지극히 나쁘다. 시야가 좁아져서 리치 킹밖에 보이지 않는다. 동료의, 별동대의 움직임을 전혀 파악할 수 없다. 무섭다. 겁을 먹지 않을 수가 없다. 리치 킹이 저 즉사마법을 쓴다면 반드시 피해야 해. 아니, 나보다 동료가 우선이다. 그것은 그렇지만. 키무라는 시노하라를 지켰다. 하루히로도 가능하면 그렇게 한다. 분명 그렇게 하고 말겠지. 가능하다면 말이다. 가까이에 있는 것은 란타 정도인가? 동료. 동료가 어디에 있는지 확인해야 해. 하지만 리치 킹에게서 눈을 뗄 수는.

"크에에에에에아아아아아아아…!"

렌지.

아아, 렌지다.

굉장해. 역시 렌지다.

제일 먼저 마음을 추스르고, 번갯불을 내뿜으며, 렌지가 리치 킹에게 덤벼든다. 리치 킹은 모래 용 머리에 실려 번개로부터 도망친다. 번개가 쫓아가려고 한다. 하지만 모래 용 머리 쪽이 다소 빠르다.

렌지와는 조금씩 거리가 벌어지고 있다.

리치 킹이 옥좌가 있는 단상에서 멀어져간다. 그쪽에는 다른 별동대도 없다.

"데름 헬 엔 바르크 젤 아르부…!"

미모링이 리치 킹을 겨냥해서 두 번, 세 번 블래스트를 발동시켰다. 전부 모래 용 머리는 슬슬 미꾸라지처럼 피했지만, 그렇다. 우리한테는 마법도 있다.

"지금이다! 여기서부터다, 다들…!"

토키무네가 외쳤다. 여전히 밝게, 어디까지나 씩씩하게. 그 목소리를 듣고 용기가 나지 않는 자가 있을까?

하루히로는 달려 나갔다. 무섭다. 무서워. 아직 무섭고, 전혀 주위가 보이지 않는다. 하지만 무서워하고 있어봤자 별수 없다. 리치 킹은 그 즉사마법을 쓸 때에는 쓴다. 숨통을 끊는 수밖에 없다. 쓰러뜨리는 거다. 리치 킹을. 그렇다면, 방관한다는 선택지는 없다. 최악의 경우, 즉사마법의 표적이 될 수는 있겠지. 하루히로가 그걸 맞고 죽으면, 대신 다른 누군가가 죽지 않아도 된다.

"데름 헬 엔 기즈 바르크 젤 아르부…!"

"질 메아 그람 엘드 니르그 이오 셀…!"

"제스 인 사르크 뷔키 테오 메오 프람 다르트 우르 디오 제온…!"

오리온의 마법사 두 명과 아다치가 화열마법(아르부 매직)과 빙결마법(카논 매직), 자전마법(팔츠 매직)을 발동시킨다. 어떤 마법도 미모링의 블래스트만큼 간단하지는 않다.

리치 킹은 모래 용 머리를 모래 먼지로 되돌리고 마법 장벽을 펼쳐서 그것을 막는다.

그사이에 렌지가 리치 킹과 거리를 좁혔다.

"크에아아아아아앗…!"

번개가 리치 킹을 엄습한다.

될까?

리치 킹은 마법 장벽을 지웠다. 그리고 뭘 하든, 그전에 렌지의 대검이 리치 킹을 포착하겠지. 렌지에게 두 번째 공격은 필요 없다. 일격에 끝장을 내줄 것이다.

그러나, 제발 그래줬으면 하는 희망적 관측은 종종 사람 눈을 흐리게 만들어 판단을 그르치게 한다. 분명, 렌지는 확실히 거리를 좁혔으나, 끝까지 다 좁히지 못했던 것이리라.

리치 킹은 지팡이 끝으로 바닥을 두드리고 금 토시를 낀 오른손을 렌지 쪽으로 향하고 있었다. 이미 금색으로 빛나는 구체가 출현했다.

근소한 차이인지도 모르지만, 렌지의 대검은 리치 킹에게 닿지 않는다. 그보다 빨리 즉사마법이 발사된다.

희망적 관측의 노예가 되어 있던 하루히로와 달리 렌지는 그것을 알았다. 그래서, 대검을 멈추고 몸을 돌렸다.

"렌지…!"

누군가가 외쳤다.

금색 구체가 세 개로 갈라진다. 저 즉사마법, 저항할 수 없는 죽음을 초래하는 무시무시한 물체가 발사된다.

"비켜…!"

고함이 울려 퍼진다.

렌지와 교대하는 것처럼, 누군가가 리치 킹에게 돌진한다.

"시노하라 씨…?!"

하루히로는 오로지 렌지만을 눈으로 좇고 있었다. 그래서 시노하라의 존재를 전혀 눈치채지 못했었다. 키무라를 잃은 직후다. 시노하라는 넋이 나간 것 같았다. 하지만 충격을 받고 시름에 잠기기보다는 복수심에 불탄 건가?

하지만 말이야, 위험하다니까.

리치 킹의 즉사마법은 이미 발사되었다.

시노하라는 금색 물체를 향해 똑바로 돌진한다.

저 상태라면, 세 개 다 시노하라를 직격하는 게 아닐까? 시노하라는 검만이 아니라 중후한 은빛 광택을 띤 방패를 들고 있다. 그 방패로 몸을 지키면서 리치 킹에게 몸으로 태클할 기세다. 그렇기는 해도, 방패 따위로 리치 킹의 즉사마법을 막을 수 있는 건가? 무리 아닐까?

"오오오오오오오오오오오오오앗…?!"

란타가 큰 소리를 질렀다. 오리온 멤버들과 토키무네, 타다, 킷카와 등이 저마다 시노하라의 이름을 불렀다. 메리도 뭔가 목소리를 발했고, 하루히로도 자기도 모르게 외치고 말았다.

시노하라의 방패가 고온에 달궈진 것처럼 새하얗게 발광했다.

렐릭.

방패도 렐릭이었던 건가?

"…츠아아…!"

시노하라는 방패로 리치 킹을 때렸다. 리치 킹의 몸이 뒤로 젖혀졌다. 끝이 사선으로 커팅된 다소 짧은 저 검이 보통이 아니라는 사실은 하루히로도 진작부터 눈치채고 있었다. 시노하라는 그 검을 리치 킹의 목덜미에 꽂았다.

"츠츠츠… 츠아아아아앗………!"

목소리라고 부를 만한 소리가 아니었다. 폐부의 공기를 전부 단숨에 토해내, 그것이 어쩌다가 목소리로 들린 것 같았다.

시노하라가 검을 비틀어 쳐서 올리자 리치 킹의 머리가 높이, 높이 튀어 날아갔다. 그렇게까지 할 필요는 없었을 것이다. 그런 일은 하지 않아도 될 텐데, 하지 않을 수는 없었던 것이리라.

"우우우앗…!"

시노하라는 연속으로 리치 킹의 왼팔을 베어내고, 오른팔도 베어 날렸다. 더욱이 동체를 동강 내고 하반신을 걷어차 넘어뜨렸다.

떨어진 리치 킹의 머리가 시노하라의 발치로 굴러갔다.

시노하라는 그것을 짓밟았다.

그 순간이었다.

리치 킹이 몸에 걸친 옷, 신발, 지팡이, 금 토시 등의 소지품을 제외한 부분이 한꺼번에 형태를 잃고 모래 먼지로 변했다.

"…아아."

시노하라는 하늘을 우러러보았다. 어깨가 오르락내리락하고 숨을 지독하게 가쁘게 쉬고 있다. 누군가가 잡아주지 않으면 서 있을 수 없는 게 아닐까?

하지만 친구였던 남자는 이제 없다.

시노하라는 검을, 방패를 놓고 무너지듯이 주저앉더니 무릎을 꿇었다. 고개를 숙이고 손으로 땅을 짚는다. 그 두 손이, 리치 킹이었던 모래 먼지를 허망하게 더듬었다.

"오오오오오오오아아아아아아아아아아아…."

이겼다. 마침내 리치 킹에게 결정타를 날렸다. 해낸 것이다.

그런 말은 도저히 꺼낼 수가 없었다. 잠자코 있는 수밖에 없다. 시노하라에게 뭐라고 말을 걸어야 할지. 분명, 어떤 말도 부적절할 뿐이다.

오리온 멤버들은 키무라의, 그리고 마츠야기의 시체를 에워싸고 있다. 그들은 시노하라를 걱정하는 것 같았지만, 다가가는 일은 없었다.

렌지 한 사람만이 시노하라 옆까지 걸어가서 바닥에 대검을 세우고 주저앉았다. 대검은 번갯불을 내뿜고 있지 않았다. 아라가팔드의 효과는 진작에 떨어졌다. 렌지는 한동안 움직일 수 없겠지.

"…신관이, 타인을 몸으로 지키다니."

시노하라가 중얼거렸다. 낮은, 잠긴 목소리였다.

"뭘 한 거야? 멍청한 짓을. …내 방패라면, 막을 수 있었는데…."

"확실한 건가?"

렌지가 물었다. 호흡이 거칠다. 그러면서도 조용한 어조였다. 아라가팔드의 힘을 사용한 후유증 때문에 목소리를 내는 것도 힘든 건가? 아니면, 스러진 자들을 애도하고 있는 것인가?

시노하라는 즉각 대답하지는 않았다. 잠시 후에 고개를 가로저었다.

"…도박이기는 했지만. 그런 마법을 맞아본 적은 없으니까."

"그렇다면, 키무라는 멍청했던 게 아니다. 클랜의 마스터가 즉사할지도 몰랐던 거다. 내가 놈이라도 같은 일을 했을 거다."

"…자네가?"

"그래."

"키무라와, 같은 행동을… 렌지, 자네가?"

"친구였잖아."

"…그렇지."

"이론이 아니야."

"…그러네."

시노하라는 길고 깊고 깊은 숨을 내쉬었다.

그리고 금 토시를 집어 들었다. 리치 킹이 오른손에 꼈던 것이다.

리치 킹은 모래 먼지가 되어 사라졌다. 남은 것은 옷과 신발, 지팡이, 시노하라가 지금 집어 든 금 토시뿐이다. 아니, 하루히로가 달라붙었을 때 벗겨진 왕관도 근처에 나뒹굴고 있다.

렐릭.

그렇다.

리치 킹을 죽어서도 잠들 수 없게 한 것은 무엇이었을까? 시체가 저런 식으로 붕괴해버린다는 것은, 왕 본인이 생전부터 소유했던 특별한 힘을 사후에까지 유지했던 것이 아니라, 역시 렐릭이 작용했던 게 아닐? 그런 거라면 우선 소지품을 의심해봐야 한다.

하루히로는 자기도 모르게 발소리를 죽이고 다가가서 왕관을 살며시 집어 들었다.

　낡고 거무스름하게 변색하긴 했으나, 상당한 숫자의 크고 작은 온갖 보석으로 장식되어 있다. 상당히 가격이 나갈 것 같은 왕관이다. 단, 렐릭인지 아닌지. 하루히로는 솔직히 전혀 판단할 수 없었다.

　시노하라는 금 토시를 치켜들기도 하고, 얼굴에 가까이 대보기도 하고, 천천히 돌려보기도 하면서, 마치 물건을 감정하는 것 같았다.

　"그걸 어떻게 할 셈이야?"

　렌지가 물었다.

　"렐릭이로군. 뒈져버린 왕에게, 그 녀석이 힘을 부여해서 잠을 방해했었다."

　"알겠습니까?"

　시노하라는… 웃었다.

　그 웃음이다.

　늘 짓는, 그야말로 사람 좋아 보이는, 온화해 보이고 꽤 자연스러워 보이는, 그러나 이 자리에는 어울리지 않는, 아무리 생각해도 부자연스러운 웃음이었다.

　"저는 이렇게 생각합니다. 무슨 일이든 분수라는 것이 있다. 이 묘소에 장사지낸 왕이 과거에 얼마나 권력을 마음껏 누렸는지는 모릅니다. 하지만 어차피 그저 인간일 뿐. 한 명의 인간에게 이토록 커다란 힘은 과분했지요. 목숨조차 갖지 못했는데. 살아 있는 자에게도 그런 힘은 불필요합니다. 유해하기까지 하지요."

　시노하라는 금 토시를 왼손에 들고, 오른손으로 검을 쥐고 일어섰다.

"속내를 말하자면, 원통함이나 분노도 없지는 않지요. 나 자신에게도 화가 납니다. 키무라가 그런 짓을 하다니, 생각지도 못했습니다. 예상외였습니다. 대처할 수 없었지요. 그러니까, 이것은 분풀이인지도 모릅니다. 렌지, 내가 잘못된 짓을 하려는 거라면 말려주십시오."

렌지는 입을 벌리고 뭔가 말하려고 했다. 그때였다.

시노하라가 금 토시를 허공으로 휙 던졌고 검이 번쩍였다.

"엑…?!"

란타가 괴상한 목소리를 냈다.

금 토시가 두 쪽이 나서 바닥에 떨어졌다.

"크아아아앗…!"

시노하라는 노기를 일절 숨기지 않았고 그것은 밖으로 넘쳐흘렀다. 두 조각으로 잘린 금 토시를 검으로 마구 쳤다. 반복적으로, 몇 번이나. 굳이 그렇게까지 할 필요는 없지 않을까? 그런 생각이 안 드는 것도 아닐 정도로. 시노하라로서는 그렇게까지 하지 않으면 직성이 풀리지 않는 걸까? 숨이 거칠어지고, 마구잡이로 돌바닥과 함께 금 토시를 검으로 쳐대지 않으면 도저히 울분이 가라앉지 않는 건가? 멈출 수 있을 리가 없다.

멈출 방법이 없다.

"젠장…! 젠장! 젠장! 젠장! 젠장…!"

힘을 너무 넣었던 건지, 시노하라는 어쩌다가 자세가 무너져 무릎을 꿇었다. 그래도 검을 꼭 쥐고 내리치려고 했으나, 도중에 손이 멈췄다.

"…젠장…."

검을 아무렇게나, 내던지는 것처럼 놓는다. 시노하라는 또 손으로 바닥을 짚었다. 금 토시의 파편은 모래 먼지와 뒤섞여 있다. 시노하라는 그 속에 얼굴을 처박으려는 것 같았다. 혹시, 울고 있는 건가? 아무에게도 우는 얼굴을 보이고 싶지 않은 건지도 모른다.

렌지는 눈을 감고 있다.

하루히로도 시노하라에게서 눈길을 거뒀다. 이 왕관, 어떻게 하지? 지금 그럴 때가 아니지만, 그런 생각을 했다. 렐릭인지도 모른다고 생각해서 확보하긴 했으나, 그게 아니라면 그저 고가의 장식품이다. 보기에 따라서는 하루히로는 보물을 몰래 빼돌리려고 하는 것이다. 그런 식으로 오해받아도 이상할 것 없다. 그렇다고 해서 바닥에 다시 놓는 것도 좀. 정말로, 어떻게 하면 되지?

문득 눈길을 되돌리자, 시노하라는 이미 서 있었다.

"두 사람은 여기에서 화장하는 수밖에 없습니다."

별동대를 둘러보며 시노하라가 말한다.

"그 후에 잠시 쉬고 나서 앞으로 나아갑니다. 작전은 아직 끝나지 않았습니다. 고귀한 희생을 물거품으로 만들지 않기 위해서도, 우리는 이것을 완수해야 합니다."

과연 웃는 얼굴은 아니었다. 사나운 표정도 아니다. 굳이 말하자면, 무표정이다. 담담한 목소리였으나, 감정을 눌러 참으려는 것인지도 모른다.

하루히로는 원래 시노하라에게 의심을 품고 있었다. 그래서 걸리는 건가? 시노하라답지 않다고 생각되는 격정. 얼이 빠져버릴 정도의 빠른 전환. 하지만 단순히 시노하라는 그런 인간인지도 모른다. 전환한 것처럼 꾸미고 있을 뿐, 실은 그렇지 않은지도 모른다.

만약, 전부 다 연기라면.

그런 생각을 해버리는 하루히로 쪽이 오히려 정상이 아닌 게 아닐까?

적어도 키무라는 시노하라를 소중하게 여겼다. 자기 목숨을 바쳐도 아깝지 않을 정도로. 괴짜였지만, 우정은 깊고 충실했다.

키무라는 친구인 시노하라가 소중했고 진심으로 그를 걱정하기 때문에 하루히로네 편이 되어줬을지도 모를 남자였다.

시노하라만이 아니었다. 하루히로네도 또한 키무라를 잃은 것이다.

리치 킹이 남긴 지팡이, 왕관, 옷, 신발은 오리온이 분담해서 들고 가기로 했다. 그것들은 별동대가 태고의 왕을 쓰러뜨린 증거이며, 또한 귀중한 재물이기도 하다. 탄식의 산 공략 작전 종료 후에 변경군과 의용병단이 어떻게 분배할지 상의해서 결정하게 되겠지.

　마츠야기와 키무라의 화장은 내전에서 이루어졌다. 오리온은 전에도 비슷한 일을 한 경험이 있는 듯, 순조롭게 해냈다. 점화는 오리온의 마법사 두 명이 하고, 그 후에 아다치가 파이어 월로 전우들의 시체를 에워쌌다. 미모링이 블래스트(폭발)를 발동시키려고 해서 그것은 하루히로가 말렸다. 그런 짓을 했다가는 타오르는 정도가 아니라 다 날아가버린다.

　메리와 안나 씨가 망자의 영면을 기원하는 기도를 올렸다. 타다도 신관이지만, 기도는 하지 않고 물끄러미 불꽃을 쳐다보고 있었다. 언제나 떠들썩한 토키즈와 우리 가면의 암흑기사도 이때만큼은 얌전히 입을 다물고 있었다.

　"삿사는 붉은 대륙에 묻어줬다."

　론이 중얼거리듯 그런 말을 했다.

　"노 라이프 킹의 저주도 바다 건너까지는 닿지 않아. 태우는 건, 뭐랄까, 죽었지만, 그 녀석은 예쁜 여자였으니까."

　시노하라는 키무라와 마츠야기가 뼈와 재가 되어버릴 때까지 거의 미동도 하지 않고 그 모습을 지켜보고 있었다. 시노하라가 오른주먹을 꽉 움켜쥐고 있던 것이 인상에 남았다.

　두 사람의 재는 오리온 멤버들이 회수했다. 데리고 돌아가서, 뜻을 이루지 못하고 쓰러진 많은 의용병들이 잠들어 있는 오르타나 언덕에 매장할 모양이다.

내실 안쪽에 문이 두 개 있었다. 동시 열림 장치로 문을 열자 그곳은 오리온이 보물고라 부르는 방이었다.

보물고는 탄식의 산 정상의 고성 안으로 이어져 있다. 지독하게 복잡한 미로와 여러 개의 작은 방으로 구성된 보물고를 돌파하는 것은 간단하지 않다.

리치 킹이 건재하다면.

폰이나 스펙터, 팬텀 등의 적이 잇달아 밀어닥치는 와중에 갈림길이나 막다른 길투성이인 미로를 빠져나가는 것이었다면 상당히 힘들었을 것이다. 오리온은 이 난관에 몇 번이나 도전해서 보물고의 지도를 대충 완성시켰다. 그러나, 문이 네 개나 발견되어서 동시 열림 장치를 작동시킬 조건을 해명하지 못했다고 한다.

사실 리치 킹이 진짜로 잠든 지금, 보물고는 그냥 미로일 뿐이다. 내실에서 열린 두 개의 문 이외에는 함정이나 페이크라는 사실도 판명되었다. 별동대는 쉽사리 미로를 돌파했고, 고성 지하로 나가는 성내구까지 전진했다.

성내구는 원래 바위 문으로 봉인되어 있었다. 오리온은 이것을 일단 파괴했으나 그 후에 돌을 쌓아 다시 막았다.

그들이 묘소에 출입할 때에는 돌을 치운다. 이용이 끝나면 굳이 다시 막아둔다. 다른 의용병들이 묘소에 몰려와, 예를 들면 새벽 연대의 소우마 같은 숙련자가 먼저 리치 킹을 해치워버리면 체면이 구겨지기 때문이다. 지금까지 오리온은 묘소의 존재를 될 수 있는 대로 숨기고 독자적으로 탐색을 진행해왔다. 쪼잔하다고 볼 수도 있지만, 덕분에 고성을 점거한 남정군의 오크들도 성내구의 존재를 알아차리지 못한 모양이다. 성내구는 돌로 막힌 채였다.

별동대는 성내구를 막고 있는 돌을 하나씩 치웠다. 대단한 작업은 아니다. 금방 끝났다.

고성은 결코 큰 성이 아니다. 산꼭대기 부분에 일곱 개의 탑을 연결하는 형태로 성벽을 두르고 그 안쪽에 석조 건물을 세웠다. 성주의 거처였을 것으로 짐작되는 이 건물은 2층 부분까지와 3층 일부밖에 남아 있지 않다. 의용병단의 정찰에 따르면, 현재는 그 3층의 일부를 이용해서 망루가 구축된 모양이다.

성내구는 일곱 개 있는 탑 중 하나, 그 지층에 있다. 이 탑은 성문에서 가장 멀다. 성문 가까이에 있는 탑에서 오른쪽으로 돌면서 제1탑, 제2탑이라고 이름을 붙여가면, 제4탑이 되는 셈이다. 성문의 위치는 제1탑과 제7탑의 중간이다.

탑은 지름이 고작해야 4미터 정도이고, 기본적으로는 내부 계단을 이용해 성벽으로 올라가거나, 최상층에서 감시하거나 방어전을 하기 위한 시설이다. 그러나 현재 고성에는 원래 탄식의 산에 서식하던 언데드들에 더해서 데드헤드 감시 보루에서 이동해 온 오크부대 약 500, 더욱이 리버사이드 철골 요새에서 패주한 코볼트들까지 있다. 일부라고 해도 상당한 숫자의 코볼트가 탄식의 산을 나갔다는 정보도 있지만, 그래도 적의 총수는 1,000은 족히 넘을 것이다.

어쩌면 탑의 지층에도 적이 있는 게 아닐까? 그런 우려도 있었지만 기우에 불과했던 모양이다. 제4탑의 지층은 보아하니 창고로 이용되는 것 같다. 나무통이나 나무 상자, 화살대 다발, 식량으로 짐작되는 뭔가를 말린 것 등이 빼곡하게 쌓여 있다.

이제부터 하루히로와 이누이, 오리온의 도적 츠구타가 본대에 신호를 보낸다.

바깥의 상황은 불명이지만, 예정대로 작전이 진행되었다면 변경군의 토머스 마고 장군이 이끄는 정병 약 100명, 의용병단의 와일드 엔젤스, 아이언 너클, 버서커스로 구성된 본대는 성문으로 이르는 산길 중간에 포진해서 고성에 틀어박혀 있는 적군을 견제하고 있을 것이다. 또한 본대는 탄식의 산의 사방에 도적을 풀어놨을 것이다. 하루히로네가 성벽 위의 어디에서 신호를 보내도 본대는 곧바로 알 수가 있다. 세 명 중 한 명이 성공하면 된다. 최악의 경우, 신호를 보내버리기만 하면, 직후에 적에게 발견되어도 임무를 완수한 것이 된다.

하루히로 조는 지층을 나가면 세 팀으로 갈라질 예정이다. 기억을 잃었지만, 그래도 하루히로는 도적 일이 자기에게 잘 맞는다고 느꼈다. 츠구타는 10년도 넘는 커리어를 자랑하는 도적이다. 이누이는 사냥꾼이기는 하지만 도적 경험을 쌓았다. 도적이 뭉쳐서 행동할 의미는 별로 없다. 단독 행동이 도적의 하이라이트다. 아니, 가급적 눈에 띄지 않고, 숨고 도망쳐 다니면서 목적을 달성하는 것이 도적의 진면모니까, 하이라이트 같은 건 조금도 없어도 되지만.

츠구타가 하루히로와 이누이에게 발광봉을 건네줬다. 한쪽 끝을 힘껏 누르고 나서 칼집 상태의 캡을 벗기면 몇 분 동안 연소해서 빛을 내뿜는다. 어떤 시스템인지는 전혀 모르지만, 렐릭은 아니고, 놀랍게도 천룡 산맥 땅속에 사는 놈(Gnome)이 발명한 것이라고. 이 것을 베이스로 삼아 쿠로가네 산맥의 드워프가 유사품을 제조하기도 하는 모양이다.

예정으로는, 하루히로와 이누이가 신호를 보내러 간다. 츠구타는 떨어진 장소에 숨어서 이것을 지켜보고, 하루히로나 이누이가 성공하면 별동대에게 그 내용을 보고한다. 또한, 두 사람 다 실패할 경우에는 츠구타가 신호를 보내기로 되어 있다.

어느 쪽이든, 본대에 신호를 보내면 시노하라를 포함한 별동대는 행동을 개시한다. 안쪽에서 성문을 여는 것이 별동대의 주된 임무다.

참고로 지휘관을 살해할 수 있다면 적을 혼란시킬 수 있겠지만, 어디에 있는지 짐작이 가지 않는다. 분명, 데드헤드 감시 보루에 주둔하던 부대의 오크가 지휘를 하고 있겠지. 단, 이것도 추측일 뿐이고 너무나 판단 근거가 부족하다.

우선은 성문을 열고 고성 안으로 본대를 돌입시킨다.

앞서 의용병단은 압도적 다수의 코볼트가 점거하는 리버사이드 철골 요새를 근사하게 함락했었다. 의용병들에게는 혼전, 난전은 특기였고, 적의 품 안으로 뛰어들 수만 있다면 마음껏 본 실력을 발휘할 수 있다.

멀리서 무슨 소리가 들린다.

이 성내구가 있는 제4탑 일대는 시끄럽지 않은 것 같다. 분명 적은 성문 부근에 전력을 집중시켜놓았다. 다른 곳은 좀 허술해졌을 것이다.

"그럼…."

시노하라가 하루히로, 이누이, 츠구타를 둘러본다.

"부탁합니다."

하루히로 조는 각각 고개를 끄덕였다. 기인 이누이는 무엇을 생각하는 건지 알 수가 없고, 츠구타는 감정을 겉으로 드러내지 않는 타입이다. 아무튼, 하루히로를 포함해서 세 명은 제각각 다른 타입이지만 아무도 긴장감을 드러내지는 않는다. 도적이란 이런 것인지도 모르겠다.

"하루."

메리가 불렀다. 뭘까? 메리는 하루히로의 이름만 부르고는 좀처럼 입을 떼지 않는다. 그런 식으로 쳐다보면, 좀 뭐랄까, 당황스럽다고나 할까, 미묘하게 긴장된다고나 할까. 긴장하지 않았었는데.

"……?"

하루히로가, '응'인지, '어'인지 구별이 안 되는 작은 목소리를 내며 고개를 갸웃거리자, 메리는 쑥 가까이 접근했다.

어?

뭐, 뭐?

왜왜왜, 왜 그래?

"…우옷…?!"

누군가가 이상한 소리를 냈다. 킷카와일까?

하루히로는 아무 말도 할 수 없었다. 굳어버렸다. 갑작스러워서. 그야 놀라지.

메리의 얼굴이, 거의 하루히로 코끝을 스칠 정도여서… 라고 하면 과장인지도 모르지만, 그런 식으로 느껴질 정도로 지근거리를, 쑥 이동했다. 물론 접촉은 하지 않았다.

하루히로의 왼쪽 어깨와 메리의 오른쪽 어깨가, 부딪치지는 않았지만, 굉장히 가까이에 있다.

메리의 얼굴은 가깝다. 하루히로의 얼굴 바로 옆에 위치했다.

뭐야? 이거?

무슨 일이야?

무슨 상황?

일을 앞두고 긴장하거나 당황하거나 하는 것은 도적답지 않다. 어떤 종류의 뻔뻔함 같은 것이 도적에게는 필요하다. 하지만 이것은 도적이라거나 도적이 아니라거나 그런 문제와는 상관없는 사안이라 여겨지므로, 세이프? 인가? 세이프나 아웃이나, 그런 문제인가?

꽤 오랫동안 이렇게 있는 것 같다.

그렇지는 않다… 아닌지도 모른다. 그렇다. 그럴 리가 없다. 분명 그렇게 느껴지는 것뿐이다. 마치 시간이 멈춘 것처럼.

당연히 시간이 정지하거나 하지는 않았다. 분명히 심장이 맥박치고 있고. 고동 소리가 엄청나다. 심박 수가. 느껴진다니까. 들린다고나 할까. 그래도, 그 심장 소리가 하루히로 본인의 것이 아니라, 메리의 것이 아닐까 하는 착각이 들어, 그런 상상을 펼치는 자기라는 존재가 뭔가, 너무나 부끄럽다.

"…조심, 해서."

메리가 귓가에서 속삭였다. 만약 곧바로 대답했다면, '으엣'이나 '히엣'이라는 말이 나와버려 상당히 꼴불견에 웃기는 결과가 되었을 것이다. 하루히로는 현명한 판단을 내렸다. 최선이었다고 믿고 싶다.

꾹 참고 한 박자 쉰 것이다. 그러고 나서, 타이밍을 봐서 고개를 끄덕였다.

"…응."

물론, 조심한다. 말하지 않아도 말이다. 오히려, 말할 필요 없달까. 말할 것까지도 없달까? 충분히 조심해서 임무에 착수한다. 기본 중의 기본이다.

"미, 미안해, 나…."

메리가 뒷걸음질 친다. 사과해야 할 일은 하지 않았고, 그렇게 당황하지 않아도 되는 게 아닐까? 그렇기는 해도, 하루히로도 평정을 가장하느라 애를 먹고 있는 상황이라서 아무 말도 할 수가 없다.

정말로, 방금 그건 뭐였던 거지? 하루히로는 알 수 없었다. 누가 좀 가르쳐줬으면 좋겠다. 메리에게 직접 물어보는 게 제일 간단하겠지만, 그건 좀 아닌 것 같다. 뭐가 어떻게 아니라는 건지. 그 부분이 모호하지만. 역시 모르겠다.

"흠!"

미모링이 다가왔다.

"하루히로."

"…네?"

뭔가 일이 복잡해질 것 같다고, 경계하지 않을 수가 없었다. 예상대로 미모링은 하루히로의 어깨를 콱 움켜쥐고 자기 쪽으로 끌어당겼다.

"좋아해."

귓가에서 고백했다. 뭐, 그렇게 복잡하지는 않다… 고나 할까, 단순명쾌하긴 하다.

"…그래, 요?"

"너무 좋아해."

미모링은 하루히로를 밀어내더니 울음을 터뜨리기 직전처럼 얼굴을 찡그렸다. 그래도 울지는 않았다.

"잘 다녀와."

"…다녀오겠습니다."

왠지 사과하고 싶어졌지만, 그것도 아닌 것 같다. 뭐가 어떻게 아니라는 건지. 결국 하루히로는 알 수 없었다.

"야!"

갑자기 란타가 뒤통수를 때렸다.

"…아얏! 뭐 하는 거야?!"

"파루피로 주제에 인기 끝내주잖아. 까불지 말라고! 그건가? 사망 플래그인가? 사망 플래그네. 섰네. 사망 플래그가. 마구마구 섰어. 죽는다, 너. 틀림없이 죽어. 결정적이야. 어이? 조심해서 죽고 와!"

하루히로는 눈을 부라리고 싶어졌지만 가급적 반응하지 않는 편이 좋다. 란타는 상대해서는 안 될 쓰레기다. 한숨 정도는 쉬고 싶다. 그것도 하루히로는 참았다.

"무시하냐?"

란타가 발을 동동 구르며 분해한다. 어린애냐? 딴지를 걸고 싶어서 참을 수 없었지만, 하지 않는 용기. 란타를 대할 때에는 이것이 무엇보다도 중요하다.

"무시하냐고…?"

"란타, 우는 거야?"

딴지는 고사하고 위로해주려는 유메는 란타에게 다정하다. 지나치게 다정한 거 아닌가?

"안 울엇, 울 리가 없고. …울고 싶다면 네 품에서 울게 해줄 거냐?"

"웅냐…. 그건, 웅, 엄청, 싫은데."

"엄청이냐?"

"오히려, 왜 유메 씨 품에서 울게 해줄 거라는 기대를 한 겁니까?"

"시끄러워, 껵다리. 잠깐 정신이 나갔었다…."

오히려 속마음이 흘러나온 것뿐 아닌가? 하루히로는 그렇게 생각했지만, 잠자코 있었다. 말하면 성가셔질 것 같다. 란타가 유메에게 호의를 품고 있다는 것은 딱 봐도 알 수 있지만, 본인은 인정하고 싶어 하지 않겠지. 아마 적어도 사람들 앞에서는.

하루히로는 힐끔 메리를 봤다. 메리는 고개를 숙이고 있다.

호의… 라.

어라?

혹시나… 그런 거야?

"…아니, 아니, 아니."

작은 목소리로 중얼거렸다. 뭔가, 있었지. 그런 대화… 라고나 할까, 란타와 유메는 한동안 파티를 떠나 있었지만, 그동안에 무슨 일이 있었던 게 아닐까 싶은. 물론, 하루히로는 기억하지 못하지만 메리는 그렇지 않은 거고. 유메가 추궁하자 메리는 유난히 동요했었다.

오히려, 만에 하나, 뭔가 있었다면.

그것을 메리는 기억하는데, 하루히로는 잊어버린 것이라면.

어떨까? 메리의 심정은. 아무래도 하루히로는 그 방면에 서툰

듯, 그다지 상상이 되지 않는다. 하지만 예를 들어, 굳이 명확한 표현을 쓰자면, 연인 사이였던 두 사람 A와 B가 있고, A는 그 사실을 잊어버렸고 B만 기억하고 있다. 그렇다고 치면. B 입장에서 보면, 이것은 상당히 안타까운 상황 아닌가?

그야 무슨 일이 있었다고 단정할 수는 없다. 알고 있는 것은 메리뿐이다.

있었다고 메리가 말하면, 있었다. 없었다고 말하면 없는 일이 된다.

극단적으로 말하자면, 설령 메리가 거짓말을 하더라도, 하루히로는 물론이고 다른 누구도 간파할 수 없다. 진실은 하나라고 해도, 확인할 수가 없는 것이다.

말할 수 없는 것은 아닐까? 무슨 일이 있었든, 아무 일도 없었든, 말로 내뱉는 순간에 그것이 기정사실이 되거나, 혹은, 과연 정말일까? 라고 의심을 받고 만다. 하루히로가 메리였어도, 입을 다무는 수밖에 없었을 것이다.

이 일만이 아니라, 말하고 싶어도 말할 수 없는, 가슴속에 묻어둔 일이 메리에게는 많이 있다거나 하는 게 아닐까? 그렇다면, 메리가 느끼는 정신적인 부담감은 하루히로가 생각하는 것 이상으로 클지도 모른다.

"…큭."

이누이가 세토라 앞에 섰다. 안대로 가리지 않은 오른쪽 눈이 흥흥한 빛을 띠고 있다.

"…인간 맞아?"

하루히로는 떠오른 의문을 입에 올려봤지만, 이누이의 귀에는 들리지 않은 모양이다.

"만약, 내가 무사히 돌아온다면…."

이누이는 뻔뻔하게도 당당하게 말했다.

"내 아이를 낳아줬으면 한다."

"낳을 리가 없잖아?"

당연하달까, 뭐랄까. 세토라는 즉답했다.

"본대에 보내는 신호는 누군가 한 명이라도 성공하면 문제없으니까. 너는 돌아오지 않아도 돼. 오히려 너만은 실패해라. 두 번 다시 내 앞에 모습을 보이지 마."

"…큭. 이 판국에 쑥스러움을 감추려 들다니. 귀여운 것…."

"신경이 어떻게 돼 먹은 겁니까…?"

쿠자크가 전율한다.

"파이팅 스피릿이로군."

토키무네가 하얀 이를 보이며 이누이의 등을 두드렸다.

"…작별이다."

이누이는 먼저 가버렸다.

"아… 그럼, 나도 갈 테니까."

하루히로와 츠구타도 출발했다. 이누이 탓에 약간 어수선해졌지만 계속 신경 쓰는 것도 왠지 분하다. 아니, 한심하다. 발소리를 거의 완벽하게 죽이고 계단을 올라간다. 제4탑 안은 역시 조용하다. 1층에 적의 모습은 없었다. 이누이도 없다.

여기서부터는 원통형 탑 내부에 나선 계단이 만들어져 있다. 발소리 같은 소리가 들리는 것을 보니 위쪽에는 적이 있는 건가? 아니면, 이누이가 계단을 올라가고 있는 것일까? 그런 거라면 너무

대담하다고 생각하지만, 이누이라면 할 법하다.

하루히로와 츠구타는 제4탑 밖으로 나갔다. 하늘은 약간 밝다. 이제 곧 동이 튼다. 제4탑은 성문의 딱 반대쪽에 위치한다. 역시 이 부근에 적은 없다. 탑 상부와 성벽에는 보초가 있는 것 같다. 화톳불이 보인다.

성벽에서 건물까지는 5미터도 떨어져 있지 않다. 성벽의 높이는 6미터에서 7미터쯤 되겠지.

오오오오, 우와아아라는 듯한 투박한 함성과, 코볼트의 것으로 짐작되는 짖는 소리가 들린다. 본격적인 전투가 치러지고 있다는 느낌은 아니다. 공격할 태세를 보이면서도 좀처럼 성문으로 밀어닥치지 않는 인간들을 야유하기도 하고 도발하기도 한다. 그런 건가?

하루히로는 츠구타와 마주 보며 고개를 끄덕였다.

제1탑과 제7탑 사이에 있는 성문 부근에는 적이 우글거릴 것이다. 성벽 위의 상황을 관찰하면서 제3탑 방향으로 걸어간다.

제3탑에서는 상당히 밝다. 좁은 간격으로 화톳불이 타오르고 있는 것만이 아니라, 성벽 위는 횃불 등을 들고 있는 오크, 코볼트, 언데드가 거의 빽빽하게 자리를 메우고 있다. 성벽과 건물 사이도 혼잡해서, 탑으로 들어가는 적도 있고 나오는 적도 있고, 뭔가 물건을 운반하거나 쌓거나 하는 작업도 하고 있다.

더는 갈 수 없다. 제4탑과 제3탑을 연결하는 성벽 위는 몇 미터 간격으로 화톳불이 배치되었고, 감시병 오크 등이 서 있는 것뿐이다. '뿐'이라고 해도, 감시병에게 들키지 않고 성벽으로 올라갈 수 있을지 없을지. 아무리 생각해도 간단하지 않다. 지극히 어렵다고 말해야 할지도 모르겠다.

뭐, 하는 수밖에 없겠지. 츠구타가, '힘내'라는 듯이 하루히로의 어깨를 살며시 만진다. 하루히로는 한 번 숨을 쉬고 성벽을 올라가기 시작했다.

이대로 올라가면 화톳불과 화톳불 중간쯤일 것이다. 다 올라가면, 화톳불 옆에 있는 보초에게 들키기 전에 발광봉으로 신호를 보낸다. 그 와중에 아마도 보초는 하루히로를 알아차릴 것이다. 알아차리지 못할 리가 없다. 하지만 신호만 보내버리면 하루히로의 역할은 완료다. 그 뒤는 도망치면 된다. 도망갈 수 없다면? 그때는 그때고.

어떻게든 될 거라고 가볍게 생각하는 건 아니다. 신호를 보낸다. 거기까지는 어떻게든 될 것 같다. 그 후에 관해서는 비교적 비관적이지만, 우선은 해야 할 일을 한다. 거기에 집중하자.

그러려고 했는데, 조금만 더 올라가면 다 올라가는 건데, 제3탑 방면이 소란스러워졌다.

하루히로는 자기도 모르게, 이거 사실이야? 라고 중얼거릴 뻔했다. 중얼거렸다고 해도 크게 문제는 없을 것 같다. 적이 난리를 피우고 있다. 무리도 아니다.

제3탑 꼭대기에서 빛이 빙글빙글 돌고 있는 것이다.

발광봉이다. 누군가가 신호를 보내고 있다.

누구긴 누구겠어. 하루히로는 물론 아니고, 밑에 있는 츠구타일 가능성도 없다.

"…큭!"

이누이다.

"크하하하하하핫…! 지금이 바로, 마왕 강림의 때…!"

성벽 위의 적이 이누이를 향해서 화살을 쏘기 시작했다.

"우옷…! 하앗…!"

이누이는 몸을 날리거나 점프하거나 엎드리거나 하면서 화살을 피하고 있다. 이제 됐으니까 빨리 도망치라고 외쳤다가는 하루히로 까지 적에게 발견되고 만다. 이누이는 내버려두고, 하루히로는 기어 올라가던 성벽을 서둘러 내려갔다. 츠구타는 보이지 않는다. 이미 시노하라네가 대기하고 있는 제4탑으로 돌아간 모양이다.

하루히로도 제4탑으로 향했다. 마침 제4탑에서 시노하라 일행이 뛰어나오는 참이었다.

멀리서 전투 개시를 알리는 함성 소리가 들렸다. 저것은 오크나 코볼트가 아니다. 분명히 인간들의 목소리겠지. 신호를 보고 본대가 총공격을 개시한 것이다.

"렌지, 토키무네를 선두로…!"

시노하라가 외쳤다. 렌지, 토키무네가 선두에 섰다. 타다, 란타, 쿠자크, 킷카와, 시노하라가 뒤를 이었다. 하루히로는 유메와 미모링, 오리온의 전사, 성기사들과 함께 선두 집단 뒤에 붙었다.

금방 몸이 가벼워졌다. 메리가 보조마법을 걸어준 모양이다.

"고… 고… 입니다…!"

왠지는 모르지만, 이럴 때 안나 씨의 목소리를 들으면 묘하게 기운이 난다.

"으랴아아앗…!"

"타아앗…!"

렌지, 토키무네가 적을 베어버리기 시작했다. 적은 꽤 밀집해 있었을 텐데, 별동대는 엄청난 기세로 돌진한다. 오크나 코볼트, 언데드들은 완전히 갈팡질팡했다. 밖에서만이 아니라 안쪽에서도 공격당할 거라고는 전혀 상상도 못 했겠지.

적을 쓸어버리고, 밟아 넘고, 별동대는 쑥쑥 전진했다. 선두 집단은 당연히 싸우고 있지만, 하루히로는 무기를 사용하지도 않았다. 그저 선두 집단을 따라간다. 칼을 맞고 쓰러지는 적들을 피하거나 뛰어넘거나 하는 것 말고는 딱히 할 일이 없다.

이제 앞쪽에 성문이 보인다. 갈 수 있을지도.

되는 거 아니야? 이거.

그런 느낌이 들 때야말로 대개 위험하다. 이것은 하루히로의 경험상인가? 기억하지는 못하지만 경험은 살아 있는 것인가? 혹은, 성질인 건가? 천성적으로 마냥 들뜰 수 없는 인간인지도 모른다.

"오오오오오오오오오옷…………… 슈우우우우우우우웃…!"

덕분에, 그 엄청난 큰 음성이 울려 퍼졌을 때에도, 놀라기는 했지만, 왔구나 정도로 받아들일 수 있었다.

그렇다 해도, 극적이었다. 최초의 목소리에 반응해서 먼저 오크들이 연달아 외쳤다.

"옷슈!"

"옷슈!" "옷슈!"

"옷슈!" "옷슈!" "옷슈!"

"옷슈!" "옷슈!" "옷슈!" "옷슈!"

"옷슈!" "옷슈!" "옷슈!" "옷슈!" "옷슈!"

"옷슈!" "옷슈!" "옷슈!" "옷슈!" "옷슈…!"

곧바로 코볼트들이 짖어대기 시작했다.

"와옹…!"

"왈!"

"왈왈! 월월!"

"으르릉…!" "왈왈!"

"월!" "월!" "월!"

"<u>크르르르르르르릉………!</u>" "와오오오오오오오오옹…!"

오크와 코볼트에 더해 언데드들도 요란하게 뭔가 외쳐대고 있다.

지금 고성 안의 모든 오크, 코볼트, 언데드가 소리를 내고 있는 게 아닐까? 목소리만이 아니다. 발을 구르는 소리나 무기로 방패나 돌벽을 두드리는 소리가 울려 퍼져 고성 전체를 뒤흔들고 있다.

렌지나 토키무네 등 선두 집단은 아랑곳하지 않고 전진하려고 하는 모양이지만, 명백하게 속도가 느렸다. 지금까지 적은 거의 속수무책이었으나, 지금은 다르다. 필사적으로 항전하고 있는 모양이다.

"뒤에서도 온다…!"

세토라가 외쳤다. 별동대는 제3탑, 제2탑을 지나쳐 제1탑으로 접근하려고 했다. 제1탑과 그 너머의 제7탑 사이에 성문이 있다. 보아하니, 성벽 위에 있던 적의 일부가 제3탑과 제2탑 경유로 내려와 별동대 뒤로 달라붙은 모양이다.

"데름 헬 엔 바르크 젤 아르부…!"

미모링이 고개를 뒤로 돌리자마자 블래스트를 발동시켰다. 몇 마리의 코볼트가 날아갔으나 적은 겁먹지 않는다.

"불쉿! 위험합니다…?!"

안나 씨는 도망쳐 다니고 있다. 세토라와 메리, 유메, 오리온 멤버들이 항전하고 있지만, 뒤쪽에서 오는 적과 싸우면서 전진할 수는 없다.

"시노하라 씨, 일단 멈춰요! 그대로 나아가면, 분단된다…!"

"아니, 안 돼…!"

시노하라는 곧바로 호통으로 대답했다.

"성문을 열 때까지 멈출 수는 없어…! 각자 있는 힘껏 싸워라! 멋대로 죽는 건 용서하지 않는다! 눈앞에 있는 동료를 절대로 죽게 하지 마…!"

치열한 명령이다. 하지만 지금 소극적이 되면 위험하다. 악순환에 빠져서 패한다. 시노하라는 그렇게 판단한 것이리라.

미모링과 아다치, 오리온의 마법사들이 마법을 쏟아냈다. 마법의 위력은 절대적이지만, 주문을 영창하거나 하면서 아무래도 빈틈이 생긴다. 그 부분은 하루히로네가 어떻게든 커버한다. 다소의 부상은 아무도 개의치 않는다. 누군가가 큰 부상을 입고 쓰러지면 메리와 꼬마, 안나 씨가 곧바로 광마법으로 치료해준다. 천천히 치료할 여유는 없다. 가성비가 나빠도, 치명상조차 순식간에 치유해버리는 새크라멘토(빛의 기적) 오로지 하나다. 하루히로는 무조건 마법사와 신관들을 지키는 데 전력을 쏟았다. 이 상황에서는 뭐든지 다 할 수는 없다. 예상했던 대로 렌지와 토키무네, 타다 선에서 돌격하고 있다. 다른 이들은 두고 갈 모양이지만, 어쩔 수가 없다. 내가 할 수 있는 일을, 할 수 있는 범위에서 하는 것밖에는.

"오오오오오오오오오오오옷………… 슈우우우우우웃…!"

또 그 소리가 울려 퍼졌다.

내려온다.

뭔가가.

쏟아져 내렸다. 건물인가? 건물 2층인가? 그 위에서다.

오크인가? 새하얀 수염을 나부끼며 커다란 검을 두 손에 한 자루씩 들었다. 낙하 지점은, 성문 근처. 그 부근에는 렌지네가 있는 것 아닌가? 아니, 저 오크는 렌지네를 노리고 건물에서 뛰어내린 것이겠지.

착지했다고 생각했더니 오크는 이미 렌지네와 근접전을 벌이고 있다.

"…쿠우아앗…!"

"인간, 전사…!"

저것은 오크 목소리인가? 말을 한 건가? 인간의 말을.

"우, 옷…?!"

"칫…!"

토키무네와 타다는 렌지와 오크에게서 떨어져 다른 적을 상대하기 시작했다. 가세는 할 수 없다. 그것은 안다. 지금 렌지와 저 오크에게 가까이 갔다가는 어떻게 될지. 구체적으로 상상하는 것은 어렵지만, 렌지를 방해하는 꼴이 되어버릴 것 같기는 하다. 렌지도, 저 오크도 둘 다 큰 무기를 쓴다고나 할까, 무기가 크기 때문에 살상 범위가 굉장히 넓다. 가급적 거리를 두지 않으면 휘말리고 말 것이다. 요컨대, 단순히 위험하고 무섭다는 뜻이다.

저 두 사람이 1대1 결투에 들어섰다면, 결판이 날 때까지 두는 수밖에 없다. 이쪽도 지금 거기에 신경 쓸 때가 아니다. 적은 저 오크만이 아닌 것이다. 거의 사방에 걸쳐 있다. 적, 적, 적, 적투성이다.

하루히로는 여전히 마법사와 신관들을 호위하고자, 다가오는 적을 넘어뜨려 아군에게 해치우게 하기도 하고, 백 스태브를 먹이기도 한다. 적은 끊임없이 밀려오고, 동료들도 저마다 분투하고 있다. 그럼에도 적도, 아군도 왠지 집중을 못 한다. 멍하니 있는 것은 아니지만 신경 쓰여 어쩔 수가 없는 것이다.

렌지와 저 오크의 결투가. 도저히 무시할 수가 없다.

오크가 순백의 머리카락을 흩날리며 두 자루의 검을 차례로 휘두른다. 렌지는 대검으로 받아 막고, 또 피하고, 반격한다. 백발 오크는 렌지의 공격을 피하지 않는다. 반드시 검으로 막는다. 둘의 검 길이는 비슷한 정도다. 중량도 그리 차이는 없을 것이다. 형태까지 비슷하다. 렌지는 두 손으로 쥐고 있지만 백발 오크는 이도류다. 렌지 쪽이 한 칼 한 칼에 힘을 담을 수 있을 텐데도, 백발 오크는 힘으로 밀리지 않는다. 체격에는 차이가 있다. 렌지는 키가 크지만 어디까지나 인간 기준일 뿐이다. 원래 오크는 인간보다 체격이 큰 종족이다. 저 백발 오크는 표준적인 오크보다도 몸이 크겠지. 단, 월등하게는 아니다. 렌지가 압도적으로 보기에 뒤떨어지냐 하면, 그렇지는 않다. 분명 유연성이나 민첩성으로는 렌지가 유리하다. 그러나 그것도 큰 차이는 아니다.

렌지와 백발 오크는 막상막하였다. 그렇게 보였다.

서로 탐색하는 것처럼 보이기도 했다.

"옷슈!"

성벽 위의 오크들이 소리를 지른다.

"옷슈!" "옷슈!"

"옷슈!" "옷슈!" "옷슈!"

"옷슈!" "옷슈!" "옷슈!" "옷슈!"

"오오오오오………… 옷슈…!"

백발 오크가 처음으로, 렌지의 대검을 검으로 막지 않고 몸을 피했다. 분명, 그 직후에 쌍검으로 좌우에서 협공하는 것처럼 벤 것이라고 생각한다. 엄청난 기세로 금속과 금속이 충돌하는 소리가 났으니, 렌지가 대검으로 튕겨낸 것인가? 하루히로에게는 잘 보이지 않았으나, 아무튼 렌지는 점프해서 뒤로 물러나고, 곧바로 다시 앞으로 내디디려 했다.

　앞으로 나가려고 했던 렌지의 무릎 언저리와 머리를, 백발 오크의 쌍검이 동시에 덮쳤다.

　렌지는 점프한 것 같다. 그리고 나서 무엇을 어떻게 한 건가? 하루히로는 알 수가 없었다. 역시 눈으로 파악할 수 없었다.

　렌지의 대검과 백발 오크의 쌍검이 몇 번 부딪치고, 두 사람 다 물러섰다.

　"내 이름은, 돈⋯."

　백발 오크가 쌍검을 천천히 움직이면서 이름을 댔다.

　"아니⋯ 잔 도그란. 인간의 전사여. 그 검, 누구의 것인지 알고 쓰는 건가? 아닌가?"

　"오르타나를 기습했던 오크의 무기다."

　렌지는 대검을 비스듬히 내리고 준비 자세를 갖춘 채로 움직이지 않는다. 아니, 목소리는 흔들림이 없지만 어깨는 약간 들썩이고 있다.

　"한참 전이지만. 이슈 도그란이라는 남자다."

　"이슈 도그란⋯!"

　백발 오크, 잔 도그란은⋯ 웃고 있는 건가? 아니면, 화가 난 건가? 오크의 표정은 알기 힘들지만, 하루히로에게는 아무래도 웃고 있는 것처럼 보였다.

"내, 형이다…! 인간의, 용맹한 전사여…!"

"내 이름은 렌지다. 잔 도그란."

렌지의 몸이 앞으로 기운다. 온몸을 굽혀 힘을 축적하고 있는 것처럼.

"쿠앗하아…!"

저 오크는, 잔 도그란은 역시 웃고 있다. 자기 형이 렌지에게 죽임을 당했다. 그렇다는 것은, 렌지는 원수라는 말이 된다. 뭐가 그렇게 즐거운 건가? 인간과는 다른, 오크 특유의 감정인 건가?

"하이고두! 잣샤헤그! 자왓갓 도그란…!"

잔 도그란은 오크 언어로 무슨 말을 한 것 같다. 고성 안의 오크들이 외쳤다.

"자왓갓 도그란!"

"자왓갓 도그란…!"

"자왓가앗! 도그란…!"

"제엔 시다아!"

잔 도그란이 또 뭔가 언어를 발했다. 적의 압력이 한층 더 강해지고, 별동대는 오로지 방어 위주가 되었으니까, 저것은 공격적인 지시였던 건가?

하루히로도, 메리에게 덤벼들려던 몸집이 큰 코볼트를 결박하고, 대거로 목을 베기도 하고, 검을 휘두르며 공격해온 오크의 뒤로 돌아가 백 스태브를 먹이기도 하는 등, 렌지와 도그란에게 신경을 쓰고 있을 때가 아니었다.

메리는 괜찮다. 괜찮다고나 할까, 주의를 기울일 수 있다. 신관이고, 최우선으로 지켜야 하고. 유메와 세토라도, 오로지 신관과 마법사들을 호위하고 있기 때문에 자연스럽게 시야에 들어온다.

쿠자크와 란타는 한동안 보이지 않는다. 찾아서 무사함을 확인하고 싶지만, 아무래도 우선순위가 뒤로 가버린다.

미모링은 안나 씨에게 거의 딱 달라붙어 있다. 꼬마의 모습이 없다. 선두 집단에 섞여 있는 건가? 오리온 멤버들은 누가 누구인지 구별이 안 된다.

잔 도그란 이외에도, 분명 모발을 탈색한 것이겠지, 백발 오크가 많다. 잔 도그란을 따라 한 건가? 무기도 비슷한 외날 검을 들었다. 그놈들이 특히 만만치 않다. 단독으로서의 능력보다, 집단으로서 강고하다. 빈번하게 서로 지시를 내리고, 서로 격려하고, 서로 보호한다. 부상 입은 오크를 다른 오크가 끌고 철수시키기도 한다.

"도그란!"

"자왓갓 도그란!"

"도그란!" "도그란!" "도그란!" "도그란!"

"도그란…!"

오크들이 떠들어댔다. 기이한 분위기다. 열광의 정도, 혹은 종류가 지금까지와는 약간 달랐다.

"렌지…!"

론이 고함쳤다. 흘낏이지만, 하루히로는 봤다.

렌지와 칼을 맞대고 있는 잔 도그란이 조금 전까지와는 다르다. 한 사이즈 커졌다. 아니, 말도 안 돼. 하지만 그렇게 보였다. 머리카락이 엄청나다. 곤두서서 정전기 같은 것을 빠직빠직 흩뿌리고 있다. 뭐야? 저것은. 머리카락뿐만이 아니다. 그 정전기 같은 것은 잔 도그란의 온몸에서 방출되고 있다.

"디이이이이이이이에에에에에에에에이이이이이이이…!"

잔 도그란이 두 자루의 북채로 북을 치는 것처럼 쌍검을 내리친다. 아무리 그래도, 저 사이즈의 검을 저런 식으로 가볍게 다루는 것은 정상이 아니다. 렌지는 일방적으로 얻어맞고 있다. 난도질당하지 않고 간신히 버티고 있다. 그것은 그것대로 영문을 모르겠다. 도대체 어떻게 하면 저 연속 공격을 막아낼 수 있는 걸까? 하루히로는 절대로 불가능하다고밖에 생각되지 않는다. 과연 렌지도 빼도 박도 못 하게 된 건가?

번개가 퍼진다. 렌지의 대검. 잔 도그란의 형, 이슈 도그란이 소지했었다는 오크의 외날 검이 보라색 전광을 띠었다. 렐릭이다.

렌지가 필살기를 사용했다. 아라가팔드의 힘을.

이것으로 뒤집을 수 있… 나?

이슈 도그란의 검이 날카로움을 더하고, 렌지는 더욱 빨라지고, 사나워진다. 그것은 틀림없다.

단, 오래 이어지지는 않는다. 저 힘을 계속 쓰면, 최종적으로는 목숨을 잃는다고. 저 렌지가, 아마도 1분이나 2분, 저 힘을 사용한 것만으로 한동안 움직일 수 없게 된다. 잔 도그란과 1대1 대결에 이른 이 상황에서 회복할 때까지 쉴 수는 없을 것이다.

렌지는 아라가팔드의 효과가 지속되는 동안에 잔 도그란을 쓰러뜨리는 수밖에 없다.

아니, 잔 도그란을 쓰러뜨리면 그걸로 끝이라면 좋겠지만, 그건 어떨지. 적은 잔 도그란만이 아니다. 잔 도그란은 적의 카리스마적인 지휘관인 모양이다. 그를 잃으면 적은 전의를 상실할지도 모르지만, 분노해서 복수하려 들 가능성도 있다. 그런 것은 렌지도 알고 있을 것이다. 아라가팔드의 힘은 가급적 쓰고 싶지 않았음이 틀림없다.

잔 도그란이 쓰게 만들었다. 렌지는 쓸 수밖에 없게 되었던 것이다. 쓰지 않으면 승산이 없다. 그래서, 어쩔 수 없이 렐릭에 기대는 수밖에 없었다.

"큭…!"

세토라가 백발 오크 두 명에게 공격당해 창이 부러졌다. 세토라는 곧바로 창을 버리고 검을 뽑았으나, 오크의 공격을 채 막아내지 못하고 몇 방인가 맞았다.

"하앗…!"

미모링이 두 자루의 장검을 휘둘러, 세토라에게 결정타를 먹이려던 오크들을 견제한다.

"메리…!"

하루히로는 세토라를 메리에게 맡기고 과감히 오크들 사이를 달려갔다. 스쳐 지나가면서 한쪽 오크에게 백 스태브를 먹이려고 했는데 다른 오크가 덤벼들어서 반사적으로 굴러 피했더니, 또 다른 오크의 발에 걸어차였다.

"하루 군…! 투아타아…!"

유메가 날아와서 의문의 기합 소리와 함께 태클로 오크를 날려버렸다. 유메의 체격으로 오크와 몸싸움에 지지 않는 정도가 아니라, 날려버리다니. 물론 감탄하고 있을 때가 아니다. 하루히로는 벌떡 일어나, 스텔스. 그러려고 했던 것은 아니다. 깨닫고 보니 하고 있었다.

적. 적. 적. 특히 백발 오크가 많다. 이 부근에 있는 적은 대충 80 퍼센트 이상이 백발 오크다. 백발 오크들 사이에 드문드문 아군이 섞여 있다. 메리와 세토라, 안나 씨, 오리온의 사냥꾼과 여성 성기사가 뭉쳐 있는데, 다른 이들은 거의 뿔뿔이 흩어져 있다. 모두 가능한 한 흩어지지 않도록 유념하고 있었을 테고 하루히로도 당연히 그럴 생각이었다. 어느 틈엔가 이렇게까지 흩어진 것이다.

란타가 이쪽으로 향하고 있다. 유메가 걱정된 건지도 모른다. 쿠자크는 토키무네와 킷카와, 론은 꼬마, 아다치와 사각지대를 서로 보완하며 밀려드는 적을 해치우고 있는 모양이다. 시노하라와 타다는 어디에 있는 건가? 어떻게든 해서 성문을 열려고 할 것이라 생각하지만, 잘 모르겠다.

잔 도그란과 렌지는 막상막하인가? 아니, 명백하게 잔 도그란이 우세다. 렌지는 아라가팔드의 힘을 사용한 이상, 이겨내지 않으면 안 된다. 게다가, 가급적 신속하게. 최소한 그것이 안 된다면, 렌지는….

별동대는, 여기서 전멸한다.

성문이 안쪽에서 열리지 않으면, 본대가 고성을 공략할 수는 없겠지.

작전은 실패한다.

이거… 막힌 거 아니야?

아직 종착점에 도달하지는 않았지만, 길은 하나밖에 없다. 되돌아갈 수도 없다. 나아가는 수밖에 없다.

나아간 곳은 단애 절벽이다.

이제 와서 뭘 해봤자 결말은 변하지 않는다. 발악일 뿐이다.

정말로 그런가?

분명히, 길은 하나다. 이 길은 어디로도 이어져 있지 않다. 끊어졌다. 작전은 실패다. 인정하기 힘들지만 만회는 불가능하겠지. 하지만 돌이킬 수 없냐 하면, 글쎄.

도망칠 수는 있지 않을까?

제4탑까지 후퇴해서, 지층에서 묘소로 들어가버리면, 보물고는 미로다. 적이 쫓아와도 따돌릴 수 있지 않을까? 묘소를 지나 산기슭구로 나가면 도망칠 수 있다.

간단하지는 않다. 전원은 무리다. 특히 렌지는, 한계까지 잔 도그란과 싸워줘야만 한다. 제일 뒤에서 추격을 막아내는 역할을 누군가가 맡아서 해야만 할 것이다. 몇 명인가가 희생된다. 다른 자가 살아남기 위해서.

내 동료만 데리고 냉큼 여기에서 이탈한다는 선택지도 있다.

할 수 없겠지, 생각한다. 그렇게까지 매정하게, 비겁해질 수는 없다. 양심을 내던져버릴 수가 있다고 해도, 그렇게 잘 풀리지는 않겠지. 별동대는 묘소에서 키무라와 마츠야기를 잃었지만, 고성 안에서는 아직 한 명도 잃지 않았다. 이것은 기적적이라고 해도 될지도 모르지만, 전원이 일치단결해서 전력을 다 쏟았기 때문이다. 누군가가 결속을 해치는 짓을 한다면 아마도 별동대는 삽시간에 무너질 것이다. 하루히로 혼자라면 도망갈 수 있을 것 같지만, 그래서는 의미가 없다. …나 혼자라면.

츠구타는 어떻게 하고 있을까? 이누이는. 모르겠다. 하루히로와 마찬가지로 스텔스하고 있는 걸까?

이 대난전 속에서도 존재감을 지울 수 있는 것은 도적이기 때문이다.

하루히로 혼자였다면 다소 대담한 일도 해낼 수 있을지도 모른다.

성문을 연다. 그것이 별동대의 목적이다. 성문에는 빗장이 채워져 있을 테고, 그것을 하루히로가 빼내거나 파괴한다거나 할 수 있을지 그게 문제이긴 하다. 타다나 시노하라라면 가능하겠지. 분명두 사람은 그것을 노리고 있다.

메리, 유메, 세토라, 되돌아오려는 란타, 거기에 쿠자크… 내 동료를 돌아보지 말고, 성문을 연다. 빗장을 부수거나 빼낸다. 타다나시노하라가 그렇게 하려는 거라면, 그들을 엄호한다.

망설일 틈은 없다.

누가 뒷머리를 잡아당기는 정도가 아니라, 머리카락이 한꺼번에 다 뽑히는 것 같은 통증을 느끼면서 하루히로는 성문을 목표로 가기 시작했다. 하루히로가 이곳에서 이탈함으로써 동료가 죽을지도모른다. 현실적으로 그것은 충분히 있을 수 있는 일이다. 어느 쪽이든 성문을 열지 못하면 작전 성공은 없는 거고, 별동대는 끝이다. 하루히로의 동료들도. 이렇게 하는 수밖에 없다. 선택의 여지는 없다는 것을 알고 있어도, 결심이 서지 않는다. 나를 둘로 나눠서 한쪽을 동료들 곁에 남기고 다른 한쪽만 성문으로 향할 수가 있다면얼마나 좋을까.

하지만 지금은 감정을 던져버려야만 한다. 스텔스를 유지한 채로, 사투를 연출하는 렌지와 잔 도그란 옆을 빠져나간다. 시노하라와 타다는 역시 성문으로 다가가려고 했다. 그렇기는 해도, 성문 앞에서는 백발 오크들이 예의 외날 검뿐만이 아니라 튼튼해 보이는 방패까지 갖추고 벽을 만들고 있다. 저것을 돌파하는 것은 렐릭을 지닌 시노하라와 파괴력의 덩어리 같은 타다라도 간단하지는 않겠지. 하루히로라면 어떻게든 백발 오크들 사이를 빠져나가 성문까지 도달할 수 있지 않을까? 백발 오크들은 성문 쪽으로 등을 향하고 있다. 빗장에 손을 댈 때까지는 아마도 될 것 같다. 한 아름은 됨직한 저 빗장을 하루히로 혼자서 빼낼 수 있을까? 불가능하지는 않을지도 몰라. 하지만 상당한 중노동이겠지. 타다라면 분명 워 해머로 박살을 내버릴 수 있다. 하루히로에게는 무리다.

빗장은 빼낼 수 없다. 하루히로는 할 수 없다. 타다라면 혼자 힘으로 할 수 있다.

타다다. 타다를 성문까지 도달하게 만든다. 그러기 위해서, 성문 앞의 백발 오크들을 교란시키는 거다. 백발 오크의 대열에 숨어들어, 한 명이든 두 명이든 좋으니 백 스태브를 먹인다. 빗장을 뺄 수는 없어도 빼려는 시도를 해 보인다거나. 백발 오크들은 금방 하루히로를 발견하겠지. 들키면 한바탕 날뛰어주면 된다.

상당히 위험하달까, 목숨을 걸어야 할 것 같지만, 달리 방법은 없다. 적어도 하루히로는 생각나지 않는다. 아무것도 못 해보고 죽는 것보다는 뭔가 하다가 죽는 게 낫다. 설령 하루히로가 죽는다고 해도, 성문이 열리고 본대가 고성 안으로 돌입하면 작전 성공으로 가는 길목이 열린다. 그 결과, 동료들은 살아남을지도 모른다.

어느 정도 승산이 있는 건가? 확실성은 낮다. 어차피 이판사판이다. 알고 있다.

원래 하루히로는 비관적인 인간이다. 이 판국에 갑자기 낙천가로 돌변할 리가 없다. 그래도, 어차피 안 되겠지 생각하면서 일에 착수하는 것보다는, 해내겠다고 억지로라도 마음먹는 편이 몸이 움직인다. 1퍼센트밖에 없는 성공률이 1.5퍼센트 정도는 될지도 모른다. 0.5퍼센트는 아주 작은 차이지만, 제로는 아니다. 한 줄기 희망에 걸어야 하는 처지로서는 적어도 최선을 다하고 싶다.

하루히로는 성벽을 따라 성문 앞의 백발 오크들에게 접근했지만, 방패가 방해가 된다. 아무리 봐도 사람 한 명이 빠져나갈 만한 틈새는 없다. 빠져나갈 수 있다고 왜 생각했을까? 스스로는 냉정하다고 생각했지만, 그게 아니었던 건가? 안 된다.

안 되는 건가?

이래서는 방패나 백발 오크의 몸을 비집고 나아가는 수밖에 없을 것 같다. 그런 짓을 했다가는 스텔스고 뭐고 소용없다. 뭐냐고.

뭐가 1.5퍼센트냐고.

제로잖아.

하루히로는 망연자실했다. 불과 한순간이었다. 하지만 틀림없이 정신을 놨다.

가장 가까이에 있는 백발 오크가 이쪽을 보고, 시선을 피하더니 다시 봤다. 두 번 봤다.

"흠…?!"

들켰다.

깜빡 실수했다는 말로는 끝나지 않는다. 뭘 한 거야? 들켜버렸다.

"즈이갓사…!"

그 백발 오크는 외날 검을 치켜들어 하루히로를 위협한다. 하지만 자기 위치에서 벗어나려고 하지 않는다. 어디까지나 성문 앞을 사수하려고 한다.

"이야아아아아아아아아…!"

타다가 제일 앞줄의 백발 오크에게 워 해머를 때려 넣는다. 타다의 워 해머는 백발 오크의 방패를 박살을 냈다. 그러나, 방패가 박살이 난 백발 오크를 대신해서 다른 백발 오크가 앞으로 나와 외날 검으로 타다를 찌르려고 한다. 타다는 일단 물러설 수밖에 없었다.

"…웃…!"

타다와 교대하듯 시노하라가 돌격해서 렐릭 방패를 앞쪽으로 내밀고, 두세 명의 백발 오크와 힘겨루기를 하는 모양새가 되었다. 백발 오크들의 자세가 무너졌다. 시노하라는 검을 번뜩이며 백발 오크들의 외날 검이며 방패를 잇달아 베어댔다. 타다도 이번에는 앞으로 공중제비를 돌아 서머솔트 봄을 날렸다. 백발 오크의 머리가 산산조각이 났다. 하지만 한 명 당하면 곧바로 뒤에서 한 명이 또 나와서 바로 대열의 구멍을 메워버린다.

어쩌지? 어떻게 하면 좋아? 아까 그 백발 오크는 여전히 하루히로를 응시하고 있고, 조금이라도 가까이 오면 이 외날 검의 먹잇감으로 해주겠다는 듯이 짖어댔다. 돌진할까? 죽을 각오로 덤비면 백발 오크 한두 명은 길동무 삼을 수 있을지도 몰라. 그러면 어떻게 되는데? 어떻게도 되지 않는다.

한심하고 한스럽고 부끄러울 따름이지만, 하루히로는 성벽에 찰싹 등을 붙이고서 아무것도 못 하고 있었다. 아니, 숨은 쉬고 있다. 심장이 움직이고 호흡하고 있다는 사실에 죄책감을 느끼지 않을 수가 없었다. 이제 앞뒤 안 가리고 맹렬하게 돌진해서 죽어야 하는 건지도 몰라. 그전에, 뭐든 좋아, 뭔가 할 수 있는 일은 없나? 있다고는 생각할 수 없었다. 할 수 있는 일 같은 건 없다. 이제 끝났다. 솔직히 하루히로는 그렇게 느끼고 있었다. 하루히로가 매달리던, 매달리려고 했던 한 줄기 희망인지 뭔지도 완전히 끊어져버렸다.

그래서, 진심으로 질겁했다.

"타아아아아아아………… 앗!"

성문이다. 누군가가 성문에 달라붙어 빗장을 빼려고 한다.

"이이이이이이이! 마왕님이이이이이이이이! 지금이야말로오오오오오…!"

이누이. 이누이다. 안대가… 벗겨진 건가? 자기가 벗은 건가? 포니테일도 어째서인지 풀려서 산발이 되었다.

"우에아갓샤아…!"

성문 가까이에 있는 백발 오크가 돌아보며 이누이에게 덤벼든다.

"…누아토오오옷…!"

이누이는 기괴한 목소리를 내고 마조처럼 펄쩍 뛰어 그 공격을 피했다. 덕분에 빗장에서는 떨어져버렸으나, 이누이는 다른 백발 오크에게 덤벼들자마자 순식간에 목을 부러뜨렸다.

"히이이이야앗…!"

"젠장…!"

다른 목소리가 들려서 쳐다보니, 오리온의 도적 츠구타가 하루히로의 제일 가까이에 있는 백발 오크에게 덤벼들고 있었다. 츠구타도 스텔스해서 어딘가 근처에 숨어 있었던 건가? 하루히로와 마찬가지로, 손을 쓸 수가 없어서 움직일 수 없었던 것이리라. 하지만 이렇게 되면 이판사판이다. 더욱이 성문을 열 수 있을 가능성은 거의 없다. 사실 제로다. 전원이 발악해도, 제로가 0.1퍼센트가 될지,

안 될지. 소용없다고 해도, 앉아서 죽음을 기다리는 것보다는 낫다.

하루히로도 돌진하는 척을 하다가, 백발 오크의 다리 쪽으로 뛰어들었다. 대열 안으로 돌입한다. 두 번째 줄 백발 오크의 등을 재빨리 타고 올라가 대거로 목을 긋고, 곧바로 옆의 백발 오크의 안구에 대거를 꽂고, 뽑자마자 다른 백발 오크에게 달라붙는다. 방패에 맞아 정신이 아득해졌지만 왼손으로 오크의 백발을 움켜잡았다. 무슨 일이 있어도 떨어져 나갈쏘냐. 있는 힘을 다 쥐어짜 백발 오크의 목덜미에 대거를 쑤셔 박아준다.

"응아아아아아아…!"

그 직후, 또 방패로 구타당해 하루히로는 정신을 잃었는지도 모른다. 하지만 분명 기절했던 것은 고작해야 몇 초 동안이다.

"…아야얏…."

아픔과 괴로움에 정신을 차리고 보니 백발 오크들에게 밟히고 차이는 중이었다. 성문 앞, 백발 오크의 대열, 그 한복판에서, 하루히로는 땅바닥을 기는 정도가 아니라 버려진 걸레짝처럼 나뒹굴고 있다.

단, 백발 오크들은 아무래도 의도적으로 하루히로를 짓밟고 걷어차는 것은 아닌 모양이다. 어떤 백발 오크도 아래는 보지 않는다. 지금 그럴 때가 아니라는 듯이. 고개를 들고 어딘가를 쳐다보며 저마다 뭔가 외치고 있다. 뭔가. 뭘까? 무슨 일이 있는 건가? 뭔가가 일어난 걸까? 도대체 뭔가? 모르겠다. 알 수 있을 리가 없다.

하루히로는 기어갔다. 몇 번이나 백발 오크의 발에 차였다. 등과 머리 등 여기저기가 아프고 왼팔과 오른발이 특히 위험하다. 제대로 움직여주지 않는다. 그래도 아랑곳하지 않고 백발 오크들의 다리 사이를 기어갔다.

마침내 대열 밖으로 나갔다. 대열 제일 앞줄에 위치했던 백발 오크들 사이로 기어 나와 위를 올려다보고 하루히로는 그것을 목격했는데 그것이 무엇인지, 도대체 무슨 일이 일어나고 있는 건지, 여전히 알 수 없는 채였다. 눈이 좀 침침해진 탓일까? 그런 것도 아니겠지. 아무튼 그것은 날고 있었다. 비행 물체였다. 아니, 떠 있다고 해야 할까? 하루히로 바로 위는 아니지만 비스듬히 위, 성문과 건물 사이, 그 상공에 뭔가가 떠 있다. 연인가? 그렇게 생각하기도 했다. 그 연 같은 비행 물체, 혹은 부유 물체는 꽤 크다. 그리고, 그 물체 위에 뭔가가 타고 있다. 뭔가랄까, 누군가가. 아마도, 인간이거나 인간으로 분류되는 생물이. 그 생물은 랜턴 같은 조명 기구를 들고 있는 것 같다. 그 물체는 빛을 내뿜고 있지는 않았지만, 조명 기구로 짐작되는 불빛을 확인할 수 있다.

"가거라, 시호룽…!"

그리고, 그 물체 위에 있는 생물이 소리 높여 말했다. 아는 목소리였다. 하루히로의 기억이 잘못된 건지도 모르지만, 만약 맞는다면, 열리지 않는 탑에서 눈을 뜨고 나서 오늘에 이르기까지 만났던 사람들, 그중 누군가, 더욱 한정하자면 여성의 목소리다.

이오 목소리가 아닌가? 하루히로는 순간적으로 생각해냈다. 그녀와는 아주 짧은 기간밖에 함께 행동하지 않아서 확신은 할 수 없다. 하지만 이것은 틀림없다고 단언할 수 있다. 이오인지도 모를 여성은, 어떤 이름을 입에 올렸다.

시호룽이라고.

그것은 하루히로가 잘 아는 인물의 이름과 아주 비슷하다. 무관하다고는 생각하기 힘들다. 그 정도로 지나치게 비슷하다.

비행 물체, 혹은 부유 물체에서 뭔가가, 어떤 자가, 누군가가 몸을 내민다. 그녀는 하얗다. 흰 피부. 그녀. 여성이다. 인간 여성이 틀림없다. 옷다운 옷을 걸치지 않은 것처럼 보여서 흠칫했다. 아니, 입지 않은 것은 아닌가? 두꺼운 옷은 아니다. 얇은 옷 같지만 입기는 입었다. 그 옷도 흰색인 것 같다.

"다아크."

그녀는 그렇게 말한 것 같았다.

뭔가 검은 것이 나타났다. 그것은 순식간에 그녀를 감쌌다. 그녀는 검은 것에 폭 감싸여 비행 물체, 혹은 부유 물체에서 뛰어내렸다. 오크들이 술렁댄다. 코볼트들이 짖는다. 언데드들도. 그리고 하루히로네 인간들도 마찬가지였다. 저런 것을 목격하고 침착할 수는 없다. 저것은 도대체 무엇인가? 어떻게 된 일인가?

검은 것에게 안긴 그녀는 하늘하늘 내려온다. 느리다.

낙하하는 것치고는 너무 느리다.

저 검은 것이 뭔가를 하고 있고, 그로 인해 낙하 속도를 늦추는 건가? 분명 그렇겠지. 그녀를 감싸 안은 검은 것은 시시각각 커졌다. 검은 것에서 검은 촉수가 잇달아 생겨나 점점 뻗어간다. 뻗어가면서 두꺼워진다. 저것은 명백하게 흉흉한 것이다. 그런 인상을 받지 않는 이는 종족을 불문하고 드물겠지. 저것은 뭔가 무시무시한 것이다. 저것에 접촉해서는 안 된다. 저것에 닿아서는 안 된다.

도망가는 게 좋다. 저것은 아주 좋지 않은 것이다.

그녀가 착지할 때까지는 아직 얼마간 시간이 있겠지. 하지만 마

침내 검은 촉수가 백발 오크 한 명을 덮쳤다.

"…갓…?!"

검은 촉수는 휘감는 것처럼 해서 쉽사리 백발 오크의 목을 따버렸다.

"시호루…!"

유메가 외쳤다. 거의 동시에 메리도 그녀의 이름을 불렀다. 그렇다. 시호루. 저것은 시호루다. 시호루. 시호루야. 다아크. 저것은 다아크다. 시호루의 마법. 저 웅쇼오오오오오오오 하는 느낌의 기이한 소리. 들은 적이 있다. 시호루만의 마법이다.

저것이?

백발 오크들과 코볼트들, 언데드들의 목과 팔을 마치 잡초라도 뽑는 것처럼 잇달아 따버리는 저 검은 것, 검은 촉수가 시호루의 마법이라는 건가?

"오옷…! 오오오오옷…!"

잔 도그란의 고함 소리가 울려 퍼진다. 잔 도그란은 렌지와 1대1로 결투하는 와중에 우위에 서 있었다. 렌지를 쓰러뜨리려고 했었다. 그러나 이제 그럴 상황이 아니었다. 적도, 아군도 싸우고 있을 때가 아니다.

"…뭐야? 도대체…?!" "시, 시호루 씨…?!"

"실화냐…?!" "지저스…?!"

란타와 쿠자크가, 킷카와와 안나 씨도, 적과 함께 도망쳐 다니거나 엎드리거나 했다.

"크에아아아아…!"

토키무네가 장검을 빙글 돌려 잔 도그란에게 덤벼들었다.

"누웃…!"

잔 도그란은 왼손의 외날 검으로 토키무네의 장검을 되받아치자마자 오른손의 외날 검으로 반격한다. 토키무네는 방패로 막아내고, 펄쩍 뛰어 물러났다기보다, 힘에 밀려 뒤로 물러날 수밖에 없었던 건가? 그래도 버티고 서서 공격한다. 승산은 없는데도. 토키무네도 그런 것은 잘 알고 있는 건가? 렌지가. 아라가팔드의 효과가 다 떨어진 건가? 렌지가 웅크리고 있다.

힘을 다 쓴 것이다. 렌지는 움직일 수 없다. 론과 꼬마, 아다치가 렌지에게 달려가려고 했다. 토키무네는 론네가 렌지를 대피시킬 때까지 잔 도그란의 주의를 끌어서 시간을 벌려고 하는 것이다.

"…아아아!"

하루히로는 몸을 일으키려고 했다. 뭔가 해야 한다고 생각했고, 뭔가 하고 싶었다. 시호루. 아아. 시호루의 다크가 검게 소용돌이쳐서, 그 소용돌이에 얽혀 붙잡혀버린 자는 도망칠 수 없다. 도망칠 틈도 없이 잘려 날아간다. 뿔뿔이 흩어져버린다. 팔이, 다리가, 머리가, 잘린 동체가, 체액이 흩날린다. 적뿐인가? 아군은? 동료는? 어떤가? 모르겠다. 검은 소용돌이를 중심으로 해서 거의 얼굴밖에 보이지 않는 시호루는 슬슬 지면에 착지하려고 했다. 검고 무시무시한 소용돌이는 성벽과 건물 사이를 거의 다 메우려고 했다. 만약 저 안에 동료 중 누군가가 있다면 살아남을 수 없겠지.

"우아아아라아아아아…!"

엄청난 소리가 났다. 성문 쪽에서다. 타다. 타다가 빗장에 워 해머를 때려 넣고 있다. 빗장은 그 한 방에 파괴되었다. 성문 앞의 백발 오크들도 과연 어찌할 바를 몰랐고, 철벽을 자랑하던 수비진이 그 자취를 찾을 수 없을 정도로 엉망진창이 되었다. 타다와 시노하라는 그 기회를 놓치지 않았다. 그래도 앞길을 막아서는 백발 오크들을 단숨에 물리치고 마침내 성문까지 도달했다. 그리고, 타다가 빗장을 부순 것이다.

"연다…!"

시노하라가 렐릭 방패를 성문에 내리치고, 밀었다.

"…응차아아아아아아아아아아…!"

타다는 성문에 오른발을 걸쳤다. 힘껏 민다.

열린다.

성문이.

"좋갓다…! 자아아아아아아아앗…!"

잔 도그란이 쌍검으로 토키무네를 밀쳐내면서 외쳤다. 오크 말이겠지. 물론 의미는 모르지만 아마도 뭔가를 명령한 게 아닐까? 잔 도그란이 그렇게 하라고 명령한 것일까? 백발 오크들이 타다와 시노하라와 함께 성문을 밀기 시작했다. 성문을 열려고 하는 것이다. 그렇게밖에 생각할 수가 없다.

"뭐…?!" "…뭐야? 이놈들…?!"

시노하라와 타다도 당황했다. 그사이에도 성문은 열리고 있다. 눈 깜짝할 사이였다. 사람이 몇 명 지나갈 수 있을 정도까지 성문이 열렸다. 그러자 거기를 통해 백발 오크들이 밖으로 나가기 시작했다.

"엇…."

뭔가가 하루히로를 뛰어 넘어갔다.

하루히로는 아직 일어날 수가 없어서, 왼팔과 오른발이 제대로 움직이지 않아서 바닥을 짚는 자세조차 할 수 없었다. 자기를 뛰어 넘어간 뭔가의 정체를 알아내고자 몸을 틀자 잔 도그란이 성문에서 나가는 참이었다. 그런가.

"…도망…?"

그렇게 된 건가.

고성 안에는 별동대가, 그리고 시호루가 있다. 더욱이 성문이 열려버린 이상, 밖에서 본대가 밀어닥치겠지. 이미 농성전은 끝났다. 고성을 지켜낼 수는 없다. 잔 도그란은 그렇게 판단했다. 적이나 아군 중 한쪽이 다 죽을 때까지 고성 안에서 계속 싸우며 서로 죽이는 길을 선택하지 않고, 전군에 퇴각을 명령한 것이다.

적은 허겁지겁 도망쳤다. 모조리 밖으로. 고성에서 나가서, 어디로 가려는 것인가?

"…시호루."

어디든 좋다. 상관없다. 도망가는 적에 관해서는 신경 쓸 것 없다.

검은 소용돌이는 검은 촉수를 사방으로 뻗치는 것을 멈추고 줄어들고 있다. 이제 이 일대에 적은 없다. 아군도 없다. 팔과 다리, 머리, 잘려 나간 동체와 체액이 흩날리는 일도 없다. 거기에 있는 것은 검은 것과, 다크에 감싸인 시호루뿐이다. 시호루는 이미 착지한 건가? 다크가 시호루의 몸 대부분을 뒤덮어 가리고 있어서 확실한 것은 말할 수 없다. 지면에 발이 붙어 있는 것치고는 시호루의 얼굴 위치가 높은 것 같기도 하다.

하루히로는 기어갔다. 다가가지 않는 편이 좋아. 위험하다. 하루히로의 내면에서 본능인지, 이성인지, 뭔가가 경종을 울리고 있다.

공포를 느끼지 않는 것이 아니다. 다크가 또다시 촉수를 뻗어와 하루히로를 가볍게 훑는 것만으로도 분명 파멸적인 결과를 초래하겠지.

하지만 시호루가 그런 짓을 할까?

그녀가 정말로 시호루라면.

얼굴은 시호루다.

다크.

그것은 시호루의 마법이다.

시호루만의.

이렇게까지 무시무시한 마법이었던 건가?

어느 틈엔가 하루히로는 기어가는 것을 그만두었다. 아프기 때문이다. 여기저기가 다 아프다. 분명 뼈가 부러졌거나 힘줄이 끊어졌거나 한 것이다. 그래서, 그 탓이다. 시호루가 무서워서가 아니다. 나도 시호루의 손에 죽임을 당할지도 몰라. 그런 생각은 하지 않는다.

왜냐하면, 시호루는 동료니까.

있을 수 없잖아. 시호루의 손에 죽임을 당하다니, 그런 일은, 결코.

"…시호루?"

부르기 전부터 시호루는 하루히로를 내려다보고 있었다. 시선을 이쪽으로 향하고 있지만 초점이 하루히로에게 고정되지 않은 것 같은, 멍한 눈길이었다.

"시호루?"

하루히로는 다시 한번 그녀의 이름을 불렀다. 아닌 게 아닐까?

하는 의혹이 떠올랐다. 얼굴이 똑같고 시호루의 마법을 쓸 수 있는 것뿐인, 다른 사람인 게 아닐까? 잘못 본 게 아닐까?

바보 같은 생각이다. 이토록 닮았다. 아무리 그래도 너무 닮았다. 하지만 이상하잖아. 불러도 대답을 하지 않는다.

만약 만에 하나, 다른 사람이라면, 그녀가 시호루가 아니라면, 당연히 동료가 아니라는 말이다.

그녀를 거의 감싸고 있던 다크가 갑자기 날개를 펼쳤다. 거대한 검은 새가 날갯짓하는 것처럼. 다크는 무수한 검고 가느다란 촉수 같은 것으로 화해서 소용돌이쳤고 그 일부는 하루히로의 얼굴을 스쳤다. 코와 뺨, 이마의 피부, 얇은 살가죽은 물론이고 뼈까지 파헤쳐지는 것을 알았다. 죽는다. 하루히로는 그렇게 생각했다. 죽임을 당한다. 하루히로가 몸과 마음이 다 만전의 상태라면, 곧바로 벌떡 일어나 도망쳤겠지. 지금의 하루히로에게는 무리한 이야기였다. 몸에 힘이 들어가지 않는다. 제대로 움직여주지 않는다.

"시호루⋯?!"

그녀는 시호루가 아니다. 동료가 아니다. 시호루라면 이런 짓은 하지 않는다. 나를 죽이거나 하지 않는다. 시호루일 리가 없다. 그렇게 생각하면서도 하루히로는 그녀의 이름을 부르는 것밖에 할 수 없었다.

"당신은⋯."

그녀는 말한다.

다크가 순식간에 쑥 물러난다. 그녀의 몸을 휘감으면서 수축하더니 등 쪽으로. 다크는 사라져간다. 그녀가 점차 드러난다. 그녀는 하얗고 얇은 옷을 입었다. 가슴에서 허벅지 절반 정도까지 덮여 있고 어깨에는 끈만 달린, 마치 속옷 같은 옷이다.

다크는 마침내 모습이 사라졌다. 그런 줄 알았는데, 그녀 뒤에서 검은, 사람 같은 형태를 한 것이 날아왔다. 그것은 그녀의 오른쪽 어깨 위에 앉았다.

"당신은… 나를… 알아요…?"

그녀는, 묻는 건가? 하루히로에게. 공허한 눈으로. 잘 알고 있는, 동료의, 시호루의 목소리로.

알아. 그렇게 대답하면 된다. 시호루. 또 이름을 부르면 돼. 시호루. 시호루지? 나야. 하루히로야. 모르는 거야? 시호루.

어째서 목소리가 나오지 않는 건가? 고개를 끄덕이지조차 못하고 있는 건가?

"시호룽."

뭔가가 내려온다. 그 물체다. 연처럼 부유하는, 아니, 비행하는 물체. 비행 물체는 소리도 없이 내려와서, 이제 그것을 타고 있는 자의 모습도 보인다.

"볼일은 끝났어. 돌아가자."

이오다.

하지만 이오만이 아니었다. 그 밖에도 두 명이 더 탔다. 험상궂은 얼굴을 한 온통 검은 남자와 유난히 앞머리가 긴 남자. 고미와 타스케테다. 고미가 손전등을 들고 있다.

"…자."

타스케테가 손을 내밀어준다.

시호루는 타스케테의 손을 멍하니 봤다. 마치 그것이 무엇인지 전혀 모르겠다는 듯이.

"돌아가고 싶은 거지?"

이오가 재촉하자 시호루는 타스케테에게 오른손을 내밀었다. 타스케테는 시호루의 오른팔을 끌어안는 것처럼 해서 비행 물체에 그녀를 끌어올려 주었다.

"기다려…."

비행 물체가 상승하기 시작한 후였다. 그제야 하루히로는 붙잡으려고 했다.

"기다려, 시호루, 나야! 시호루! 나라니까…! 시호루…!"

시호루는 아마 렐릭으로 짐작되는 비행 물체에 주저앉아 하루히로를 내려다보고 있다. 약간 미간을 찡그리고 의아하다는 듯이. 살짝 고개를 갸웃거리며 알 수 없다는 듯이. 하루히로는 그 표정과 몸짓에서 증거를 탐색하려고 했다. 그녀가 시호루라는 확증을. 시호루라고는 생각한다. 그녀가 시호루라면. 하루히로의 동료라면. 당연히 하루히로를 알고 있다. 모를 리가 없다. 그렇다면, 어째서? 저것은, 전혀 모르는 사람이 갑자기 자기 이름을 불렀을 때, 이 사람은 누굴까? 하고 수상히 여기는, 그런 반응이다. 그녀는 시호루인데, 어떻게 된 일인지, 하루히로를 모른다.

기억하지 못한다.

시호루는 하루히로를 잊어버렸다.

기억이다.

지워져버렸다.

시호루는 또 기억을 빼앗긴 것이다.

― 다음 권에 계속 ―

작가 후기

왜 사람은 던전을 공략하는 걸까요? 아니, 별로 공략하고 싶지 않다는 사람도 있겠지만, 저는 공략하고 싶은 파입니다. 눈앞에 던전이 있으면 저도 모르게 공략하고 싶어집니다. 게임에만 국한된 것은 아닙니다. 어릴 때에는 들어갈 수 있을 것 같은 구멍, 틈새 등을 발견하면 반드시 들어가봤습니다. 그 탓에 황당한 모험을 하게 된 적도 있다거나 합니다만, 말하자면 길어지므로 생략하겠습니다.

그리고, 후기 뒤에 이어지는 부록은 에필로그 겸 다음 회 예고 같은 것입니다. 부디 본편을 다 읽으신 후에 읽어주세요.

그럼, 담당 편집자이신 하라다 씨와 시라이 에이리 씨, KOME-WORKS의 디자이너님, 그 외 이 작품의 제작과 판매에 관여하신 분들, 그리고 지금 이 작품을 집어주신 여러분께 진심 어린 감사와 가슴 한가득 사랑을 담고 오늘은 이만 펜을 놓겠습니다. 또 만나 뵐 수 있다면 기쁘겠습니다.

주몬지 아오

거세지는 않지만, 무겁고 느른한 비가 내리는 언덕에서 그는 하얀 돌을 앞에 두고 서 있었다.

혼자가 아니다. 하나같이 하얀 망토를 걸친 자들이 그 뒤에 줄을 서 있다.

"눈물비로군…."

누군가가 그런 말을 했다. 그는 고개를 돌려 그 말을 한 이를 찾으려고 했으나 금방 포기했다. 누구든 상관없어. 흥미가 없다. 그렇다면 어째서 그는 고개를 돌렸던 것일까?

하얀 돌에는 초승달 문장과 이름이 새겨져 있다.

키무라… 라고.

그가 이끄는 오리온은 탄식의 산 공략 작전에서 다섯 명을 잃었다. 묘소의 리치 킹과의 싸움에서 신관 키무라와 전사 마츠야기. 도적 츠구타는 성문을 열기 위해 싸웠으나 목숨을 잃었다. 그리고, 열리지 않는 탑의 주인, 서 언체인의 지시로 별동대를 지원하러 왔던 시호룽의 다크에 휘말려 사냥꾼 우라가와와 마법사 토미다가 죽었다.

다섯 개의 묘비를 앞에 두고 나는 무엇을 하고 있는 걸까? 라고 그는 생각한다.

싸움은 끝났다. 별동대의 전사자는 오리온의 다섯 명뿐이다. 본대는 변경군 병사 일곱 명이 전사했다. 그러나 하야시를 포함한 오리온의 열세 명은 전원 무사했고 의용병단의 와일드 엔젤스, 아이언 너클, 버서커스도 합쳐서 세 명밖에 죽지 않았다.

작전은 성공했다. 고성에 틀어박혀 있던 남정군을 괴멸시키지는 못했으나 쫓아낼 수는 있었다. 잔 도그란 등 오크의 부대는 북으로 달아났고, 코볼트들은 사이린 광산으로 다시 도망가려고 하는 모양이다. 언데드들의 동향은 불명이지만, 대부분은 잔 도그란과 함께 행동하는 게 아닐까 짐작된다.

손실은 다섯 명. 뼈아프기는 했지만 예상 외는 아니다. 아무도 죽지 않고 공략할 수 있을 거라고는 전혀 생각하지 않았다. 오리온의 누군가가 죽을지도 모른다. 다른 자일지도 모른다. 반드시 피해야 할 것은 본인의 죽음이다. 자기만 죽지 않으면 문제는 없다.

그의 바람은 이루어졌다.

죽은 자들의 묘비를 앞에 두고, 무엇을 하고 있는 건가?

머리로는 이해한다. 이것은 필요한 세리머니. 동료가 죽었다. 다섯 명의 동료가. 망자를 애도해야만 한다. 애도하는 것으로 보여야만 하니까, 그는 죽지 않은 동료들을 이끌고 이렇게 망자를 장사지내고 애도의 뜻을 표하는 듯한 말을 조금 전에 했다. 무슨 말을 했던가? 이제 잘 기억나지 않지만. 아직도 흐느끼는 자, 동료가 어깨를 부축해주는 자도 있는 걸 보니 그의 조문은 그런대로 적절했을 것이다.

이제 됐다. 이런 일은 진절머리가 난다. 솔직히, 동료가 죽어서 뭐가 싫은가 하면, 나중에 조문을 해야 하는, 그것이 짜증 났다. 죽은 시점에서 그자는 무(無)다. 존재하지 않는 자에 대해 무엇을 생각할 것이 있다는 건가? 슬퍼한다. 탄식한다. 이렇게 무의미한 일은 없다.

"미안하지만."

그는 동료들에게 등을 보인 채로 말한다.

"혼자 있게 해주겠습니까?"

짜증 나니까 어서 돌아가라고 내뱉을 수도 없다.

동료들이 멀어져간다. 명령한 대로 움직여주는 것이 그나마 위로가 된다. 물론, 그가 그렇게 교육시켰다. 동료라는 건, 수족처럼 조종할 수 있는 것이 아니라면 아무런 가치도 없다. 그저 성가실 뿐이다.

그는 동료들의 모습이 완전히 보이지 않게 될 때까지 기다렸다.

언덕을 둘러본다. 사람의 자취는 없다. 그는 비에 젖은 머리카락을 쓸어 올리며 한숨을 쉬었다.

"…한 방 먹었네."

자기가 어째서 그렇게 중얼거렸는지 그는 잘 알 수가 없었다.

묘비로 눈길을 향한다.

"키무라. 나를 지키고 죽을 줄이야. 바보 같은 짓을 한 거야."

이용당하는 것뿐이라는 것은 그 남자 본인도 이해하고 있었을 터였다. 서로 자기한테 유리하게 이용한다. 요약하자면, 그것이 친구라는 것 아닌가요? 그 남자가 했던 말이 눈앞에 떠오른다. 은근히 무례한 말투. 음산한 웃음. 괴짜처럼 굴어 타인과 거리를 두면서 집요하게 관찰한다. 독특한 통찰력. 써먹기에 따라서는 도움이 되는 남자였다.

"자네는 좀 더 일해주길 바랐는데 말이지. 어리석게도 자네는 진심으로 나를 걱정했어. 내 의도 밖에서 움직이려고 했겠지. 내가 얻을 수 없는 정보를 자네가 얻는 거지. 그래도, 내가 원하면 자네는 그것을 털어놨을 거야. 자네는 아직 더 써먹을 수 있는 남자였는데 말이야. 죽다니, 정말 바보야. 나를 지키고 죽을 줄이야. 자네한 테서 보호받아야 할 나라고 생각한 건가? 확실히 결과론이기는 하지만 말이야. 나는 막을 수 있었다고. 나는 렐릭을 갖고 있었으니까. 가디언(수호의 방패). 그리고 비헤더(단두검). 열쇠를 쥐는 것은 언제나 렐릭이다."

그는 열리지 않는 탑으로 시선을 향했다.

"서 언체인. 아인랜드 레슬리. 분명 그림갈에서 가장 많은 렐릭을 소유하고 있는… 인물, 이라고 해야 할까? 죽지 않는 존재일 텐데도 살해당한 걸로 되어 있는 불사의 왕(노 라이프 킹). 그 심복, 5 공자 중 한 명. 그 하늘을 나는, 커다란 연 같은. 그런 렐릭까지 갖고 있었던 거야. 렐릭. 렐릭. 렐릭. 렐릭을 수집해서 렐릭으로 인간들을 조종한다. 나도 호락호락 그 괴물이 시키는 대로 따를 생각은 없어. 괴물은 나를 이용하려고 한다. 나도 괴물을 이용한다. 어떤 의미에서는 대등한 관계다. 그럴 리가 없지만. 결국 그 괴물에게는 렐릭도, 우리 인간도 전부 도구일 뿐이다. 중요한 것은 렐릭이다. 키무라. 바보 같은 키무라. 네 덕분이야. 그렇게 말해줄 수 있다면 차라리 나았지. 개죽음이었네. 네가 죽지 않아도 손에 넣었을 텐데."

그는 줄곧 움켜쥐고 있던 오른손을 펼쳤다.

손바닥 위에 반지가 있었다.

반지의 링과 거미발 부분은 약간 붉은 빛을 띤 금속으로 만들어졌다. 금과 다른 금속의 합금인지도 모른다. 부착대가 받치고 있는 돌은 마치 진주 같다. 그러면서도 투명했다. 중심만 정체되어 있고, 끊임없이 일렁이며 잠시도 정지하지 않는다. 그 중심을 보고 있노라면 빨려들 것 같은 느낌이 들어서 시선을 돌리고 싶어진다. 하지만 눈을 뗄 수가 없다.

"나도 말이지, 정말 그 토시라고 생각했었어. 그렇게밖에 생각할수 없었잖아?"

리치 킹은 몸에 걸쳤던 옷과 신발, 왕관, 그리고 지팡이와 금 토시를 남기고 모래 먼지로 변했다.

그는 금 토시에 눈길을 향했었다. 렐릭에는 특이한 존재감 같은 것이 있다. 이것은 아인랜드 레슬리에게서 들은 이야기다. 모든 렐릭에는 고유의 에너지가 어려 있다. 어떠한 효과, 효력을 발휘하는 렐릭이든 전부 그 에너지를 갖고 있다고 한다.

아인랜드 레슬리는 그 에너지를 엘릭시르라고 부른다. 엘릭시르를 계측할 수 있는 렐릭도 있는 모양이다.

엘릭시르가 렐릭에 힘을 주는 건가? 아니면, 그렇게 만들어짐으로써 엘릭시르를 갖게 되는 건가? 아무튼, 어림잡아 말하자면, 강대한 렐릭일수록 많은 엘릭시르가 깃들어 있다. 일회용 같은 렐릭이라면, 힘을 사용하자마자 엘릭시르를 잃어버린다. 어떠한 방법으로 엘릭시르를 제거하면, 렐릭은 힘을 갖지 못한 단순한 물건이 되어버린다.

몇 개의 렐릭을 접하다 보면, 그것이 렐릭인지 아닌지 알 수 있게 된다. 아마도 인간에게는 엘릭시르를 감지하는 능력이 갖춰져 있는 것이리라. 그는 뭔가가 다른 것 같다는 막연한 인상을 받을 뿐이지만, 사람에 따라서는 빛을 내뿜고 있는 것처럼 보인다거나, 특유의 냄새로 지각하는 경우도 있다고 한다.

"그 토시인 줄로만…."

그는 금 토시를 집어 들고 무게를 느껴봤다. 얼굴을 가까이 대고 자세히 봤다. 냄새까지 맡아봤다. 뭔가가 다르다. 분명히 이 토시다. 하지만 이상하다. 뭔가가 달라. 아무래도 이상하다고 생각하면서 금 토시를 천천히 돌려보기도 하고 흔들어보기도 했더니, 소리가 난 것이다. 금 토시 안에서 뭔가가 움직이는 소리가. 이것인가?

그런 거였나? 금 토시가 아니었다. 그 안에 있던 것이었다.

꺼내려고 했을 때, 렌지가 물었다.

『그걸 어떻게 할 셈이야?』

렌지도 금 토시를 렐릭이라고 짐작한 모양이다. 그것만이 아니었다. 렌지는 간파하고 있었다. 그가 렐릭을 자기 것으로 하려는 사실을. 무한정의 힘으로 모래 먼지와 뼈를 병사로 만들어 움직이고, 긴, 터무니없을 정도로 긴 세월 동안 묘소에서 계속 군림했던, 죽어서도 잠들지 못하는 왕. 아니, 죽은 왕에게 잠드는 것을 허락하지 않았던 무시무시한 힘. 그것을 초래한 렐릭의 입수야말로 그의 목적이라는 것을 렌지는 꿰뚫어 보고 있는 것 같았다.

너무나 위험하다. 그는 그렇게 판단했다. 렌지가 뭘 어디까지 눈치챈 건가? 그것은 모른다. 그러나, 렌지 같은 남자에게서 의심받은 채로 무리하게 일을 진행할 수는 없다. 렌지는 지금은 그 유명한 소우마나 아키라에게 뒤지지 않을 정도의 실력자다. 그를 처치해야만 하는 상황에는 가급적 처하고 싶지 않다.

"순간적으로 연극을 한바탕했다. 그런 것, 나는 전문이니까. 늘 연기를 하는 거나 마찬가지이고."

그는 렌지의 눈앞에서 금 토시를 파괴했다. 토시 안에 있는 렐릭까지 함께 부숴버릴 우려는 있었다. 하지만 그것은 크지는 않았고,

아마도 반지겠지. 즉, 리치 킹은 반지를 낀 위에 금 토시를 차고 있었다. 소리가 난 장소로 보아 그 반지를 끼고 있던 것은 가운뎃손가락, 혹은 약지였겠지. 거기까지는 짐작이 갔다. 잘해낼 자신은 있었다. 그리고, 그는 해냈다.

"…그랬지. 개죽음이 아니네. 키무라. 네가 죽었으니까 나는 격정에 휘말려 그런 짓을 했다. 네 덕분에 설득력 있는 연기가 되었다. 열연할 수 있었어. 비탄에 잠긴 척을 하고, 나는 이 반지를 제대로 확보할 수 있었던 거다."

그는 반지를 꼭 움켜쥐고 웃음을 지었다.

"기뻐해라, 키무라. 네 덕분이다."

#2 속마음

하루히로가 어째서 세리의 주점으로 발길을 향하고 그곳 의자에 앉아 있는가 하면, 혼자 있고 싶었기 때문이다. 혼자가 되어 뭘 하고 싶었던 건가? 깊이 생각하고 싶었던 걸까? 혹은 뭘 하고 싶었던 것도 아니었는지도 몰라. 아무것도 하고 싶지 않았다. 그러기 위해서는 혼자 있는 수밖에 없다. 동료와 함께 있으면, 그저 입을 다물고 있을 수도 없고 무슨 이야기를 하게 된다. 생각만 해도 마음이 무겁다.

머리로는 알고 있다. 제대로 대화를 해야만 한다.

"…시호루."

만약에 동료 중 누군가가 시호루의 다크에 다쳤거나 목숨을 잃었다거나 했다면, 어쩔 수 없이 그 문제에 맞서야 했겠지. 그렇게 되었을 가능성은 없지도 않다. 충분히 있었다.

아무튼, 오리온의 사냥꾼과 마법사가 다크에 휘말려 죽었다.

시호루에게 별동대를 공격할 의도는 없었다고 생각한다. 목적은 별동대라고나 할까, 탄식의 산 공략 작전 지원이었겠지. 단, 별동대에 손해를 끼치지 않도록 세심한 주의를 기울였는가? 하루히로 팀은 상처 입히지 않으려고 했나? 정말 그랬다면 좋았겠지만, 시호루는 하루히로도 몰라봤다. 기억하지 못했다. 잊어버렸다.

시호루와 이오 일행은, 아마도 열리지 않는 탑의 주인의 명령으로 탄식의 산 공략 작전을 거들어주러 왔을 것이다. 목적을 달성하고 곧바로 돌아가버렸다.

분명 진 모기스 총사와 열리지 않는 탑의 주인은 결탁했다. 그래서, 열리지 않는 탑의 주인은 탄식의 산 공략 작전에 원군을 파견한 것이리라.

강력한 원군이었다. 시호루가 나타나지 않았다면 성문을 열 수는 없었을 것이다. 작전은 실패하고 별동대는 전멸했을지도 모른다.

결과적으로, 시호루 덕분에 하루히로 일행은 살아남은 것이다.

그렇다면, 이렇게는 생각할 수 없을까? 시호루는 하루히로를 모르는 척을 했다. 예를 들어, 열리지 않는 탑의 주인이 진 모기스에게 협박당해, 시키는 대로 따를 수밖에 없었다. 그래서 잊어버린 척을 했다. 사실은 기억하고 있으니까 하루히로 일행을 도와주었다.

바깥은 비가 내린다.

창문과 출입구의 문은 열려 있기 때문에 빗소리가 뚜렷하게 들린다.

"…연기라고는 생각할 수 없거든. 시호루는 기억하지 못하는 거야. 또 잊어버렸다. …또. 우리도 기억을 빼앗겼다. 똑같은 일을 당한 거야."

"뭘 중얼중얼 구시렁대고 자빠졌어? 기분 나쁘네."

가면의 암흑기사는 술집에 발을 들여놓자마자 흠뻑 젖은 검은 망토를 벗어 탁탁 털었다. 저런 어수선한 점이 일일이 신경에 거슬린다.

"…어떻게 알았어? 내가 여기 있는 걸."

"자주 왔던 가게니까. 기억 같은 게 없어도, 어떻게 된 영문인지 발이 저절로 향한다, 그런 거잖아."

란타는 넘어져 있던 의자를 들고 하루히로 가까이로 걸어왔다.

"마침 이 자리야."

그렇게 말하고는 테이블 위에 망토를 내던지고 의자에 앉아 가면을 벗었다.

　"어둑어둑한 구석의 이 지정석. 우리는 내세울 것 없는 존재였으니까. 뭔가 생각났다거나 하지 않아?"

　"…아니. 전혀."

　"뭐, 억지로 떠올릴 만한 거시기도 아니야. 술주정하고, 싸우고, 바보 같았지. 아니, 말 그대로 바보였어. 흑역사라는 거지. 잊어버린 네가 부러울 정도다."

　다리를 꼬고 약간 등을 굽히고 뺨을 괸 란타의 얼굴은 여느 때와 달리 날이 서 있지 않았다. 뭐가, 과거를 잊은 하루히로가 부럽다는 거야? 란타는 분명히 이 술집에서 보낸 시간을 그리워하고 있다.

　"…다 같이, 왔었어?"

　부러운 건 나라고. 잃어버린 것을 기억하지 못한다면 아쉽지도 않아야 할 텐데. 어째서 이렇게 가슴이 콱 막히는 걸까?

　"마나토나… 모구조랑도."

　"그야 뭐."

　란타는 고개를 틀고 입가로 숨을 내쉬었다.

　"…아니. 마나토 녀석이 죽어버린 이후였나? 그 녀석과는 꽤 짧은 인연이었고. 모구조와는, 자주 왔었어."

　"그렇구나."

　"너랑, 셋이서. …나랑 네가 싸우면 모구조가 말려줬어. 살아 있었다면 버젓한 전사가 되었을 텐데. 그것만큼은 운이란 것도 따라야 하니까."

　"…응."

"쓸데없는 개그 날리지 마."

"방금 그건 개그 같은 게 아닌데…."

"드립 한 마디도 못 치는 거냐? 재미없는 녀석."

"재미없는 인간이라는 건 나도 알아. 옛날부터 그랬겠지."

"처음부터. 처음 만났을 때부터 그 점만큼은 일관성 있게 한결같네."

"네, 그렇습니까…."

"나도, 그렇고."

란타는 테이블에 눈길을 떨어뜨리고 한동안 입을 다물었다. 한참 후에 입을 열었다.

"…나도, 이것저것 멍청한 짓을 했었지만. 과거는 지울 수 없어. 설령 너희들처럼 잊어버린다고 해도. 사실 자체가 사라지는 건 아니니까. 뒈져버린 녀석들은 살아 돌아오지 않는 거고."

하루히로는 고개를 끄덕일 수도, 무슨 대답을 할 수도 없었다.

잊어버린 일도, 기억하는 일도 사실은 사실로 받아들이는 수밖에 없다. 없었던 일은 되지 않고, 왜곡하는 것도 결국은 불가능하다.

"나는 말이야."

"…응."

"유메를 좋아한다."

"…응. …응?"

하루히로는 란타의 얼굴을 빤히 쳐다봤다.

란타는 고개를 반대쪽으로 돌리고 있다.

잘못 들은 건 아니겠지? 그야, 의외는 아니다. 뻔히 보인달까. 그야 그렇겠지… 라고나 할까. 그래도, 이런 형태로, 란타의 입에서 직접 들을 거라고는 생각지도 못했다.

"그거… 유메한테 직접, 말했어?"

"말했겠냐? 바보야."

란타는 두 손으로 끊임없이 자기 얼굴을 만졌다. 쑥스러움을 감추는 거라고 해도, 지나치게 만진다.

"…저기 말이야. 그런 게 아니라고. 내가 그러니까… 유메를 좋아한다는 건 말이야. 내가 그 녀석을 어떻게 하고 싶다거나 그런 게 아니라. 그런 마음이 전혀 없는 건 아니지만…."

"있기는 있구나…."

"없을 리가 없잖아. 내가 누군 줄 알아?"

"누구라고 하면 만족할 건데?"

"란타 님이라고? 이 나 님이, 뭐랄까, 그 녀석에게는… 아아…."

헛기침을 하더니 얼굴을 찡그린다. 란타는 한참을 망설인 끝에, 쓸데없이 작은 목소리로 말했다.

"…즉… 행복했으면 싶달까. 그 녀석은 동료나 친구 같은 걸 아주 좋아해서, 모두가 웃으면 그 녀석도 웃을 수 있는 거야. 그 때문에 강해지려고 하고. 실제로 강해졌어. 여기서만 하는 이야기지만. 굉장한 녀석이라고 생각해. 그 녀석은, 헤실거리기도 하지만, 엄청 멋진 여자라고. 나는… 언제나 그 녀석은, 웃었으면 좋겠어. 웃게 해주고 싶은 거라고. …내가, 그 녀석을."

"…연애 감정이라기보다, 참사랑… 같은?"

"너, 그거, 네가 말해놓고 쪽팔리지 않냐?"

"네가 훨씬 더 창피한 소릴 하고 있잖아…."

"굳이 지적하지 맛! 나도 알고는 있다고!"

귀까지 새빨간데. 그렇게 지적하는 것은 그만뒀다. 무사의 인정이라는 것이다. 하루히로는 무사가 아니고 보잘것없는 도적일 뿐이지만.

듣고 있는 것도 너무나 창피했지만, 하루히로는 솔직하게 감탄하기도 했다. 란타, 유메를 그렇게 좋아하는구나. 그런 식으로 좋아하는구나. 정말로, 진심으로 좋아하는구나.

"…아무튼, 말이야."

란타는 팔짱을 끼고 고개를 옆으로 홱 돌린다.

"시호루는 우리 동료지만, 그보다 무엇보다도, 유메한테는 소중한 친구니까. 그 녀석은 굳이 말하지 않지만. 같은 여자끼리라서, 아마도, 자매 같은 느낌도 있지 않을까?"

"유메를 위해서도… 시호루를…."

"그런 이야기야."

"…아아."

하지만 하고 말하고 싶어진다. 시호루는 하루히로네를 기억하지 못한다. 기억이 지워졌다.

『돌아가고 싶은 거지?』

이오가 그런 말을 시호루에게 했었다. 돌아가고 싶다. 그것은 무슨 의미일까? 어디로 돌아가고 싶은 것인가? 돌아가야 할 장소가 있다는 건가? 잘은 모르지만, 이오네와 마찬가지로 시호루도 열리지 않는 탑의 주인을 따르고 있는 모양이다.

"살아 있었으니까."

란타는 그렇게 말하고 희미한 웃음을 지었다. 작위적인 느낌은 들지만, 제법 그림이 된다.

"시호루는 살아 있어. 일보 전진한 거잖아."

하루히로는 눈을 감았다. 자기도 모르는 사이에 어깨에 꽤 힘이 들어가 있었던 모양이다. 지금은 힘을 뺐다. 편하게 호흡할 수 있다.

문득, 그야말로 심성이 착해 보이는 덩치 큰 남자가, 술잔을 들고 약간 난처한 것처럼 미소 짓는 얼굴이 눈앞에 떠올랐다.

누구지?

아니.

하루히로는 알고 있다. 기억하지 못하는데도, 안다.

모구조다.

…하지만, 잘됐다.

목소리까지 들리는 것 같다.

…시호루 씨는, 무사했으니까. 다행이야. 하루히로 군도 그렇게 생각하지 않아?

"…그러게."

하루히로는 눈을 떴다. 그 남자는 정말로 모구조인 건가? 모구조는 그런 얼굴이었던가? 그런 목소리였던가? 그런 식으로 말하는 남자였던가? 확인할 방법은 없다. 그는 죽어버렸다. 그의 죽음도 포함한 과거가 있고, 현재의 하루히로가 있다. 그래도, 여기에 있어주길 원했다.

시호루를 그런 식으로 떠올려야 하는 날은, 아직 오지 않았다.

"우리는, 앞으로 나아가고 있어."

"쑥쑥 전진하고 있지. 제대로 따라와. 나는 빠르다고."

"넘어지면 두고 갈 거니까."

"기억해둬. 인생이란 건 칠전팔기고, 넘어져도 그냥은 일어나지 않는 게 이 나, 란타 님이시다."

네가 있어서 다행이다.

생각만 했다. 아무리 진심이라도, 입이 찢어져도 할 수 없는 말도 있다.

재와 환상의 그림갈 level. 17
언젠가 싸움의 날에 작별을 고하리

2022년 1월 23일 초판 인쇄
2022년 1월 30일 초판 발행

저자 · AO JYUMONJI
일러스트 · EIRI SHIRAI
역자 · 이형진
발행인 · 황민호
콘텐츠4사업본부장 · 박정훈
편집기획 · 김순란 강경양 한지은 김사라
마케팅 · 조안나 이유진 이나경
국제업무 · 이주은 조연희
제작 · 심상운 최택순 성시원
한국판 디자인 · 디자인 우리
발행처 · 대원씨아이(주)

서울 특별시 용산구 한강대로 15길 9-12
편집부 : 02-2071-2093 FAX : 02-794-2105
영업부 : 02-2071-2061 FAX : 02-794-7771
1992년 5월 11일 등록 3-563호

http://www.dwci.co.kr/

원제 灰と幻想のグリムガル 17
© 2021 by AO JYUMONJI
First published in Japan in 2021 by OVERLAP, Inc.
Korean translation rights reserved by DAEWON C. I. INC.
Under the license from OVERLAP, Inc., Tokyo JAPAN

ISBN 979-11-362-8743-4 04830
ISBN 979-11-5625-426-3 (세트)